LA
FEMME

POÈME

PAR J.-A. DE CASSIUS

Chevalier de St-Louis et de la Légion d'Honneur.

> Tous les chefs de famille se
> le procureront pour leur propre
> bonheur et pour celui de leurs
> enfants.

TOME PREMIER

PARIS
DAUVIN et FONTAINE, LIBRAIRES,
Galerie de la Bourse, 1, passage des Panoramas

AGEN

Chez Achille CHAIROU, Libraire, | Et chez BERTRAND, Libraire,
Rue Garonne. | Rue Garonne.

1848.

LA FEMME

POËME

TOME SECOND

IMPRIMERIE DE BEAULÉ ET MAIGNAND,

8, RUE JACQUES DE BROSSE.

LA
FEMME

POÈME

PAR J.-A. DE CASSIUS

Chevalier de St-Louis et de la Légion d'Honneur.

Tous les chefs de famille se le procureront pour leur propre bonheur et pour celui de leurs enfants.

TOME SECOND

PARIS

CHEZ DAUVIN ET FONTAINE, LIBRAIRES,

35, passage des Panoramas.

AGEN

CHEZ ACHILLE CHAIROU, LIBRAIRE, | ET CHEZ BERTRAND, LIBRAIRE,
Rue Garonne. | Rue Garonne.

MDCCCXLVII.

1848

I

TRANSITION

TRANSITION

Heureux jours ! à la fin, vous êtes arrivés,
Et si tous mes travaux sont loin d'être achevés,
Je n'ai plus à remplir une tâche pénible.
Le sexe va répondre à mon âme sensible,
Et mes sens se verront mollement agités,
Quand je retracerai ses belles qualités.
O femmes ! désormais je laisse la censure,
Pour passer à l'éloge, oh ! que ma joie est pure !
Transition heureuse ! et pour te définir,
Je vais écrire, ici, le fruit d'un souvenir.
Un jour on m'ordonna de quitter l'Illyrie,
Afin d'aller combattre encore en Ibérie ;

Et je vous apprendrai, conduisant mes soldats,
Que la neige reçut l'empreinte de mes pas ;
Que la vapeur frisée humecta mon aigrette,
Des rives de la Save, au col de la Bocquette.
Ainsi, je traversai le pays des Lombards,
Pour aller de nouveau m'exposer aux hasards.
Bien que mon âme fût à la gloire élevée,
Je pouvais rarement marcher tête levée,
Car mon visage étant des brouillards menacé,
Je me trouvais contraint à le tenir baissé ;
J'arrive aux Apennins, en passant par Tortone,
Prêt à gravir ces monts dont la hauteur étonne ;
Nous nous trouvions, alors, à la fin de l'hiver,
Où l'on voit plus nombreux les caprices de l'air,
Au mois de mars, enfin, où cessent les gelées
Qui précèdent, toujours, les folles giboulées ;
Les vents de l'équinoxe allaient se déchaîner,
Quand, pour franchir le col, je dus m'acheminer.
Ainsi, tout me disait de craindre la tourmente,
Ce désordre de l'air qui jette l'épouvante ;
Mais, toutefois, je pars, les ombres de la nuit
Couvrent notre hémisphère, aucun astre ne luit.
Une heure après, j'entends s'engouffrer dans les gorges
Des vents impétueux ; non, non, jamais les forges

De l'île de Lemnos, ne firent tel fracas,

Quand elles fabriquaient l'instrument du trépas

Mis aux mains de celui qui lance le tonnerre,

Pour punir les auteurs des crimes de la terre.

Mes soldats, deux à deux, s'avançaient lentement,

Afin de résister à tant d'ébranlement ;

On éprouvait l'effet de l'élément humide,

De l'électricité nous voyions le fluide

Serpenter dans les airs en longs rubans de feux

Qui donnaient de la vie à ces monts sourcilleux ;

Ce spectacle était beau, mais il était horrible,

Le sifflement des vents le rendait plus terrible ;

La tourmente s'offrait dans toute son horreur,

De plus braves que nous, peut-être, auraient eu peur ;

Nous avancions toujours, soutenus l'un par l'autre,

Quand l'un de nous s'écrie : ah! quel sort est le nôtre!

Nous allons tous périr, il faut nous arrêter,

Au terrible ouragan qui pourrait résister ?

Cet avis entendu, mes soldats l'adoptèrent,

Et sous les rocs saillants, de suite, s'abritèrent.

Aucun d'eux ne parlait ; mais là, nous écoutions

De l'atmosphère en feu les détonnations.

La foudre, en cet instant, tombe et fuit dans un gouffre,

En répandant l'odeur de ses courants de soufre ;

Les vents soufflaient toujours, et les monts ébranlés
Rendaient fort dangereux nos abris isolés,
Nous étions recueillis. Ah! c'est alors que l'homme
Se convaint qu'ici bas il n'est qu'un simple atôme.
Au sein des tourbillons qui lancent mille feux,
Que Dieu lui paraît grand, en ces moments affreux !
Oui, l'homme sent, alors, qu'il est sa créature,
Sa faible voix se tait quand parle la nature,
Il s'humilie, il prie, et dévore l'espoir,
D'un meilleur avenir, que Dieu seul sait prévoir ;
O bonheur ! par degrés, la tourmente s'appaise,
Et bientôt reparaît notre gaîté française.
Je me remets en route, emmenant mes soldats ;
Les chemins ravinés ralentissaient nos pas ;
Mais du col, à la fin, nous atteignons le faîte,
Laissant derrière nous les lieux de la tempête.
Là, le jour approchait; mais les cieux étaient gris ;
Les brouillards étaient loin de sécher nos habits :
Par la marche échauffés, nous grelottions encore ;
Nous étions engoudis, quand tout-à-coup l'aurore,
S'offrit à nos regards sur un fond de vermeil,
Elle venait d'ouvrir les portes du soleil,
Le roi du jour paraît, commence sa carrière ;
Il pénètre les cieux de ses flots de lumière,

Bientôt alors chacun oublia sa douleur,
En sentant de ses feux l'agréable douceur.
Les jeunes villageois et les filles fleuries,
Dans leur folle gaîté, couraient dans les prairies ;
En leur voyant porter de légers vêtements,
Alors, je m'aperçus qu'on était au printemps.
Je venais d'éprouver les vents glacés de l'ourse,
Mais le soleil, à peine au milieu de sa course,
Me le fait oublier, et sa chaude clarté
Me force à revêtir le costume d'été.
Ce changement subit dans la température,
Me fit trouver encor plus belle la nature ;
Et voyant, devant moi, voltiger les plaisirs,
Ma mémoire perdit ces fâcheux souvenirs.
De même, en signalant les défauts et les vices,
Les faibles, les travers, les détours, les caprices.
Ah ! si j'ai dû souffrir, si je fus malheureux,
Aujourd'hui, je n'ai plus cet état douloureux ;
Je me sens soulagé, car je n'ai qu'à décrire
De ce sexe adoré l'adorable sourire ;
Qu'à vous entretenir de ses nobles vertus,
Laissant derrière moi ses vices combattus.
Comme j'en ai parlé sans humeur satirique,
Je n'irai point, ici, faire un panégyrique ;

Et, tout en désirant louanger la beauté,
Je ne m'écarterai jamais de l'équité ;
Car disant ce qu'elle est et ce qu'elle peut être,
Des modèles à suivre à ses yeux vont paraître.

II

RELIGION

RELIGION

La femme a plus que nous, incontestablement,
De la religion le divin sentiment.
La cause, la voici : le sexe est plus sensible ;
Il aime à rechercher un bonheur indicible,
Mais ne le trouvant point toujours autour de lui,
Il ira s'élancer au sein de l'infini.
Il lui faut un objet qui l'occupe sans cesse ;
Il porte donc à Dieu tout amour qui l'oppresse,
La vertu, la pudeur sont loin de s'en fâcher,
Et ce serait un crime ailleurs de l'épancher.
Le sexe étant extrême en tout ce qu'il désire,
Les plaisirs modérés ne sauraient lui suffire ;

Plus soumis aux devoirs, il les raisonne moins,
Et les sentant bien mieux, leur donne tous ses soins.
Asservi plus que nous aux lois des convenances,
Il croira plus encore, en toutes circonstances,
Aux choses qu'il respecte, et beaucoup moins actif,
Il a bien plus le temps d'être contemplatif;
Et cela, c'est si vrai, qu'au sein de la retraite,
Comme elle vit souvent, là femme est moins distraite;
Elle est moins détournée, et les soins'du dehors
Ne la décourageant point, il est certain qu'alors,
Elle peut s'affecter fortement d'une idée,
Sitôt que celle-ci par elle est abordée.

Le sexe, en outre, étant plus frappé par les yeux,
Goûtera beaucoup plus l'éclat majestueux,
L'appareil imposant de nos cérémonies
Que rehaussent encor nos graves harmonies,
Et les mille réchauds d'où s'exhale l'encens;
Et la religion du domaine des sens
Que l'on sait influer sur celle de son âme,
Concourt à l'exalter et le rend tout de flamme.

Après ces faits divers, nous pouvons dire encor
Que le sexe est gêné partout dans son essor,
Et d'abord par pudeur, avec nous réservées,
Des doux épanchements les femmes sont privées;

Puis se connaissant trop par leur rivalité,
Pour se communiquer leur sensibilité.
Ne pouvant de leurs sens bien maintenir les rênes,
A Dieu seul qui les voit elles diront leurs peines
Ainsi que leurs plaisirs, et pour y mettre un frein,
Elles déposeront leurs faibles dans son sein.
Oui, ces égarements que tout le monde ignore,
Le sexe ira les dire à ce Dieu qu'il adore;
Et là, s'entretenant de leur douces erreurs,
Les femmes jouiront de l'état de leurs cœurs;
Sensibles, sans remords, elles sont satisfaites,
Car elles vont trouver des délices secrètes,
Jusque dans les combats et dans le repentir
Offerts à Dieu qui sait aux douleurs compâtir.

En fouillant le passé, j'ai désiré m'instruire
Des choses que je dois sur les femmes décrire,
Et, par lui, j'ai connu, qu'en France comme ailleurs,
Les lois, ont de tout temps, influencé leurs mœurs.

Nous savons qu'autrefois, et bien avant notre ère,
La femme était réduite au simple emploi de mère;
Du temps des rois pasteurs, la population
Était le seul objet de leur ambition;
Ils se seraient gardés d'y mettre des entraves,
Leur puissance tenant au nombre des esclaves

Auxquels ils confiaient le soin de leurs troupeaux,
La culture des champs et les autres travaux;
C'est dans ce même but qu'en Mésopotamie,
Ils se servaient aussi de la polygamie;
Si le divorce était, sous leur règne, exploité,
C'était pour obvier à la stérilité.
Dans leur ménage, enfin, ces rois, quoique sensibles,
Asservissaient la femme aux soins les plus pénibles :
Telles étaient alors les déplorables mœurs
Qui découlaient des lois, causes de ces malheurs.

En Egypte, la femme un peu plus honorée,
Par les hommes n'était vraiment considérée,
Que sous le seul rapport d'éveiller les désirs,
Et de nous indiquer la route des plaisirs.

Si des rives du Nil nous passons dans l'Attique,
Nous verrons tout d'abord une autre politique.
Chez les Athéniens, le sexe, quoiqu'aimé,
Dans son intérieur se voyait enfermé.
Mais à Lacédémone, on remarque, au contraire,
Qu'il était défendu qu'il restât solitaire.
L'on y méconnaissait, et la douce candeur,
Et ce charme divin, l'attrait de la pudeur,
A ce point qu'aux regards, l'histoire le raconte,
Ce sexe à demi nu se présentait sans honte ;

Mais Lycurgue, il est vrai, pour amortir les sens,
Proscrivait par ses lois les costumes décents.

Abandonnant la Grèce, arrivons-nous à Rome,
On y voit que la femme est plus digne de l'homme,
Et qu'elle y jouissait d'un bien plus beau destin,
Et surtout, à l'époque où vivait Colatin;
Car à tous les dangers, bientôt après livrée,
Chez elle la vertu devint plus tempérée.
Oui, la femme suivit, par la séduction,
De l'empire romain la dégradation;
Et ses déréglements allant jusqu'au délire,
On la vit se corrompre, avec lui se détruire,
Telles furent, hélas! depuis les rois pasteurs,
D'un sexe malheureux les détestables mœurs.
Enfin, nous arrivons au règne de Tibère,
Où la vertu n'était alors qu'une chimère.

Mais le Christianisme en ce temps là naquit,
Et cette ardeur des sens bientôt se refroidit.
Au sexe celui-ci donna des lois sévères,
Et par elles les mœurs devinrent moins austères;
D'abord de l'hyménée il resserra les nœuds,
Et le sexe aussitôt fut par là plus heureux.
Dès ce temps, les époux ne pouvant les dissoudre,
A demeurer unis ils durent se résoudre,

Et de plus, consacrés par les prêtres aux autels,
Protégés par les lois, ils furent solennels;
Puis, par l'aveu forcé de ses propres finesses,
Il fit changer le sexe et taire ses faiblesses.
Jusques à la pensée il étendit ses rets,
Ne lui suffisant point de condamner les faits;
Ensuite, il vint offrir une morale pure,
Et, pour le rendre heureux, une morale sûre;
Des sublimes vertus il sut l'entretenir,
Et vanta le bonheur de la vie à venir.
La femme, jusqu'alors, s'était vue indécise
Dans ses goûts, ses désirs; à ses pensers soumise,
N'ayant d'autres clartés que la faible lueur
Des plaisirs passagers pour trouver le bonheur.
Eh! comment l'entrevoir au sein de l'ignorance,
Dans ces temps malheureux livrés à la licence!
Aussi, désespéré d'un état incertain,
Le sexe s'empressa de se faire chrétien,
Et du moment qu'il sut aimer l'Être suprême,
Il subjuga ses sens, jusqu'à la raison même.
Par des sens bien plus purs se sentant enivré,
Jusqu'à l'amour divin s'élevant par degrés,
Il goûta ce bonheur que la foi nous dispense,
Même dans nos chagrins, par la douce espérance.

Comme la loi du Christ répondait à son cœur,

La femme l'embrassa de suite avec chaleur ;

Si bien que ce penchant de pitié, de tendresse,

Même de dévoùment, qui l'entraîne sans cesse,

La lui fit mieux goûter, et sans beaucoup d'efforts,

Car il lui procurait des plaisirs sans remords.

Aussi renonça-t-elle aux Dieux du Paganisme

Pour se réfugier dans le Christianisme

Qui lui faisait sentir le néant d'ici-bas,

Lui montrant le bonheur au-delà du trépas.

C'est de ce jour qu'on vit remplacé chez la femme,

L'empire de ses sens par le règne de l'ame.

Ayant ainsi posé des bornes aux désirs,

Pour elle les devoirs devinrent des plaisirs.

Lors, le Christianisme, en principe sévère,

Mais toujours indulgent, descendait sur la terre,

Pour apprendre aux mortels qu'ils devaient tous s'aimer,

Se soutenir entr'eux, au lieu de s'opprimer ;

Qu'il fallait exiler la haine et la vengeance,

Secourir le malheur, protéger l'innocence,

Et qu'en allant partout prôner la charité,

C'était se rapprocher de la Divinité.

Il toucha tellement, et sut si bien convaincre,

Qu'à chacun il donna le pouvoir de se vaincre.

Son esprit tout divin, pénétrant dans les cœurs,
Le monde rechercha la sainteté des mœurs,
A ce point que le sexe alors craignit de plaire ;
La force en ses élans dut s'adoucir, se taire.
Et les sens dominés, calmés par ses discours,
L'austérité de l'âme augmenta tous les jours ;
Par suite, son destin devint bien préférable :
Sa loi l'avait rendu beaucoup plus honorable.
Des deux sexes prônant partout l'égalité,
La femme recouvra son rang, sa dignité.
Un dogme qui venait protéger sa faiblesse
Devait assurément commander sa souplesse ;
Aussi l'adopta-t-elle avec empressement.
D'ailleurs, il répondait à ce fier sentiment
Que le sexe a toujours d'agrandir sa puissance ;
Il avait donc des droits à sa reconnaissance.
On fut fort peu surpris qu'il allât soutenir
Ce nouveau culte, offrant un meilleur avenir.
On vit dans la Bohême, en France, en Angleterre,
Dans la Lithuanie, en Pologne, en Bavière,
Sur les bords du Danube, au pays des Germains,
Tous les peuples divers recevoir de ses mains
Le divin évangile. Au sein des Moscovites
La femme sut encor faire des prosélytes ;

Car elle est mieux que nous faite pour convertir :
Son âme a plus de feu, son cœur sait mieux sentir.
Et puis, voulant toujours étendre son empire,
Convertir est encore un genre de séduire.
La persécution grandit ses sentiments,
Surexcite son sexe, et les affreux tourments
Qu'elle lui préparait par le fer et la flamme
Éveillent son courage, électrisent son âme.
Oui, celles qui brillaient naguère au sein des cours
Par l'éclat des attraits, par celui des atours,
Maintenant, sous la haire, oubliant leur faiblesse,
Se riaient de la mort, la demandaient sans cesse ;
Et des frivolités perdant le souvenir,
Ces femmes s'enivraient du bonheur à venir.
Oui, la religion, même par ses mystères,
Les enflammait bien plus, les rendait plus austères ;
Pour le démontrer mieux, j'en nommerai plusieurs
Dont l'église a loué l'austérité de mœurs.
Je commencerai donc par vous citer Clothilde,
Qui convertit Clovis ; et puis, cette Bathilde,
Esclave d'Archambaud, ce maire du palais,
Qui, voyant sa douceur, la combla de bienfaits.
Dès lors qu'elle monta sur le trône de France,
Le cœur des malheureux rayonna d'espérance ;

Et l'éclat des grandeurs et de sa dignité

Ne la fit point sortir de son obscurité.

Régente, elle eût un règne heureux, paisible et sage,

Et sous lequel on vit abolir l'esclavage ;

Car elle ne pouvait souffrir que des chrétiens,

Affranchis du péché par les écrits divins,

Restassent dans les fers, au pouvoir de leurs frères.

C'est peu ; l'érection de plusieurs monastères,

Séjours de la ferveur et du recueillement,

Nous prouve que Bathilde avait le sentiment

Et cet ardent désir de propager, d'étendre

La loi de Jésus-Christ qu'elle entendait défendre.

   L'histoire nous apprend aussi qu'Élisabeth (1)

Pour la religion eut le même intérêt.

Nous pouvons ajouter et Paule (2) et Marguerite (3),

Hedwige (4), Adélaïde (5), Eustoquies (6) et Julite (7),

Celle qui convertit le grand saint Augustin (8),

Puis, Hélène qui fut mère de Constantin.

(1) De Hongrie.
(2) De Rome.
(3) D'Écosse.
(4) De Pologne.
(5) De Bourgogne.
(6) De Rome.
(7) De Capadoce.
(8) Monique, sa mère.

Et s'il faut rappeler les vertus d'Émilie (1),
Je dois bien mieux encor vous parler d'Eulalie (2),
Par l'unique raison qu'elle nous fera voir
Du sentiment divin jusqu'où va le pouvoir.

EULALIE.

On nous dit qu'elle était d'une illustre naissance,
Et qu'elle témoigna, dès sa plus tendre enfance,
Un grand attachement pour la virginité,
S'éloignant de tous ceux qui louaient sa beauté ;
Elle n'était encor qu'à sa douzième année,
Quand Dioclétien marqua sa destinée.
Cet empereur cruel, ennemi des chrétiens,
Les poursuivait partout, s'emparait de leurs biens,
Et les faisait mourir dans l'horreur des supplices,
Dès qu'ils se refusaient d'aller aux sacrifices.
Or, la jeune Eulalie, à l'âme, au cœur de feu,
Brûlait d'un saint amour pour la gloire de Dieu.
Comme ce zèle ardent pouvait la compromettre,
Sa mère défendait de le faire paraître,
Mais ne se pressant point d'écouter son désir,

(1) Mère de Saint-Grégoire de Nysse.
(2) Mérida, ville d'Epagne (Estramadure).

Elle la renfermait pour la faire obéir.

Sa fille était cachée au fond d'une campagne

Non loin de Mérida, ville forte d'Espagne;

Où l'auteur de ses jours, n'écoutant que son cœur,

Parvint à contenir quelque temps cette ardeur;

Mais là, ne pouvant plus souffrir qu'on la retienne,

Ce repos n'étant point digne d'une chrétienne,

Eulalie, inspirée alors du Saint-Esprit,

S'enfuit, s'enveloppant des ombres de la nuit;

Et sous l'œil protecteur de son Dieu qu'elle adore,

Elle arrive à la ville, une heure avant l'aurore,

Dans l'unique dessein de voir le gouverneur,

Car de l'entretenir dépendait son bonheur,

N'ayant, dans tous les temps, jamais eu d'autre envie

Que d'offrir à son Dieu son amour et sa vie.

Eulalie, écoutant ce divin sentiment,

Jusqu'à son tribunal pénètre hardiment,

Et s'exprime en ces mots : « Sur des édits infâmes

» Tu veux, juge cruel, faire périr les âmes,

» En voulant les forcer d'adorer tes faux dieux,

» Ces idoles de bois, méprisables comme eux.

» Tu cherches des chrétiens. Me voici, lui dit-elle :

» Je confesse un seul Dieu, je lui serai fidèle;

» Et tu sauras de moi que tes divinités

» Ne sont rien ici-bas que des absurdités.

» Des dieux de pierre! horreur! les chrétiens les abhorrent,

» Ils gémissent du sort de ceux qui les adorent.

» Toutefois, si la pierre a pour eux des appas,

» Ils peuvent l'adorer, nous ne l'empêchons pas;

» Qu'ils fassent comme nous; nos sentiments plus nobles

» Ils devraient les souffrir; mais ils sont trop ignobles

» Pour les apprécier; et, voulant être craints,

» Ils viennent déchirer les entrailles des saints;

» De leur sang innocent on les voit se repaître,

» Ils se disent humains! Ils voudraient le paraître;

» Mais, bourreau! si tu peux exercer ta fureur

» Sur nos membres grossiers et déchirer nos cœurs,

» Les couper, les brûler, apprends, bête cruelle!

» Que tu ne peux atteindre à notre âme immortelle. »

Le juge, anéanti par un pareil discours,

Crut devoir toutefois employer les détours.

Il se radoucit donc; et dans ses artifices,

Lui fit voir les apprêts des plus affreux supplices.

Et lui dit : « Voulez-vous éviter ces tourments,

» Sacrifiez aux dieux, changez vos sentiments.

» Il vous est très-aisé d'échapper au martyre :

» Touchez du bout du doigt ce sel et cette myrrhe;

» En suivant ce conseil dicté par ma bonté,

» Vous serez sur le champ remise en liberté. »

Cette fausse douceur de cette âme cruelle

L'indigna tellement, qu'obéissant au zèle,

A cet amour divin qui lui venait des cieux,

Elle foule à ses pieds la figure des dieux :

Non contente d'avoir insulté leur image,

Elle va droit au juge et lui crache au visage *.

Aussitôt, deux bourreaux, suppots de Jupiter,

Lui déchirent les flancs avec des crocs de fer.

Elle compta les coups sans changer de figure,

Disant à haute voix : « Ce n'est qu'une écriture

» Qui grave sur mon corps les victoires du Christ ;

» Et j'arrive à la vie en voyant qu'il périt.

Elle fait voir ici jusqu'où va le courage ;

Point de gémissements, de pleurs, de cris de rage.

Tandisque des flambeaux lui dévorent le sein,

Elle conserve encore un front doux et serein.

Le feu, bientôt après, atteint sa chevelure,

Monte rapidement et gagne sa figure,

Jusqu'à ce que son corps venant à s'embrâser,

Arrive le moment de la diviniser.

---

* Cette action d'Eulalie n'était pas selon les règles ordinaires de l'Église, qui en honorant cette sainte comme martyre, nous apprend que nous devons attribuer son action, non à un zèle mal réglé, mais à un mouvement extraordinaire de l'Esprit de Dieu qui est au-dessus de toutes les lois.

En effet, Eulalie expirant dans les flammes,
Son âme rejoignit l'heureux séjour des âmes.

Ne pouvant trop prouver ce que j'ai déjà dit,
Je me permets encor d'ajouter ce récit
Dont le sujet est pris dans l'histoire romaine.
Il nous démontre aussi ce qu'est une chrétienne,
Et fait voir que l'amour le plus passionné
Par la religion peut être dominé.

APPIA.

C'était à cette époque où le christianisme,
En horreur aux tyrans, soutiens du paganisme,
Se trouvait poursuivi le plus cruellement,
Sans qu'il en ressentit le moindre ébranlement,
Que la tendre Appia, d'une illustre famille
Était encore à l'âge où la jeunesse brille,
Et veuve d'un mari qu'elle avait estimé,
Sans que son cœur, dit-on, ne l'eût jamais aimé.
Léon n'avait jamais cessé d'être fidèle;
Sa fortune et son rang le rendaient digne d'elle :
Elle lui connaissait des sentiments si doux
Qu'elle aurait préféré l'avoir pour son époux.
Mais il était païen, et son âme chrétienne
Ne pouvait se résoudre à former cette chaîne.

Pour ne point violer son immuable vœu,

Elle avait donc formé, malgré son cœur, ce nœud.

Toutefois, si depuis, les plaisirs de son âge,

Le luxe bannissaient les ennuis du veuvage

Qui devait l'éloigner de tout vrai sentiment,

Elle pensait toujours à ce premier amant.

Les hommages flatteurs qui l'entouraient sans cesse,

Elle les rejetait, n'y trouvant point d'ivresse ;

Et, souvent, dédaignait ces plaisirs et ces ris,

Dès qu'il n'était point là pour leur donner du prix.

En silence ils s'aimaient : le bonheur en découle ;

Ils ne voyaient qu'eux seuls au milieu de la foule ;

Séparés, ils pensaient encore à leurs amours,

Et dans leurs souvenirs se retrouvaient toujours.

Cette extrême candeur qu'on vit aux premiers âges

Se faisait remarquer dans leurs enfantillages ;

Car vivant au milieu d'un monde corrupteur,

Ils avaient conservé la pureté du cœur.

Quel spectacle touchant ! ah ! combien il est rare !

De semblables amants ici, je les compare

A deux beaux lys venus sur un terrain fangeux,

Conservant leur blancheur sous un ciel orageux.

    Léon ne voulait point, pour le christianisme

Qu'elle avait embrassé, quitter le paganisme ;

Mais Appia faisait des reproches si doux,

Si tendres, que, brûlant d'en devenir l'époux,

Il se défendait mal, ne résistait qu'à peine;

Il était sous le joug de la faiblesse humaine,

Quand par devoir, hélas! oh! fàcheux contretemps!

Il se vit obligé de voler dans les camps.

Du plus brûlant amour la flamme le dévore!

Il va se séparer de tout ce qu'il adore;

Et la jeune Appia, le payant de retour,

Ils n'ont qu'un seul instant à se parler d'amour!

Aussi, quelle douleur! Ah! qu'elle était cruelle!

La séparation pouvait être éternelle!

Ils se désespéraient, des pleurs noyaient leurs yeux :

Qu'il fut attendrissant cet instant des adieux!

Dès qu'il fut arrivé, ces amants se jetèrent

Dans les bras l'un de l'autre, et leurs pleurs redoublèrent;

Ils maudissaient leur sort, ne pouvant l'empêcher,

A leurs transports d'amour ils durent s'arracher.

Depuis lors, leur destin fut peu digne d'envie;

Ce départ leur coûta le charme de la vie.

Isolée, Appia n'avait plus de bonheur;

Elle ne ressentait que les peines du cœur.

Si bien qu'à sa tristesse entièrement livrée,

Du monde elle s'était tout à fait retirée,

Sans cependant cesser de suivre, à petit bruit,
Les exercices saints de son culte proscrit.
Contre tant de douleurs son cœur toujours se brise.
Mais, après plusieurs mois, quelle fut sa surprise,
Lorsqu'elle ressentit aux pieds des saints autels,
Que ses maux, ses tourments étaient bien moins cruels!
Au sein de la douleur, quel que soit le courage,
On nous voit rechercher tout ce qui nous soulage.
Elle s'y rendit donc depuis, assez souvent,
Et son cœur, devenu de plus en plus fervent,
Elle y passa bientôt tous ses jours en prières,
Malgré qu'elle en connût la défense sévère.

   En même temps, un prêtre instruit et vertueux,
Et dont elle écoutait le langage pieux,
Ayant su mériter toute sa confiance,
De l'état de son cœur eut vite connaissance.
Raconter ses chagrins, n'est-ce pas les chasser?
Puis, elle n'avait rien de plus à confesser.
Et d'un autre côté, Léon recevait d'elle,
Pour adoucir les maux d'une absence cruelle,
Des lettres lui portant les pensers de son cœur ;
Mais ses expressions avaient moins de chaleur,
Elles reflétaient bien la douce sympathie,
Mais beaucoup moins l'amour que l'amitié sentie.

Appréciant son cœur autant que ses appas,

Léon, toujours aimant, ne s'en alarmait pas,

D'ailleurs, les soins pieux qui l'occupaient sans cesse

Ne pouvaient, selon lui, détourner sa tendresse.

Aussi, préféra-t-il la savoir à l'autel

Que distraite au milieu d'un monde criminel.

Mais, hélas! ici-bas, sait-on ce qu'on désire?

Cet obscur avenir, qui peut nous le prédire?

Il ne se doutait pas que cet autel, un jour,

Lui ravirait, hélas! l'objet de son amour.

Ah! s'il allait répondre aux vœux de son amante!

Se disait Appia, que je serais contente!

A ma religion pouvoir le convertir!

Quel bonheur! pourra-t-il jamais y consentir?

Si Léon le voulait, qu'il me rendrait heureuse!

Espérons toutefois, son âme est généreuse.

   Hélas! ce doux espoir devait être détruit,

Son culte se voyait plus que jamais proscrit;

Le chrétien, dont la foi se trouvait poursuivie,

Ne pouvait plus prier sans exposer sa vie,

N'étant pas sûre alors d'atteindre au lendemain,

Elle se dit un jour : Je renonce à sa main;

Et voulant éviter que ma foi se corrompe,

Pour réussir, je vois qu'il faut que je le trompe.

Je vais lui dire, alors, que j'ai cessé d'aimer,
J'aurai bien de la peine à le lui confirmer;
Mais aussi, si j'éprouve une douleur extrême,
Calomniant mon cœur, je sauve ce que j'aime.
Hélas! oui, je le sens, je l'aimerai toujours!
N'importe, tout me dit de conserver ses jours.

Et le dernier billet que Léon reçoit d'elle,
Par lequel il apprend cette affreuse nouvelle,
Le force à revenir; il arrive éperdu,
Il se jette à ses pieds et veut être entendu.
Son cœur sait employer tout ce que la tendresse
Trouve de plus touchant pour fléchir sa maîtresse;
En lui prenant les mains, il les mouille de pleurs,
Les couvre de baisers, reproche ses malheurs :
Il se plaint et s'emporte, arrive à la colère,
Se radoucit, s'excuse et se tait, puis, espère.
Que son amante, alors, le trouvait ravissant!
Mais elle avait, hélas! un motif trop puissant
Pour ne point pressentir qu'elle serait coupable
D'avouer à Léon qu'il était adorable.
Ne valait-il pas mieux écouter sa douleur
Et périr avec lui que de briser son cœur?
Elle ne le crut point; et pour sauver sa vie,
Elle tait son amour, elle se sacrifie.

Appia répond donc par de cruels refus
Et lui déclare enfin qu'il ne la verra plus.
Au plus grand désespoir aussitôt il se livre,
Puis, se calme et lui dit : « Sans vous je ne puis vivre ;
» Écoutez votre ami, regardez mes tourments,
» Appia, reprenez vos premiers sentiments,
» Revenez mon amante, ah ! je vous en conjure !
» Eh bien ! vous le voulez, dès aujourd'hui j'abjure
» Le culte de mes Dieux pour avoir votre main ;
» A présent votre cœur sera-t-il plus humain ? »
Mais le délire affreux de la douleur extrême
Que ressent un amant en perdant ce qu'il aime,
S'empare de Léon, aussitôt qu'il apprend
Que ce cœur le repousse et reste indifférent.
Alors elle ajouta : « Je dois être cruelle,
» Si je ne l'étais pas, je serais criminelle ;
» Oui, je dois éviter tout dangereux accord,
» Vous céder, ce serait vous conduire à la mort.
» De leur foi, cher Léon, les chrétiens sont victimes,
» J'ai donc pour refuser des raisons légitimes.
» Si je me réjouis de votre dévoûment,
» Je ne puis l'accepter d'un aussi tendre amant.
» Laissez-moi périr seule... ah ! Léon, je suis mue
» Par un doux sentiment ; plus que vous convaincue

» De nos dogmes sacrés, fuyez, fuyez ces lieux !

› Ne rendez point mon sort encore plus malheureux.

› Oui, mon ami, partez, faites ce sacrifice !

› Vous voulez contempler l'horreur de mon supplice !

» Le pourriez-vous, au-reste ? Oh ! je ne le crois pas. »

Son amante aussitôt s'échappe de ses bras,

S'écriant : « Pour jamais, mon ami, je vous quitte. »

Sur ses pas, à l'instant, Léon se précipite,

La retient et lui dit : « Vous me percez le cœur !

› Ce n'est que près de vous que je sens le bonheur.

› Ne m'abandonnez point, ah ! je vous en supplie !

› J'ai besoin de vous voir pour tenir à la vie.

» Ah ! oui, chère Appia ! le reste de mes jours

› Doit vous appartenir, car j'aimerai toujours.

   Sans partager la foi de celle qu'il adore,

A ses devoirs pieux Léon se voue encore,

Court les mêmes dangers, plus que jamais réels,

L'accompagne partout, jusqu'aux pieds des autels,

Il ne les quitte plus, s'y prosterne avec rage ;

Appia, pour le fuir, a perdu son courage,

Mais refuse toujours de s'unir avec lui,

Dans l'espoir que, plus tard, il sera converti.

   Le danger qu'ils couraient à la fin se déclare :

Dénoncés tous les deux, sur un ordre barbare,

On les traîne au cachot ! destinés à la mort,

Le juge, d'Appia, plaint le malheureux sort.

Toutefois, il lui dit qu'il veut qu'elle renonce

A sa religion : Appia se prononce ;

De sa miséricorde elle ne fait point cas,

Et ne voyant que Dieu, préfère le trépas.

Il ne fallait qu'un mot pour la rendre à la vie,

Au bonheur, à Léon ; elle se sacrifie !

Mais elle veut sauver les jours de son amant

Et n'y point parvenir, voilà son seul tourment.

Elle a beau supplier, étant seule chrétienne,

Qu'on ne l'accuse point ; hélas! prière vaine!

Léon la désapprouve et renonce à ses Dieux,

N'ayant plus devant lui que des jours malheureux.

Il voit qu'elle en ressent une douleur extrême,

Mais ne peut se résoudre à quitter ce qu'il aime.

L'horrible arrêt de mort de suite est prononcé.

On les livre au bourreau, l'échafaud est dressé :

Puis, dès qu'ils l'ont gravi, tout le bûcher s'allume,

Et la flamme, autour d'eux serpentant, les consume.

Quant au ministre saint qui guidait Appia,

Il fut brûlé de même, et, comme eux, expira.

De l'âme on voit ici la puissance incroyable

Et tout le dévoûment dont la femme est capable.

Cette balance égale, entre ce qu'elle doit
Aux devoirs, à l'amant, de même s'aperçoit.
Mais la religion, dont l'essence est divine,
Fait taire son amour, tant elle la domine.

Aussi, dans ces temps-là, presque tous les docteurs,
Par l'Eglise placés parmi les orateurs
Qu'elle a canonisés, louèrent les chrétiennes,
Vantant dans leurs écrits leurs vertus surhumaines.
Mais celui qui parla le plus éloquemment
De ce sexe sensible et de son dévoûment,
De ses austères mœurs, ce fut ce saint Jérôme
Qui sut abandonner le tumulte de Rome,
La ville des plaisirs, le séjour des pervers,
Pour se purifier au calme des déserts.

Savez-vous que ce saint est le vôtre, mesdames?
Agissez comme lui, sanctifiez vos âmes!
Ayez pour saint Jérôme un cœur reconnaissant,
Il fut à vos malheurs toujours compâtissant;
Sa mémoire devrait toujours vous être chère :
Ne l'oubliez jamais, aussi dans la prière,
Avec lui chaque jour vous mettant en rapport,
Vous vous rappellerez le moment de sa mort,
Où ce grand saint disait : « Mon âme se délivre...
» Qu'il est doux de mourir quand on a su bien vivre! »

III

CHEVALERIE

CHEVALERIE

Tous les peuples du nord, aux pieds de la beauté,
Jadis se dépouillaient de leur férocité ;
Et les forêts, témoins de leur galanterie,
Devinrent le berceau de la chevalerie,
La femme était, alors, le prix de la valeur ;
Aussi, dans les combats, cherchaient-ils le bonheur.
Ils volaient à la gloire, en savouraient l'ivresse,
Pour fixer les regards, le cœur de leur maîtresse ;
Puis, les rivalités produisant les défis,
Les armes à la main, ils vidaient les conflits ;
Et ce moyen sanglant, de ces amis sauvages,
Terminait les procès, faisait les mariages.

Chez ces peuples, la femme exerçait un pouvoir
Presque surnaturel. Étaient-ce le savoir
Cette capacité, ce tact et cette adresse,
Cet esprit délié, cette extrême finesse,
Ce prestige enivrant de ses divins appas
Qui faisaient sa puissance? On le dit; en tous cas,
Elle la possédait. Mais ces peuples barbares,
Grossiers dans leurs plaisirs et dans leurs goûts bizarres,
A la chasse, à la guerre, occupés tour à tour,
Sentaient faiblir leur cœur aux doux feux de l'amour.
Ensuite, un sentiment respectueux et tendre
Que, dans leur ignorance, ils ne pouvaient comprendre,
Et ce je ne sais quoi de sacré, de divin
Qu'ils lui reconnaissaient, les subjuguaient enfin ;
Et puis, l'opinion qu'elle pouvait prédire
Les faits de l'avenir, augmentait son empire ;
D'autant plus qu'ils croyaient que la divinité
Toujours, de préférence, inspirait la beauté.
Bien des peuples, au reste, avaient cette croyance,
Elle existait alors au beau pays de France,
En Grèce, en Ionie, aux rives du Jourdain,
En Égypte, et de plus, chez le peuple romain.
En effet, la Pyhie à Delphes consacrée,
La sibyle de Cume et celle d'Érithrée,

De Marpèze et d'Ancyre, et tant d'autres encor,

Sans rappeler ici la prêtresse d'Endor,

. Nous prouvent que la femme, et si douce et si belle,

Pour ces peuples divers était surnaturelle.

En inondant l'Europe, on saura qu'autrefois

Aux peuples du midi, les Saxons, les Danois

Saccageant, détruisant, pillant tout dans leur course,

Apportèrent les mœurs des noirs climats de l'Ourse.

Tous ces hommes de sang, à chaque irruption,

Répandaient la terreur, la désolation ;

Et pendant cinq cents ans qui les renouvelèrent,

A leurs lois, à leurs mœurs les vaincus se plièrent.

Mais d'abord, ces derniers furent fort étonnés

De voir que leurs vainqueurs, tous indisciplinés,

N'ayant jamais aux mains que le fer ou la flamme,

Pussent s'assujettir aux avis de la femme,

Si bien que celle-ci dirigeant leurs débats,

Ses ordres, fort souvent, les poussaient aux combats.

Elle les y suivait, excitait leur vaillance,

Et de la femme, alors, telle était la puissance

Qu'ils redoutaient biens moins le fer des ennemis

Que son indifférence, effet de son mépris.

Aussi, quelle valeur montraient-ils à la guerre !

Que d'élans, que d'efforts pour ne point lui déplaire !

Que de guerriers, enfin, qui couraient les hasards !
Pour attirer sur eux un seul de ses regards.

De l'empire romain quand on fit la conquête,
Les femmes du midi vivaient dans la retraite ;
Mais les femmes du nord marchaient en liberté,
Leurs époux admettant l'heureuse égalité ;
Puis, les climats glacés, l'historien l'observe,
Exigeant en amour beaucoup moins de réserve ;
La douce modestie et l'aimable pudeur,
Le timide maintien qui, seul, enivre un cœur,
Tous ces biens séduisants, cortège de la grâce,
Dans leurs esprits, encor, n'avaient point trouvé place.
Quels contrastes frappants se voyaient dans les mœurs
Des peuples subjugués et des peuples vainqueurs !
Aussi, dans leurs amours, quel bizarre assemblage !
Ceux-ci manifestaient la tendresse sauvage ;
Ceux-là faisaient valoir les plus doux sentiments,
Et les autres étaient bien plus guerriers qu'amants ;
Si bien que les derniers invoquaient pour séduire
Les genres de talents qu'ici je vais décrire :
« Eh ! quoi, disait l'un d'eux, exhalant sa douleur :
» Je n'ai pu, jusqu'ici, parvenir à son cœur !
» Cependant, je connais différents exercices,
» Je combats sans avoir recours aux artifices.

» Je suis ferme à cheval, je sais le diriger ;

» Lancer le javelot, dans les ondes nager ;

» Sur des patins glissants je sillonne la glace,

» Et par mille circuits j'en parcours la surface ;

» Je me sers de la lance, et dans l'art de ramer

» Je suis habile encore, eh ! sans me faire aimer !

» Ah ! rester insensible et paraître aussi belle,

» La femme du midi me semble bien cruelle *! »

    Tels étaient les accents de ces enfants du nord

Qui, pour soumettre un cœur, s'exposaient à la mort.

    Voilà les éléments de la galanterie

Qui donnèrent le jour à la chevalerie.

    Par la destruction de l'empire romain,

Tout fut à l'aventure et parut incertain ;

Rien n'était fixe alors ; et du christianisme

Et des cultes divers s'offrit l'antagonisme.

Le premier, toutefois, adoucissant les cœurs,

Passa, bientôt après, des vaincus aux vainqueurs

Dont les âmes, depuis, furent bien moins hautaines ;

Ensuite, il entreprit de détruire les haines,

Et crut y parvenir par les rapprochements

Qui devaient les porter aux accommodements ;

Puis, les nouvelles mœurs par degrés se formèrent,

* Harold.

Mais les inimitiés lentement se calmèrent.
Il est vrai qu'on voyait dans l'État, dans les lois,
Un choc continuel pour protéger les droits ;
Car ceux des souverains et ceux de la noblesse
Dans le gouvernement se combattaient sans cesse.
Alors, on n'était plus à ce temps de ferveur
Où l'on n'obéissait qu'à la loi du Sauveur ;
Car le christianisme avait vu disparaître
Son heureux ascendant qui rend meilleur notre être,
Et, semblable au ressort à moitié détendu,
De sa puissance, hélas ! il avait bien perdu.
Alors, des passions pour calmer les orages,
Pour rendre les mortels plus généreux, plus sages,
Chaque jour, il faisait d'inutiles efforts.
Il savait dans les cœurs éveiller les remords ;
Mais, tout en indiquant où se trouvait l'abîme,
Il était sans pouvoir pour prévenir le crime.
    En ces temps de désordre, on se livrait au vol,
Et l'on connaissait même et la fraude et le dol ;
Après avoir commis partout des brigandages,
On faisait pénitence et des pélerinages,
Pensant avoir des droits à l'absolution,
En mêlant aux excès la superstition ;
Mais, par un sentiment d'équité, d'héroïsme,

Et, de plus, inspirés par le christianisme,
A cette époque on vit des nobles, tous guerriers,
S'unir et s'ériger en hauts justiciers,
Pour punir les méfaits que la force publique
Ne pouvait réprimer dans ce siècle anarchique.
A courir les chemins ces nobles s'engageaient,
Pour la sécurité de ceux qui voyageaint;
Puis, ils firent la guerre aux Maures en Espagne,
Aux tyrans des donjons, des châteaux d'Allemagne,
Et ne se bornant plus aux lieux circonvoisins,
Ils marchèrent, après, contre les Sarrasins.
Tous ces nobles guerriers étaient infatigables
Pour rechercher le crime et punir les coupables;
Ils s'attachaient surtout à défendre l'honneur
De ce sexe charmant qui fait notre bonheur.
Tels on vit le héros, vainqueur du Minautore,
Pyrithoüs, Hercule et tant d'autres encore
Connus de l'univers par leurs nobles travaux,
Chercher à délivrer la terre de ses maux.

Pour redresser les torts et laver les injures,
De jour en jour grandit ce goût des aventures.
La femme en profita, guida ce dévoûment,
Et son empire acquit du développement,
Si bien, que des vaincus gouvernant la faiblesse,

Et louant des vainqueurs et la force et l'adresse,
Divinisant partout leurs glorieux exploits,
Elle ne tarda pas à les voir sous ses lois.
Puis, un culte épuré d'amour et de courage,
D'honneur, de loyauté qu'elle mit en usage,
Sous le protectorat de la religion,
Fut le gage sacré de leur soumission ;
Lors, son cœur ne fut plus offert en récompense,
Qu'à celui qui ferait preuve d'obéissance.
En tenant son pouvoir des mains de la vertu,
Elle ne craignait point de le voir combattu.
Ainsi, l'on ne pouvait se rendre digne d'elle,
Si l'on n'était loyal, religieux, fidèle.
Au reste, si la femme eut fait un choix honteux,
De suite, elle eut été flétrie à tous les yeux.
Aussi le sentiment, on le sait par l'histoire,
Ne s'annonçait jamais que suivi de la gloire ;
Alors, un chevalier au pied d'une beauté,
Soumis, respectueux, mettait sa liberté ;
Pour elle, il défendait ou s'emparait des villes,
Forçait les châteaux-forts, protégeait les asiles ;
Enfin, pour honorer et soutenir son rang,
Il était toujours prêt à répandre son sang.

A cette époque-ci de la chevalerie,

Plus noble et plus aimable est la galanterie.

Non, non, dans aucun temps, près d'un preux, d'un époux,

La beauté ne jouit d'un ascendant si doux :

Dans ces temps-là, l'amour ignorait les caprices,

S'immolait à l'honneur, vivait de sacrifices ;

Et n'employant jamais la ruse et le détour,

Les feux qu'il allumait duraient bien plus d'un jour.

Ensuite, le respect éloignant l'espérance,

Toujours la passion exigeait la constance ;

Et les difficultés qu'il fallait surmonter,

L'alimentaient sans cesse en venant l'irriter :

Aussi, de son amant toute femme était fière.

Quelle époque brillante ! on vit l'Europe entière,

En une lice immense, en ces temps, se changer :

Là, le guerrier courait au-devant du danger ;

Et se trouvant alors sous l'œil de sa maîtresse,

Paré de ses rubans ; jugez de son ivresse !

Envers elle on devint plus poli, plus courtois :

Dans le but de lui plaire, on créa les tournois

Où chaque chevalier, en contemplant sa dame,

Affrontait le trépas pour exprimer sa flamme.

Et ce qui produisit ce noble résultat,

Fut le mélange heureux du goût fin, délicat,

Des élégants Français avec les mœurs du pôle :

Ajoutez à cela la tendresse espagnole,
Ces élans généreux et ces lois de l'honneur
Qui surent élever les qualités du cœur,
Diriger, ennoblir l'esprit chevaleresque,
Et des Maures, enfin, le brillant romanesque.

Les aimables erreurs d'un délire amoureux
Qui, seules, dirigeaient la conduite des preux,
Et remplaçaient alors la prompte jouissance,
Par un temps prolongé de soins et de constance,
Ne pouvaient espérer un bien long avenir :
La femme le sentit, et pour le maintenir,
Son pouvoir découlant des charmantes chimères,
Elle établit des lois, des réglements sévères,
Et pour les appliquer, elle donna le jour
Aux jolis tribunaux qu'on nomma cours d'amour ;
Et déjà nous voyons, par les faits que j'avance,
Que la chevalerie est mise en sa puissance.
Mais, hélas ! que de fois on se trompe ici-bas !
Qui dépasse le but retourne sur ses pas.
Les formes qu'on suivit, les étranges cédules
Rendirent de ces cours les arrêts ridicules :
Les frivoles griefs, les plaisants châtiments
Finirent par servir de divertissements ;
Et changeant les guerriers en bergers d'Arcadie,

Cette institution fut vite abâtardie.

Cependant, ces arrêts, quoique discrédités,

Étant par les guerriers toujours exécutés,

Portèrent aux vertus une atteinte funeste :

De l'honneur le pouvoir devint moins manifeste ;

Et du sexe abritant les vices, les défauts,

A leur siècle ces cours causèrent bien des maux.

Mais, d'un autre côté, ces tribunaux comiques,

Adoucirent les mœurs de ces siècles gothiques.

Leur institution prépara les esprits

A sentir le besoin de devenir instruits ;

Et si, bientôt après, parurent les lumières,

On le doit à la femme, à l'amour, aux chimères.

    Vers cette époque, on vit les premiers troubadours,

Ces poètes galants qui consacraient leurs jours

A chanter la beauté, les grâces de la femme :

Aux accords de la lyre ils exprimaient leur flamme

Et faisaient agréer, souvent, leur passion

Grâce aux dehors charmants de leur profession

Qui, plus tard, s'ennoblit, s'illustra davantage ;

Car des rois, quelquefois, elle fut le partage ;

Mais cette époque, hélas ! en se civilisant,

Perdit de ses vertus sous leur joug séduisant.

    Au fond de leurs donjons, au milieu de leurs armes,

Les francs guerriers étaient exposés aux alarmes,
S'attendant chaque jour, et sans le provoquer,
Que l'ennemi voisin vînt pour les attaquer.

  Parfois, en recevant de leur dame chérie
Des leçons de décence et de galanterie,
Le seigneur apprenait qu'un jeune damoiseau
Demandait à parler au maître du château;
Et sitôt qu'il donnait l'ordre de l'introduire,
On voyait chez la dame un grâcieux sourire.
Cela se conçoit bien, elle espérait toujours .
Rencontrer le plaisir auprès des troubadours.
Funeste erreur! Souvent, de son aimable fille
Ils enlevaient le cœur, la trouvant plus gentille,
Ils donnaient en retour leurs charmantes chansons,
Et puis, se retiraient sans laisser de soupçons.
Pour tous ceux qui voudront un plus long commentaire,
Des mœurs de ces temps-là je vais les satisfaire.

TOURNOI.

Sur les bords du Linon, un jeune chevalier
Cheminait lentement, monté sur son coursier :
Son regard était doux, son port plein de noblesse,
Et ses traits prononcés n'étaient point sans finesse.
Montrait-il le matin beaucoup de gravité,
Le soir il se livrait à la frivolité ;
Tantôt audacieux, tantôt prudent et sage,
Indécis, résolu, doué d'un grand courage ;
Parfois irréfléchi, bien plus souvent pensif,
Caractère léger, esprit méditatif.
A l'amour destiné, ses mœurs étaient austères,
Son âme offrait, enfin, les divers caractères :
Il aurait pu se croire un héros de roman.
Tel était ce guerrier, on le nommait Isvan.
    Il pensait au tournoi que le duc de Bretagne,
Donnait pour ses plaisirs, au sein d'une campagne,
Le plus joli séjour des environs d'Antrain ;
L'ouverture en était fixée au lendemain ;
Quand au détour d'un bois, il voit sur la lisière,
Quelques archers suspects, il baisse sa visière ;
Une flèche, aussitôt, siffle, en traversant l'air,

Et vole en mille éclats sur son casque de fer.

Une autre lui succède; à l'instant, il s'élance

Suivi de son servant, précédé de sa lance,

Les attaquant de front, les disperse soudain;

Et la plupart d'entr'eux n'ont point de lendemain.

— Peste! dit Halgoët, son écuyer fidèle :

Vous venez d'acquérir une gloire immortelle;

Vous ne marchandez point, vous allez droit au but;

Ce n'est point, il est vrai, votre premier début....

— Cesse tes compliments, Halgoët, je te prie,

Lui dit le jeune Isvan : je hais la flatterie;

N'ayant eu devant moi que des hommes sans cœur,

Tu peux te dispenser d'exalter ma valeur.

C'étaient des cavaliers livrés au brigandage,

Sans honneur et sans foi, n'aimant que le pillage;

Aussi, sommes-nous faits pour les désarçonner,

Aider les voyageurs qu'ils veulent rançonner,

Des femmes protéger les vertus et les grâces,

Et les mettre à l'abri de ces hommes rapaces.

— D'accord! mais ce combat annonce, selon moi,

Un pronostic heureux pour le prochain tournoi.

— Halgoët, jusqu'ici mon cœur est resté libre;

Oui, mes sens ont été toujours en équilibre;

Les charmes, les doux yeux d'une jeune beauté,

N'ont point su commander ma sensibilité ;
Et, par là, je t'apprends, mon ami, qu'une femme
N'a jamais pu jeter du trouble dans mon âme.
— Mais quel rapport, seigneur, ceci peut-il avoir
Avec ce que j'ai dit et ce que j'ai pu voir ?
— Un très-grand, Halgoët, car l'amour nous excite,
Et de lui seul, parfois, dépend la réussite ;
La gloire, je le sais, enflamme notre cœur,
Mais l'amour, Halgoët, rend plus souvent vainqueur.
— Comment ! vous prétendez connaître sa puissance,
Quand on est comme vous, rempli d'indifférence ?...
— Avec toi, tu le sais, je parle sans détour.
Écoute, j'entrevois l'empire de l'amour ;
Je conçois ses effets et sa flamme divine ;
Si j'avais devant moi celle que j'imagine,
Quand je livre un combat témoin de ses attraits,
Avec plus de vigueur je lancerais mes traits.
La gloire est un prestige et l'amour un délire ;
Tu le vois, je comprends le pouvoir d'un sourire.
Alors, cher Halgoët, dans le prochain tournoi
Je puis être vaincu, je puis subir la loi
Du premier chevalier combattant pour sa belle ;
La valeur est, parfois, à la gloire infidèle ;
Et tandis que l'amour centuple nos efforts,

Il ferait, je le crois, affronter mille morts.

Hélas ! il m'en souvient, à la dernière passe

Que j'étais fatigué ! que mon âme était lasse !

— La gloire, cependant, releva votre cœur.

— Il est vrai ; mais le sort, seul, me rendit vainqueur.

— Il vous faut donc brûler d'une flamme amoureuse,

Et votre âme, seigneur, sera plus valeureuse ;

Et comme je connais vos sentiments guerriers,

Vous pourrez vaincre, alors, les plus fiers chevaliers.

— Il est donc, Halgoët, d'une grande importance

D'éviter, jusque-là, de briser une lance.

Il faut savoir d'abord si mon cœur peut aimer ;

Une fois amoureux, je puis alors m'armer,

Me jeter dans la lice, et l'amour et la gloire

Me feront aisément remporter la victoire.

— Maintenez-vous, seigneur, dans un tel sentiment,

Tout vous sera possible en devenant amant.

— Mais, mon cher Halgoët, pourrais-tu bien me dire

Si jamais je verrai celle que je désire ?

— Un essaim de beautés vous apprendra demain,

Si vous devez la voir à la lice d'Antrain.

Dans ces temps reculés on voyait la vieillesse

Accourir aux tournois ainsi que la jeunesse ;

Et ces joutes avaient pour elle tant d'appas,

Que les infirmités ne l'en empêchaient pas.
Le désir de les voir tournait toutes les têtes :
Que la foule était grande à de pareilles fêtes !
On voyait se presser, gaîment, de toute part,
Le noble, le bourgeois, le clerc, le campagnard.
De même, Isvan brûlait d'être à la passe d'armes,
Tant les joutes étaient pour lui pleines de charmes.
Aussi, pour en jouir il s'y rendait alors,
Mais il n'y voulait point essayer ses efforts.
Comme nous l'avons dit, une amoureuse flamme
Devait tremper avant les ressorts de son âme,
Ne voulant point courir les hasards des combats,
S'il n'était soutenu par de divins appas
Qui rendraient, pensait-il, la lutte plus facile ;
Dans de tels sentiments, il arrive à la ville.

Pour y trouver accès il a mille embarras,
La masse d'étrangers l'arrête à chaque pas ;
Toutefois, il avance et traverse la foule
Qui s'écarte à mesure, et lentement s'écoule,
Et parvient à gagner un mauvais cabaret
Que n'aurait point choisi son servant Halgoët.
Il est vrai qu'il avait une triste apparence,
Mais pouvait-on choisir en pareille occurrence ?
C'était déjà beaucoup que l'on pût s'y loger,

Ayant derrière lui deux jeunes écuyers,

Qui précédaient deux rangs de nobles chevaliers.

Recevant les vivat, partout, sur leur passage ;

Ils faisaient à cheval la parade d'usage,

Revêtus de pourpoints, dont l'uniformité

Annonçait que chez eux régnait l'égalité ;

Néanmoins, les voyant désarmés et sans casque,

On aurait pu trouver la parade fantasque ;

Mais chacun d'eux tenait le bâton des tournois *,

Le signe d'un haut rang, le signe des exploits.

Une fois terminée, ils quittèrent la ville

Pour aller à la cour ; les sires de Belle-Ille

Et de Montafélant, de Dol, de Penhoët,

De Mur, de Tenténiac, d'Uzel, de Plancoët

Se faisaient remarquer par leurs ports, leurs tournures

Et les traits prononcés de leurs mâles figures ;

Or, comme ce spectacle offrait certains appas,

Ne soyez point surpris qu'Isvan suivit leurs pas.

Mais laissons le parler : J'entendis la trompette

Dont le bruit aigre et dur, et que l'écho répète,

De Jean, duc de Bretagne annoncer le retour

A son château d'Antrain, où se tenait sa cour.

---

* Le P. Ménestrier. Ch. I, pag. 21. — Réné d'Anjou. — La Colombier, *en son théâtre d'Honneur et de Chevalerie*. Ch. V, pag. 49 et suivantes.

Cent chevaliers brillants, la fleur de la noblesse,
Suivaient le charriot qui portait la duchesse ;
Elle était au milieu de ses dames d'honneur
Dont les doux yeux devaient enflammer plus d'un cœur.
Des casques lumineux et couronnés d'aigrettes
Ombrageaient ces héros et protégeaient leurs têtes ;
Et les bras exercés de ces hommes vaillants
Contenaient la vigueur de leurs chevaux bouillants
Que l'on voyait, trempés d'une sueur fumante,
Ronger, blanchir leur mors, de leur bouche écumante.
Le duc, tranquillement, marchait d'un pas égal ;
Il arrive, il s'arrête, il descend de cheval,
M'aperçoit dans la foule, aussitôt me salue,
Disant : bonjour, jongleur ! Je détourne la vue
Croyant qu'un baladin était derrière moi,
Je faillis me trahir, car j'étais en émoi ;
Ce n'est point étonnant, les signes d'allégresse,
L'aspect de tant de preux, la fleur de la noblesse,
Répandant un parfum de gloire et de grandeur ;
Le sang de mes aïeux bouillonnait dans mon cœur ;
Car me ressouvenant de ma haute naissance,
Je ne pouvais penser qu'aux faits de leur vaillance.
Dans cet enivrement, il était naturel
D'oublier que j'avais l'habit de ménestrel.

Halgoët, dit Isvan, j'ordonne qu'on me quitte;
Voulant suivre le duc, j'entends être sans suite
Et rester inconnu; je désire tout voir;
Laisse moi, ne crains rien; je rentrerai ce soir.
    Pour passer au-dessous des cintres des poternes
Qu'on retrouve parfois dans nos châteaux modernes,
Les preux, ces fiers barons, suivant leur suzerain,
Se baissaient, traversaient, se redressaient soudain;
Déployant la fierté de leur noble stature
Que rehaussait encor l'éclat de leur armure.
Comme Isvan avait eu du duc un compliment
Qu'il ne devait alors qu'à son déguisement,
Il eut le droit d'entrer dans la salle du trône;
Il y pénétra donc sans surprendre personne.
Retiré dans un coin, il voyait certains preux,
Se parler, se croiser en marchant deux à deux;
Près des belles, plusieurs ignoraient le silence,
Quand, au même moment, un roi d'armes s'avance,
Et les juges diseurs entrent à deux battants,
Appelés à remplir leurs devoirs importants.
On les reconnaissait à leurs baguettes blanches,
A leurs longs justaucorps, à l'ampleur de leurs manches:
Ils étaient précédés par des gens en surplis
Qui portaient des flambeaux et des rameaux fleuris.

Le voile grâcieux de la merci des dames,
Signalant aux tournois la bonté de leurs âmes,
Drapeau léger, galant, que le héraut portait
Tout au haut d'une lance, en ce moment flottait;
Et les juges diseurs, à l'usage fidèles,
Désignèrent de suite, et parmi les plus belles,
Deux dames, pour nommer un chevalier d'honneur.
Le choix de celles-ci fut dicté par le cœur,
Et lui tinrent ensuite à peu près ce langage :
  « Très-courtois chevalier, recevez cet hommage;
» Vous êtes reconnu fidèle, obéissant,
» Et comme nous avons le cœur compâtissant,
» Nous voulons qu'en vos mains, cette enseigne légère
» Arrête les écarts d'une ardeur trop guerrière;
» Que des regrets cuisants n'attristent point le jour
» Où la lice est ouverte à la gloire, à l'amour.
» Car, si dans le combat, un champion se trouve
» Trop rudement frappé, notre tendre cœur s'ouvre
» A la compassion, à la douce pitié,
» Et notre âme ressent, pour lui, de l'amitié.
» Aussi, nous désirons le rendre inviolable,
» Or, si vous aspirez à nous être agréable,
» Vous devrez abaisser sur lui cet étendard
» Et, dans ce cas, seigneur, éviter tout retard.

» — Mesdames, un tel choix a lieu de me surprendre:

» Moi! chevalier d'honneur! je ne puis le comprendre;

» Moi, recevoir de vous un aussi noble emploi!

» Vous pouviez en trouver un plus digne que moi;

» Toutefois, je l'accepte avec reconnaissance;

» Mais vous excuserez un peu mon ignorance *. »

Tout le monde partit au coucher du soleil,

Et peu de chevaliers goûtèrent le sommeil.

Qui s'en étonnerait? bercés par les chimères,

Pouvaient-ils parvenir à clore leurs paupières?

On sait que de l'amour la tranquille langueur,

Par sa béatitude, agite plus le cœur.

Si, pour la gloire, Isvan était toujours de flamme,

Il ne remarqua rien qui pût troubler son âme;

Il se retira donc, et toujours inconnu,

Le cœur indifférent, comme il était venu.

Son fidèle Halgoët souffrait de son absence,

Rien n'était comparable à son impatience;

Les soucis arrivaient déjà pour l'assiéger,

Quand Isvan reparut et vint le soulager.

Celui-ci lui conta deux mots de sa conduite;

Puis, il se déshabille et se couche de suite.

* Le P. Ménestrier. Ch. I, pag. 21. — Réné d'Anjou. — La Colombier, *en son* *théâtre d'Honneur et de Chevalerie.* Ch. V, pag. 49 et suivantes.

Dès que l'aube du jour, à la pâle blancheur,
Dans les champs, dans les airs, répandit la fraîcheur;
Qu'un vent léger, follet, précurseur de l'aurore,
Courut dans la vallée (Isvan dormait encore),
Chaque servant d'amour, alla pour être armé,
Trouver l'objet chéri dont il était aimé ;
Et poussé par sa flamme, aspirant à la gloire,
Demander le baiser, gage de la victoire.
Que de doux entretiens aux pieds de la beauté !
Que d'ardeur, que de vœux, que de fidélité !
En ce moment suprême, on voyait une belle,
Sévère jusqu'alors, cesser d'être cruelle.
Après avoir, hélas ! si souvent dit : *Nenni,*
Juger qu'il était temps de prononcer un *oui.*
Et ce *oui,* mot charmant, relevait le courage,
Et du triomphe était le plus heureux présage.
La belle aussi gardait le mot affirmatif,
Pour opérer miracle, au moment décisif *.

Isvan, bientôt après, au bruit de la trompette,
S'éveille et se redresse, il avance la tête ;
Écoute, ouvre les yeux, et dès qu'il voit le jour,
Il appelle Halgoët qu'il éveille à son tour.

---

* *Voyez* le roman de Partenopex de Blois.

Puis du déguisement employant l'artifice,
Ils sortent inconnus pour se rendre à la lice.
  Une vaste prairie, aux environs d'Autrain,
Offrait, pour le tournoi, le plus heureux terrain;
Il semblait tout exprès formé par la nature,
Car il représentait un bassin de verdure
Largement évasé dont le fond dégarni,
Dépouillé de gazon, formait un sol uni.
Ce vaste emplacement, clos par des palissades,
Avait au nord, au sud, deux portes en arcades,
Pour que deux cavaliers, dans son espace rond,
Pussent facilement s'introduire de front.
Des troupes, des hérauts et des poursuivants d'armes,
Y protégeaient l'abord du séjour aux alarmes;
Et les hérauts étaient chargés de recevoir
Les nobles chevaliers, bercés du doux espoir,
Soutenus par l'amour et l'honneur et la gloire
Qu'ils auraient, au tournoi, le prix de la victoire.
  Du côté du midi, sur un petit plateau,
Étaient six pavillons de l'aspect le plus beau.
Aux faîtes, on voyait une flamme légère,
Frêle jouet des vents, animer l'atmosphère.
Aux façades étaient les tymbres, les cimiers,
Les écus blasonnés des tenants chevaliers

Qui les faisaient garder par des varlets, des pages,
Tous déguisés en ours, en lions, en sauvages *.

Vers le côté du nord et sur un terrain clos,
Devaient se réunir les chevaliers rivaux ;
Ces nobles assaillants qui voyaient tant de charmes
A combattre autrefois les tenants d'un pas d'armes.

Sur des buffets, auprès de ces emplacements,
On avait préparé des raffraîchissements.

Tout autour de l'arène étaient des galeries
Couvertes en tissus ornés de broderies.
Des siéges s'y trouvaient, semblables aux divans
Où l'on pouvait s'asseoir sur des coussins mouvants
Qui, sans offrir aux yeux une grande richesse,
Étaient tous réservés, gardés pour la noblesse.

Puis, au-dessous, un lieu par les ordonnateurs
Se trouvait ménagé pour d'autres spectateurs
Dont le rang les mettait au-dessus du vulgaire.
Ce lieu bordait la lice, en sa forme annulaire,
D'un arbre ou d'un clocher d'autres s'accommodaient ;
Les gens du peuple, enfin, des coteaux regardaient.

Du côté du levant, de riches armoiries
Décoraient un balcon au sein des galeries.

* Le P. Ménestrier, pag. 8 de l'*Origine des Ornements des Armoiries*

On l'avait surmonté d'un dais broché d'argent,
Sur un fond d'or gris perle et d'un effet changeant.
Des paillettes en or brillaient dans des guirlandes
Faites au goût du temps en dentelles flamandes.
Puis, un trône élevé, garni de franges d'or,
Réservé pour le duc, s'y remarquait encor.
Et pour le protéger, des gardes et des pages
Se trouvaient à l'entour sur des échafaudages.

En face, pour placer la reine des amours,
Était un autre dais, coquet en ses atours,
On voyait au-dessus flotter des banderolles
Où l'on avait inscrit des devises fort drôles ;
Des emblêmes d'amour, tels qu'à de petits mâts,
Pendaient des *aimez-moi,* des *ne m'oubliez pas.*
On y voyait encor des carquois et des flèches,
Et des amours portant de petites dépêches
Qu'aujourd'hui nous nommons des billets parfumés ;
Et puis, des cœurs blessés et des cœurs enflammés.
Des pages sémillants avec de jeunes filles
Prises, on le voyait, parmi les plus gentilles,
Portant des vêtements de satin rose et vert,
Sous ce dais pavoisé se tenaient à couvert ;
Et du trône élégant d'où la beauté commande,
Ils se groupaient autour en forme de guirlande.

Déjà, les arrivants, selon leurs qualités,

Cherchant à se placer aux divers lieux cités;

En passant au milieu d'une foule innombrable,

Causèrent un désordre, un tumulte effroyable.

Mais les hallebardiers agirent sans façon,

Et surent leur donner bien vite une leçon.

Chacun s'étant rangé, les disputes cessèrent;

Alors, les spectateurs promptement se placèrent.

Mais les petites gens conçurent de l'humeur,

Chez eux, on entendit une sourde rumeur;

Ils contestaient encor le rang, la préséance,

De tous temps, s'étant crus d'une grande importance.

Ensuite, des hérauts, sans cesse en mouvement,

Au bon ordre veillaient dans chaque emplacement;

Et de plus, deux guerriers, les chefs de la police,

De pied en cape armés, circulaient dans la lice.

Ils étaient appelés maréchaux du tournoi,

Et d'Uzel et de Mur exerçaient cet emploi.

De brillants écuyers, à la taille élevée,

Des tenants, tout à coup, annoncent l'arrivée,

Et d'avides regards se dirigent sur eux;

Mais on n'eut point le temps de contempler ces preux.

Chacun de ces guerriers que Jean venait d'élire,

Au sein des pavillons, aussitôt se retire.

Presque aussitôt après, vinrent les chevaliers
Suivis de leurs varlets et de leurs écuyers.
Ils furent accueillis par de flatteurs murmures ;
C'était fort naturel, leurs brillantes armures,
Faites d'or et d'acier, d'un poli sans pareil,
Reflétaient, coup sur coup, les clartés du soleil.
Aussi, de ces guerriers la foule éblouissante
Présentait au public une masse mouvante
De paillettes de feu, de flots étincelants
Et de jets de lumières aux effets aveuglants.
Puis, ces héros avaient sur la tête des casques
Qui frappaient tous les yeux par leurs formes fantasques,
Si bien que leurs cimiers représentaient des tours,
Des têtes de taureaux, des lions, des vautours,
Des lyres, des griffons, des astres, des chimères ;
On le voit, ils étaient fort extraordinaires.
Ensuite, des rubans, appelés lambrequins,
Nouaient des chaperons à ces casques sans crins.
Mais le plus étonnant de ces cimiers bizarres,
Supportait en relief un oiseau des plus rares
Qui s'agitait sans cesse et qui poussait des cris ;
L'art seul l'ayant créé, l'on en était épris :
Partout retentissaient des signes d'allégresse.

Mais, que faisait Isvan ? au sein de la noblesse,

Avec son écuyer, comme lui déguisé,

D'occuper une place il s'était avisé.

En se le permettant, que pouvait-on lui dire?

Jean ne l'avait-il point honoré d'un sourire?

Au reste, un des hérauts chez le duc l'avait vu,

Il put donc y rester, quoiqu'il fut inconnu.

Or, du trône ducal désirant être en face,

Il avait su s'y mettre, avec un peu d'audace.

C'est de là qu'il voyait, jugeait les spectateurs,

En les analysant de ses yeux scrutateurs.

Mais, son regard se fixe, et le corps immobile,

Isvan bientôt éprouve un sentiment fébrile,

Et, la bouche entr'ouverte, il ne respire plus.

Ses esprits s'égarant, tout lui paraît diffus.

L'extase par degrés le menait au délire,

Lorsque son écuyer du charme le retire,

En le questionnant, pour savoir ce qu'il a.

Notre héros répond : l'univers l'apprendra.

Mais, dans le même instant, la trompette guerrière

Jette ses sons aigus à travers l'atmosphère.

Le duc paraît, s'avance au milieu de sa cour ;

Des pages éveillés folâtrent à l'entour.

De brillants officiers escortent sa personne ;

Enfin, le duc arrive, et s'assied sur son trône.

On proclame, aussitôt, les règles du tournoi.
Des nobles chevaliers qui nous peindra l'émoi,
Quand, de la part du duc, les hérauts vinrent dire,
Qu'au profit du vainqueur il daignait s'interdire
Le droit de désigner la reine de beauté ?...
Notre héros au ciel d'ivresse est transporté :
Cette haute faveur vient exalter son âme ;
Il ne se connaît plus, tant la gloire l'enflamme ;
Et se laissant aller aux élans d'un grand cœur,
Il s'écrie : Halgoët, on me verra vainqueur !
— Eh, quoi ! vous désirez... — Je te le dis d'avance,
J'obtiendrai la victoire ; elle est en ma puissance !
A présent, mon ami, tu connais mon projet ;
Je veux combattre ; ainsi, devant me tenir prêt,
Allons tout disposer pour ce jour de bataille.
En y songeant je sens que mon âme tressaille !
Tu le vois, Halgoët ; je te parle sans fard ;
Partons...—Vous aimez donc ?... —Tu le sauras plus tard.

Le duc, en n'usant point du droit de nommer celle
Qui devait au tournoi passer pour la plus belle,
Savait qu'un pareil droit souvent rend malheureux,
Et que, pour l'épurer, il faut être amoureux.
C'est si vrai, qu'un amant, s'il expose sa vie
Afin de l'obtenir, se rira de l'envie.

Jean se l'interdisant, n'en a plus l'embarras
Et se borne à donner le signal des combats.

A cet ordre du duc, les barrières s'abaissent.
Choisis par le hasard, six assaillants s'empressent,
Afin de provoquer les tenants-chevaliers,
D'aller aux pavillons toucher leurs boucliers.
Et rentrés dans l'arène, observant la consigne,
Vers la porte du nord ils se rangent en ligne.
Bientôt, chaque tenant sort de son pavillon,
On reconnaît alors les sires d'Orvillon,
Et de Montafilant, de Ploeuc, de Guérande;
Le comte de Sancère et le baron d'Ingrande,
Qui, tous, considéraient comme déjà vaincus
Ceux qui s'étaient permis de toucher leurs écus.
Il est vrai qu'aux exploits pas un n'était novice,
Aussi, s'empressent-ils de se rendre à la lice.
Quel émouvant tableau! l'on voyait douze preux,
Tous recouverts d'acier, se mesurer des yeux.
Les assaillants étaient d'une haute stature,
Et les nobles tenants brillaient par leur tournure :
Or, comme à leur courage ils pouvaient se fier,
Tous ces preux, à les voir, semblaient se défier.

Une trompette sonne, ils baissent leurs visières,
Leurs coursiers frémissants hérissent leurs crinières,

Ils partent au galop ; et la lance à la main,
Tous ces fiers chevaliers se rencontrent soudain,
On les voit se porter des coups épouvantables,
Et sur leurs destriers rester inébranlables,
Les applaudissements exaltent leur valeur,
Il s'abordent, alors, avec plus de chaleur.
Autour de chacun d'eux, ils courent, ils conversent,
S'attaquent de nouveau, se heurtent, se dispersent ;
Se rejoignent encore, et leurs chevaux fougueux
Semblent se figurer qu'ils combattent pour eux.
Les chocs renouvelés faisaient trembler l'arène ;
La fortune, un instant, paraissait incertaine,
Quand les nobles tenants, par un dernier effort,
De ce combat fameux fixent enfin le sort.
Seul le baron d'Ingrande emporta la victoire
Sans briser une lance : il s'y couvrit de gloire.

Trois des six chevaliers vidèrent les arçons ;
Deux autres assaillants reçurent leurs leçons.
Un seul sut résister au comte de Sancère ;
Aussi demeura-t-il, la tête haute et fière,
Le dernier dans l'arène ; et puis se retira,
Après deux mouvements que le peuple admira.

Les vaincus, pour traiter du rachat de leurs armes,
Avaient déjà quitté le champs clos des alarmes.

Enfin, pour un instant, les tenants délivrés
Du souci de combattre, étaient tous retirés.

Mais à peine avaient-ils déposé leur armure,
Que d'autres assaillants se mirent en mesure
D'aller les provoquer. Aussitôt, les premiers
Sortent des pavillons, et vont aux chevaliers
Qui soutinrent le choc avec tant de puissance
Que le peuple admira leur noble contenance.
Mais, redoublant d'ardeur, les tenants irrités
Reviennent à la charge à coups précipités;
Et l'on combat, alors, avec tant de courage
Que chacun, tour à tour, semble avoir l'avantage.
Toutefois les tenants, disent les chroniqueurs,
Par vaillance ou hasard, demeurèrent vainqueurs.
Au reste, de ceux-ci pas un ne perdit selle;
C'était dans les tournois la gloire la plus belle;
Et ces nobles guerriers, dans deux autres combats,
Obtinrent, chaque fois, les mêmes résultats.
Enfin, voyant qu'après une assez longue pause,
Aller les attaquer aucun chevalier n'ose.
Les hérauts, d'une voix à se faire écouter,
Disent aux assaillants : « Venez donc disputer
» Le prix de la victoire! Amour, amour aux dames!
» Honneur à vous! montrez la grandeur de vos âmes!

» Songez à vos hauts faits ; songez que de beaux yeux
» Veulent vous admirer, accourez, nobles preux ! »
   De tous ces chevaliers aucun ne se présente ;
Le peuple impatient s'agite et se tourmente ;
Jean, en ce moment donc, croit devoir ordonner
Par la voix des hérauts, qu'il va se prononcer
Pour accorder le prix ; mais sur cette entrefaite,
Vers la porte du nord, une seule trompette
Fait entendre des sons durs et provocateurs.
— Bravo ! c'est un défi, dirent les spectateurs.
Les maréchaux, de suite, ordonnent le silence,
On ouvre la barrière, un chevalier s'avance,
Monté sur un coursier plein d'ardeur et de feu :
L'assouplir, le guider, pour lui n'était qu'un jeu ;
Ce tout jeune guerrier, brillant, rempli de grâce,
Fortement vigoureux, portant bien sa cuirasse
Toute dasmasquinée et reluisante d'or,
Avait au bouclier, un aiglon en essor
Avec cette devise : *Un jeune amour doit vaincre,*
J'aime le plus ma dame, et je vais t'en convaincre.
Puis, du côté du duc voulant se diriger,
Il fait faire un à gauche à son coursier léger
Qui file droit au prince, et tout à coup l'arrête,
Ferme des quatre pieds et portant haut la tête.

Lors, notre chevalier, en courtois paladin,

Rend son hommage au duc qui le reçoit très-bien.

Les dames qu'il salue admirent sa tournure ;

Leur suffrage toujours fut d'un heureux augure.

On peut bien se douter que plus d'un tendre cœur

Battait et désirait le voir triomphateur ;

J'ai lieu de supposer qu'on me croira sans peine.

Tous ses devoirs remplis, il part, sort de l'arène,

Et du succès se croit tellement convaincu,

Que du baron d'Ingrande il va toucher l'écu.

Ce jeune chevalier aussitôt se retire,

Il rentre dans la lice où le peuple l'admire.

Rendu rapidement à la porte du nord,

Il se tourne, s'arrête, et sans le moindre effort,

Se pose en attendant que le baron d'Ingrande,

Ce terrible tenant, du pavillon descende.

Mais, au bout d'un moment, le baron chevalier

Se présente au champs clos, monté sur un coursier

Qu'on avait revêtu d'un drap d'or bleu céleste.

Son port a de la grâce et son allure est leste ;

Six pages au teint frais, gentils cavalcadours,

Sur de jolis chevaux l'escortent au Béhours.

Un écuyer les suit, armé de toutes pièces,

Pendant que les héros provoquent les largesses.

De même, l'assaillant, d'un semblable écuyer,
Pour aller au combat se faisait appuyer.

 Tout à coup, entendant la trompette guerrière,
Leurs nobles destriers du pied frappent la terre ;
Ils semblent épouser la querelle des preux :
Leur œil, en ce moment, roule un sang lumineux ;
Leurs flancs sont agités, ils grandissent leur taille,
Et leurs nazeaux brûlants appellent la bataille.

 Les cris : Laissez aller ! à l'instant fendent l'air,
Les nobles champions partent comme l'éclair ;
Ils vont s'entre choquer au milieu de l'arène,
Et leur rencontre, au loin, retentit dans la plaine.
En voulant traverser leur poitrine d'airain,
Leurs lances en éclats se brisèrent soudain,
Et le choc fut si fort, que leurs chevaux plièrent.
Mais les deux cavaliers si bien les manièrent,
Qu'aidés de l'éperon, ils purent prévenir
Une chute certaine, ayant su les tenir,
Comparant leur rencontre aux précédentes joutes,
Le peuple la trouva la plus franche de toutes ;
Et pour manifester le plaisir de la voir,
Chaque dame agitait en avant son mouchoir.
Les deux preux, ayant pris une nouvelle lance
Des mains des écuyers, le combat recommence.

Ils courent aussitôt au-devant des exploits,
Fondant rapidement l'un sur l'autre à la fois.
La lance du baron sur son antagoniste
Frappe si rudement, qu'à peine il lui résiste ;
Car en arrière on vit pencher le chevalier,
Cependant, il revient droit sur son destrier,
Et peut apercevoir, roulant sur la poussière,
Le baron qu'il avait atteint à la visière ;
Coup des plus périlleux, difficile à porter,
Mais auquel, bien porté, l'on ne peut résister.
Pour réparer l'échec de sa valeur trompée,
Le tenant se relève et tire son épée ;
Et le noble assaillant, pour répondre à ses vœux,
Descend de son cheval et marche droit au preux.
Alors, les maréchaux accourent au plus vite,
S'interposent entr'eux, les séparent de suite,
En leur faisant savoir qu'ils avaient le mandat
D'empêcher, en ces lieux, ce genre de combat ;
A cet avis formel que ces guerriers maudirent,
Chacun de son côté, tous les deux se retirent ;
Le jeune chevalier vers la porte du nord,
Et par celle du sud le noble baron sort,
Allant au pavillon déplorer sa défaite.
Notre héros vainqueur est porté jusqu'au faîte ;

Les regards de chacun étaient fixés sur lui,
Quand son trompette sonne aux tenants un défi.
Aussitôt, un héraut s'empresse de leur dire
Qu'à leurs conditions il est prêt à souscrire,
Et qu'il les combattra tous successivement,
Dans l'ordre qu'ils voudront, selon leur agrément.
Jugez si la fureur chez les tenants fut grande !
Aussi, celui qui vint, le sire de Guérande,
Dans sa rage, voulant venger un tel affront,
Pour le joindre ne crut jamais être assez prompt.
Sur ce rude assaillant il court, se précipite,
Mais celui-ci, fondant encor sur lui plus vite ;
Détermina des chocs entre ces chevaliers,
Si forts, que le tenant perdit ses étriers.
Aussitôt, l'assaillant lui dit de se remettre ;
Mais la loi du tournoi ne pouvant le permettre,
Notre jeune guerrier est proclamé vainqueur,
Et le tenant s'en va dévorer sa douleur.
    Avec Montafilant, lutteur plein de courage,
Le noble chevalier de même eut l'avantage ;
Et malgré la valeur qu'ils surent déployer
Les autres, un instant, ne purent l'ébranler,
Car tour à tour vaincus de la lice ils sortirent.
    Aussitôt, dans les airs mille cris retentirent ;

Du héros désirant honorer les exploits,
Déclarés les plus beaux d'une commune voix.

Le duc le fait venir et dit : « Votre devise
A d'abord, chevalier, causé de la surprise ;
Dans elle on ne voyait qu'un esprit orgueilleux
Qui venait se vanter de vaincre tous les preux ;
Mais vous avez prouvé que vous pouviez l'inscrire :
Je n'ai donc qu'à louer vos hauts faits que j'admire.
Quant au prix, vous l'avez par trop bien mérité,
Pour ne point désigner la reine de beauté.
Aussi, désirons-nous que vous fassiez connaître
Celle dont les attraits ont tant d'amour fait naître. »

Puis, le duc fait donner au noble chevalier,
Pour prix de la valeur, un superbe coursier.
Et dessus aussitôt notre héros s'élance,
Part au petit galop, en brandissant sa lance.
De l'arène, avec grâce, il fait deux fois le tour ;
Les dames, en passant, lui jettent tour à tour
Des fleurs, des cordonnets et des galons de soie ;
Ces aimables faveurs le remplissent de joie ;
En présence du duc il se place soudain,
Droit comme une statue ou de marbre ou d'airain.

Le prince en le voyant admire sa prestance,
Et lui dit : « Chevalier, élevez votre lance,

Et recevez au bout cette couronne d'or :
Celle qui doit l'avoir, vous l'ignorez encor ;
Mais nous pensons qu'elle est au sein des galeries,
Et que vous donneriez pour elle mille vies :
Nous en sommes certains ; votre noble valeur
Indiquait un amour qui brûlait votre cœur.
Jusqu'ici nous voyons le héros de nos fêtes,
Maintenant, chevalier, dites-nous qui vous êtes ;
Découvrez-vous, qu'on puisse apercevoir vos traits. »
Son désir exaucé, Jean les voyant de près,
S'écrie : « Oh ! ce sont eux, ma mémoire est fidèle :
Je ne me trompe point ; oui, je me les rappelle ;
Mais où ? je n'en sais rien.—Seigneur, à votre cour,
Répond le chevalier. — Ah ! c'est le troubadour !
Votre devise alors n'était point dérisoire ;
Car au plus amoureux doit rester la victoire.
Ah ! vous vous déguisez en poète galant !
Ce rôle devait plaire au cœur le plus brûlant.
Nous ne vous blâmons point ; car des rois et des princes,
Jadis, tout comme vous, parcouraient les provinces,
Et, malgré le projet de rester inconnu,
Vous serez à ma cour toujours le bien-venu.
A présent, chevalier, allez couronner celle
Qui doit, en ce beau jour, passer pour la plus belle. »

Et le jeune héros, au comble du bonheur,
Va droit à la beauté qui subjugue son cœur.
Puis, il baisse sa lance, incline sa personne,
Et met à ses genoux la charmante couronne
Ciselée, imitant des feuilles de laurier
Symbole des hauts faits du noble chevalier;
Et comme allusion à l'état de son âme,
On y voyait des cœurs surmontés d'une flamme;
Pour caractériser encor le sentiment,
Des flèches et des arcs en faisaient l'ornement.
Enfin, cette couronne, aimable allégorie,
Offrait les attributs de la galanterie.

Un murmure confus aussitôt se répand,
Puis, circule le nom d'Isaure d'Osterland.
C'était l'heureuse amante à qui l'amour, la gloire
Venaient de consacrer le fruit de la victoire.
Ce nom par les hérauts mille fois répété
Fait connaître au public la reine de beauté;
Et ce choix de l'amour, le duc le sanctionne.
Mais, désirant la voir, il descend de son trône;
Monte à cheval, et part pour la complimenter.
Arrivé, Jean lui dit : Nous venons apporter,
Madame, notre hommage, applaudir à vos charmes,
Aux exploits, au bon goût du héros du pas d'armes,

Et pour vous engager au banquet de ce soir
Où nous serions flattés, Madame, de vous voir ;
Car si nous possédons votre aimable présence,
Nous ferons avec vous plus ample connaissance.
Vous viendrez donc, Madame, embellir notre cour,
Et donner de l'éclat au déclin d'un tel jour.
Demain, vous régnerez ; et cet aimable empire
Qu'on ne doit qu'à la grâce, et qu'au divin sourire,
Pouvoir si convoité qui maîtrise les cœurs,
Vous fera couronner le vainqueur des vainqueurs ;
Je serais trop heureux si j'apprenais, Madame,
Que le héros du jour a su ravir votre âme.
Le comte d'Osterland au prince répondit :
Ma fille, Monseigneur, à vos ordres souscrit ;
Sans cependant des cours connaître les usages,
Elle ne pense point prétendre à tant d'hommages.
Elle est si jeune encor ! — C'est un défaut charmant,
Qu'à la cour, mon cher comte, on pardonne aisément.
Puis, vous l'accompagnez, le chevalier de même
Qui saura protéger son joli diadême.
Nous comptons donc sur vous ; belle dame, à ce soir.
Vous l'avez entendu, chevalier ? au revoir.
 Le prince se retire. Et de suite, la foule,
En le voyant partir, de tous côtés s'écoule.

Et l'on n'entendait plus qu'un léger bruit lointain
De gens qui s'éloignaient jusques au lendemain ;
Bientôt tout disparut. Laissons poindre l'aurore,
Pour vous entretenir de la charmante Isaure.

ISAURE.

Plus que jamais je suis sous le poid des regrets.
Au manuscrit que j'ai manquent quelques feuillets
Où l'on avait décrit la seconde journée ;
La lacune, je crois, me sera pardonnée :
Mais je dois présumer un grand événement,
D'après le contenu d'un tout petit fragment.
Oh ! je vous l'avoûrai, ma surprise fut grande,
D'y voir que le vainqueur fut le baron d'Ingrande.
Les causes, je ne sus même les soupçonner,
Et le cours du récit put seul me les donner.

   .   .   .   .

   .   .   .   .

   .   .   .   .

   .   .   .   .

Le comte d'Osterland, d'une illustre famille,
Veuf depuis fort longtemps n'avait plus que sa fille.
Il vivait sur un fief, dans un de ses châteaux,
Ne se mêlant jamais à ses collatéraux.
Dans sa haute stature et sa figure mâle.
On n'apercevait point l'âme sentimentale.
D'un caractère altier, sauvage dans ses mœurs,

Inflexible surtout, jusque dans ses rigueurs ;
Emporté, violent, guerrier plein de courage,
Il était toujours prêt à venger un outrage.
Penseur des plus communs, ignorant illettré,
Dans la chevalerie il était arriéré,
A grand' peine il pouvait suivre ses lois sévères,
Étant trop positif pour vivre de chimères.
Aussi, fus-je surpris d'apprendre que ce preux
Était, à cette époque, un ardent amoureux.

Almoïde, soutien de la chevalerie,
Fort souvent l'exerçait à la galanterie.
Elle était jeune encore, elle avait les yeux vifs,
Le front développé, l'esprit des plus actifs,
Désirant de son sexe agrandir la puissance,
Elle savait user de son intelligence,
Se faisant seconder avec habileté
Par l'heureux ascendant que donne la beauté.
De son sexe elle était un éloquent apôtre,
Envoyé tout exprès pour tourmenter le nôtre.
Au code de l'honneur tous les jours travaillant,
Elle s'en promettait un rôle plus brillant.
A raffiner l'amour elle tendait sans cesse ;
Du comte d'Osterland, telle était la maîtresse,
Bien rarement comme elle on en trouve aujourd'hui ;

Car ce genre d'amour n'a plus guère d'appui,

 Si d'en aimer une autre il eut pu faire en sorte,

Sa passion, sans doute, eut été bien moins forte ;

Et l'état de son cœur étant moins chaleureux,

Aurait certes rendu ce guerrier plus heureux.

 Le comte, à tout moment, aux genoux de sa belle

Oubliait les conseils qu'il avait reçus d'elle.

Aussi, l'amant pressant quelquefois s'écartait,

Mais d'un mot à sa place elle le remettait ;

Malgré son repentir, en cette circonstance,

Il était assuré d'avoir pour récompense,

D'épeler l'alphabet qu'il ignorait alors,

Désirant de cette âme adoucir les ressorts

Et les aspérités, elle lui faisait suivre

Un cours d'amour complet décrit dans un gros livre,

Lequel traçait de plus les devoirs envers Dieu.

Cette étude, à coup sûr, le fatiguait un peu :

Mais à tous ses désirs il fallait se soumettre,

En être satisfait, ou du moins le paraître ;

Et, pour prix de ses soins, il n'était point certain

De déposer toujours un baiser sur sa main.

Dès lors qu'il obtenait cette faveur extrême,

Il la considérait comme le bonheur même.

Ensuite, notre amant se retirait le soir,

Escorté de ses gens, au sein de son manoir.

Il ne lui restait plus que six heures de route,
Par des chemins affreux, où l'on ne voyait goutte,
Surtout, quand il était forcé de rentrer tard,
Couvert, enveloppé par un épais brouillard.
La route, dans ce cas, n'était point toujours sûre ;
Il arrivait aussi parfois quelqu'aventure :
Tantôt, il se voyait obligé de purger
La terre de brigands qui venaient le charger,
Tantôt de protéger un prêtre qu'on insulte,
Ou l'honneur d'une fille, à peine encore adulte,
Ou donner des leçons à quelques villageois
Qui parlaient d'Almoïde en termes discourtois :
Du comte d'Osterland telle était l'existence
Que soutenaient l'amour et la douce espérance.

Dire qu'il n'éprouvait jamais la moindre humeur,
Ce serait exalter la bonté de son cœur ;
Car, devant obéir à toute fantaisie,
Il sentait quelquefois qu'on torturait sa vie.

Quand il rentrait chez lui, qu'il n'était point blessé,
Ou retiré trop tard, ou du moins harassé,
Il s'offrait gravement aux regards de sa fille
Tour à tour occupée à manier l'aiguille,
A lire des tensons, des virelais d'amour,

Ou bien à commenter les nouvelles du jour,
A chanter quelquefois la ballade nouvelle
Qu'écoutait tristement sa gouvernante Urgelle.
Le noble comte avait hâte de s'informer
Des motifs dont sa fille aurait pu s'alarmer ;
Entre autres de savoir si, pendant son absence,
Son ennemi mortel, Baudouin de Kermance,
N'avait point profité de son éloignement
Pour exercer sa rage et son ressentiment ;
Et quand Isaure alors, et d'une voix craintive,
Disait qu'on n'avait fait aucune tentative,
Le comte rassuré voulait encor savoir
Si sa fille toujours écoutait le devoir
Aux dames imposé par le nouveau système ;
Et, quoiqu'il le trouvât pour lui bien trop extrême,
Expressément pour elle il le recommandait ;
Car de lui, disait-il, l'avenir dépendait.
« Il peut seul protéger la vertu de ma fille,
» Et par là garantir l'honneur de ma famille ;
» L'infaillible moyen d'assurer son bonheur
» Est donc de la soumettre au code de l'honneur. »
Aussi se faisait-il, par la maîtresse Urgelle
Des moindres petits faits rendre un compte fidèle.
Puis, avant de sortir de son appartement,

Isaure l'embrassait respectueusement.

Puis, le comte aussitôt allait faire une ronde ;

Inspectait tous les lieux ; s'assurait que son monde

Remplissait son devoir en veillant aux remparts,

Et surtout dans les temps d'orage et de brouillards.

Le comte après avoir fait baisser la barrière,

Lever le pont-levis, ordonnait la prière

Qu'au milieu de ses gens récitait l'aumônier,

Et le moment d'après, le noble chevalier

Dans un fort mauvais lit allait faire un bon somme,

Donnant son âme à Dieu, comme tout gentilhomme,

Son cœur n'oubliant point Almoïde en ses vœux,

Avant que le sommeil vînt lui fermer les yeux.

Isaure se trouvait sous la garde d'Urgelle,

Et celle-ci disait ce qu'elle savait d'elle.

Mais savait-elle tout ? ne lui cachait-on rien ?

Car tromper notre Argus nous fait un si grand bien !

Si ce renseignement se fait attendre encore,

On l'obtiendra bientôt en vous parlant d'Isaure

Dont je vais à présent tracer ici les traits,

Qui, bien que détaillés, étaient toujours parfaits :

Ses cheveux d'un beau noir, ses yeux d'un bleu céleste ;

Son maintien gracieux, et timide et modeste ;

Et ses sourcils de jais, soutien d'un front si pur !

Donnaient un doux éclat à ses beaux yeux d'azur ;
Son nez droit, effilé, sa bouche si rosée,
Bordant deux jolis rangs de perles de rosée
Où l'abeille aurait pu souvent se reposer,
Prendre un suc embaumé, sans se désabuser :
Et puis, son cou d'albâtre et sa taille élégante ;
Le son délicieux de sa voix enivrante
Qui prêtait sa magie à ses propos charmants,
Et versait dans les cœurs les plus doux sentiments ;
Tous ces attraits divins, l'esprit le plus aimable ;
Faisaient, enfin, d'Isaure une femme adorable.

    Comme elle possédait un cœur tendre, ingénu,
Et que le monde était d'elle à peine connu,
Elle n'en avait point la plus petite crainte ;
Aussi, dans sa candeur elle était sans contrainte.
Elle aventurait tout, sans croire s'exposer,
Se figurant avoir le droit de tout oser.

    Sa gouvernante Urgelle, et pédante et sévère
Était assez maussade, et ne lui plaisait guère.
Au lieu de s'attacher à prendre un air hautain,
En lui faisant connaître un peu le cœur humain ;
D'Isaure elle aurait su gagner la confiance,
Et d'elle tout savoir par cette connaissance.
Au lieu qu'il arriva que, brûlante d'amour,

Isaure ressentit le besoin du détour.

Les fêtes du tournoi qui l'occupaient sans cesse,

Rappelaient son bonheur et causaient sa tristesse ;

Et pleine de pensers pour le noble inconnu,

Elle disait souvent : « Qu'est-il donc devenu ?

» Si j'eus pu le revoir la seconde journée,

» Remportant la victoire, oh ! quelle destinée !

» Je n'aurais point, alors, éprouvé la douleur

» De donner au baron le prix de la valeur.

» Hélas ! il ne vint point. Tout m'étonne et m'afflige ;

» Que dois-je pressentir ? Ah ! j'en ai le vertige !...

Et c'est ainsi qu'Isaure écoulait ses moments,

Depuis ce triste jour, cause de ses tourments :

Elle avait donc le soin de se cacher d'Urgelle,

Certaine que son père aurait tout appris d'elle.

Le choix d'Isvan pourrait fort bien l'avoir flatté,

Pourtant, il n'en tirait aucune vanité.

Et puis, d'où venait-il ? quelle était sa famille ?

Pouvait-il aspirer à la main de sa fille ?

Le comte aussi disait : s'il n'a plus reparu,

Le seul motif plausible est qu'il ne l'a point cru.

Isvan conséquemment était sans importance ;

Isaure fit donc bien de croire à la prudence,

Car son père aurait pu condamner, sans retour,

Les fantasques pensers d'un chimérique amour.

   Un soir, il arriva qu'un cor se fit entendre.
C'était un ménestrel, à l'œil humide et tendre,
Où l'on voyait percer le plus doux sentiment.
Il venait au château prendre son logement.
L'orgueilleux châtelain, quoique prudent et sage,
Le reçut, obligé d'obéir à l'usage.
Isaure, en le voyant, seule, le reconnut,
Et pousse un petit cri, mais de suite se tut,
Sa douce émotion cessa d'être apparente.
Puis, le comte sortit ; Urgelle étant présente :
La surveillant en outre, il ne pouvait songer
Que sa fille courût le plus petit danger.

   Les yeux baissés, Isaure observait le silence,
Mais son cœur, agité par la douce espérance,
Donnait à son maintien ce ton voluptueux
Qui nous mène au délire et nous transporte aux cieux.
Isvan, car c'était lui, se trouvait sous le charme ;
Son cœur s'attendrissait ; on voyait une larme,
Image du bonheur, s'échapper de ses yeux.
Il nageait dans la joie, et son air langoureux,
Ce doux abattement d'une extase enivrante,
Était seul remarqué, compris de son amante.
Urgelle chez Isvan n'avait rien distingué,

Elle se figurait qu'il était fatigué,

Enfin, la jeune Isaure à parler se hasarde :
Et dit au ménestrel : Vous voyagez en barde ;
Vous courez le pays pour dire vos chansons,
Vos sonnets, vos rondeaux, vos lais et vos tensons.
N'êtes-vous pas venu pour nous les faire entendre ?
— Aurais-je, belle dame, une voix assez tendre ?
Et saurais-je exprimer... Comme il disait ces mots,
Traversant le salon, précédé de falots,
Le comte d'Osterland s'empresse de leur dire,
Que le souper est prêt et qu'ils n'ont qu'à le suivre,
Pour se rendre de suite à la salle à manger.
— Mon père, quoi ! déjà ? j'étais loin d'y songer.
Cette exclamation pouvait la compromettre ;
Mais, de la retenir, son cœur était-il maître ?
Heureusement, le comte était un de ces gens
Peu faits pour la comprendre, en deviner le sens.
Aussi, n'arriva-t-il rien de désagréable ;
Car le moment d'après ils se mirent à table.

Le comte, réputé pour être soupçonneux,
Obligea nos amants à se parler des yeux.
Mais, dans leurs doux regards que de choses charmantes
Qui n'auraient pu sortir de leurs bouches parlantes !
Ces coups d'œil ravissants, échappés en dessous,

Aimables messagers du bonheur le plus doux,
En présence du père était le seul langage
Qui fût, en ce moment, le seul prudent et sage.
Puis, après le repas, immédiatement,
Chacun dut s'en aller dans son appartement.
Isvan aurait voulu la retraite moins prompte;
Mais devant l'opérer (c'était l'ordre du comte),
Il s'approche d'Isaure et lui glisse soudain,
Très délicatement, un billet dans la main.
En même temps Isvan s'incline et la salue;
Il s'éloigne, et bientôt, ils se perdent de vue.

Hélas! jusques à nous, n'étant point parvenus,
Leurs pensers de la nuit sont restés inconnus.
Nous savons, seulement, qu'au retour de l'aurore,
A son aimable amante Isvan songeait encore;
Et l'on doit supposer qu'Isaure, jusqu'au jour,
Se berça, s'enivra dans ses rêves d'amour.

Isvan, le lendemain, eut la peine cruelle
De se trouver encore en présence d'Urgelle.
Il ne pouvait saisir le plus petit moment,
Pour épancher son cœur et parler librement.
Toutefois, exposés aux regards de la vieille,
Il est sûr que tous deux s'entendaient à merveille;
Isvan, par ses chansons, ses accents chaleureux,

Isaure par sa pose et ses yeux langoureux,
Ensemble savouraient la douce sympathie,
Et ces divins élans, ce charme de la vie.

Le père, hélas! devant partir au point du jour,
Il fallut faire trève aux doux regards d'amour.
Isvan s'éloigna donc; mais en quittant Isaure,
Il emporta l'espoir de la revoir encore;
Croyant l'avoir surpris dans ses yeux exprimé,
Ses regrets sont moins vifs, étant sûr d'être aimé.
Dès qu'il est loin de lui, le comte se décide
A voler aux genoux de la fière Almoïde
Qui, le recevant mal, lui dit fort sèchement : .
— Vous ne serez jamais un chaleureux amant.
Quand à me voir on met un si long intervalle,
On ne saurait avoir l'âme sentimentale.
— Ah! madame, au château j'avais un troubadour
Qui m'a seul empêché de vous faire ma cour,
Je suis bien pardonnable... — excuses éphémères!
Le véritable amant renverse les barrières.
Vous auriez pu, je crois, éloigner du château,
Si vous vouliez venir, ce jeune damoiseau.
—J'ai tort; mais vous savez, Madame, à quel point j'aime!
Depuis plus de trois ans, mon amour est extrême.
Toujours humble et soumis, vous connaissez mon cœur;

Soyez donc indulgente, ayez moins de rigueur?

— Quoi! vous êtes soumis étant si volontaire!

Ah! pour le devenir, vous avez fort à faire.

Toujours, vous oubliez ce que je vous apprends;

Je dois donc vous trouver des plus indifférents.

J'ai beau lire les lois de la chevalerie,

Ce code de l'honneur, de la galanterie,

Qui seul nous civilise et développe en nous

Ces aimables vertus, ces sentiments si doux,

Qui, de tout temps, ont fait le charme de la vie

En menant au bonheur; las! chez vous tout s'oublie.

Heureux temps du passé! qu'êtes-vous devenus?

Où sont les Amadis? je ne les trouve plus.

— Quoi! vous me reprochez de n'être point sensible,

Quand, près de vous, j'éprouve un bonheur indicible!

— Indicible! non, non; vous êtes de ces gens

Qui mettent le bonheur dans le plaisir des sens;

Dans ce plaisir frivole...— Oh! pardonnez, Madame,

Je me jette à vos pieds; disposez de mon âme,

Enfin, de tout mon être et je serai soumis.

— Alors, vous pourrez être au rang de mes amis,

Et quand j'apercevrai que vous savez comprendre

Les sentiments exquis que je veux vous apprendre,

Je serai disposée à croire à votre amour,

Et peut-être pourrai le payer de retour.

Déroulez à mes yeux un peu plus d'aptitude,

Et vous aurez des droits à ma sollicitude.

— O Madame, quel bien ! vous me rendez l'espoir;

J'étais presque au moment de ne plus en avoir.

— Naïveté charmante ! ah ! voilà cette flamme

Et cet ardent amour qui consumaient votre âme !

Votre espoir s'éteignait, et vous m'en faites part !

L'aveu me plaît assez ; vous me parlez sans fard.

Le feu dont vous brûlez est donc une étincelle ;

Votre flamme, pourtant, devait être éternelle.

— Ah ! quel mortel pourrait, sans espérance, aimer ?

— Écoutez les pensers que je vais exprimer !

D'un bonheur fugitif, l'ivresse dépravée

N'est point le noble amour que sent l'âme élevée.

Tous ces grossiers plaisirs de l'animalité,

Amènent la langueur et la satiété.

Au lieu que l'amour pur produit, chez l'âme aimante,

La contemplation rêveuse et délirante.

Je fais donc peu de cas de ces soins empressés,

D'un amour où les sens sont seuls intéressés

Si vous ne pouvez point aimer sans espérance,

Votre amour cessera par l'effet de l'absence,

Vous n'aurez donc jamais de sentiments bien doux

Pour celle qui, toujours, se trouve loin de vous.

On doit pourtant savoir, dit un de nos adages,

Que celle à qui l'on a consacré ses hommages,

Absente, est préférable à la réalité;

L'aliment de l'amour est la perplexité.

L'amante qu'on espère et qu'on ne peut atteindre;

Embrâse d'un doux feu qui ne saurait s'éteindre.

Elle est le ciel pour vous, et le reste ici-bas,

Qu'on possède à loisir, ne vous satisfait pas.

L'attente du bonheur entretient notre flamme;

Elle reflète aussi l'essence de notre âme

Qui, s'appuyant toujours sur un doux souvenir,

Poursuit l'incertitude à travers l'avenir.

Si l'amour sur vos sens remporte la victoire,

S'il devient l'aiguillon qui vous pousse à la gloire;

Si les vices, par lui, sont toujours combattus,

S'il vous fait désirer d'acquérir des vertus,

Dans l'unique dessein de nous en faire hommage;

Un tel amour, cher comte, alors nous offre un gage.

— Ainsi, vous permettez de voir dans le lointain

Un bonheur idéal, un bonheur incertain?

— Cet amour que soutient la douce incertitude,

Vous donne un aperçu de la béatitude;

Et cet amour si pur, le seul qui rende heureux,

Fut toujours ressenti par les plus nobles preux.

Nous aimons un amant fidèle à l'espérance,

Ce premier des soutiens de la persévérance.

Car alors, si pour lui l'avenir est voilé,

Son amour, par ce fait, n'en est point ébranlé.

— Je dois donc espérer, tant votre doux sourire

Vous donne sur mon être un éternel empire !

— Comte, vous le pensez, quand je suis près de vous ;

Mais auriez-vous encor ces sentiments si doux,

Si je n'existais plus, ou si j'étais absente,

Pour ne plus revenir?.. — Oh! Madame plaisante !

— Non, non, détrompez-vous, comte, je ne ris pas,

Et je vais vous prouver qu'on aime en pareil cas.

Vous saurez qu'au beau temps de la chevalerie ;

Age d'or, âge heureux de la galanterie,

Au récit des attraits d'une jeune beauté,

Un chevalier sentait qu'il était agité.

A ce simple récit, son âme était émue,

Et son cœur s'enflammait, même avant qu'il l'eut vue,

Bien plus, quoique certain de ne la voir jamais,

Il brûlait cependant pour ses divins attraits.

Oh! je n'exige point de suite, mon cher comte,

Que vous appréciez ce que je vous raconte.

Sur ce noble sujet nous saurons revenir,

Et sur les temps anciens tracer votre avenir *.

Tels étaient les discours qui le tenaient en bride,
Et rendaient plus puissant l'empire d'Almoïde.

A son amante, Isvan de son côté pensait,
Et son bonheur, loin d'elle, était bien imparfait.
Il voulait la revoir; mais, la matrone Urgelle
Et, trop souvent, le comte, avaient les yeux sur elle ;
Aussi, ne pouvait-il supporter son ennui,
Que par le doux espoir qu'elle pensait à lui.

« A présent, disait-il, Isaure a lu ma lettre,
» Et si dans le tournoi je n'ai pu reparaître,
» Ayant su que mon père a pu seul l'empêcher,
» Elle n'aura, je crois, rien à me reprocher.
» La fille d'Osterland ! l'ennemi de mon père !
» Pouvais-je m'en douter; et maintenant, qu'y faire?
» Un pareil différend n'arrête point l'amour;
» Je ne puis donc cesser de lui faire ma cour.
» Au sortir du banquet de Jean, duc de Bretagne,
» On m'appelle, on m'entraîne au loin dans la campagne
» Où je trouve mon père irrité contre moi,
» Pour avoir désigné la reine du tournoi.

---

* Logique d'amour dont les idées spéculatives semblent être puisées dans le
système de Platon et des Scotistes. Consultez, à cet égard, le livre du chapelain
André, sur l'art d'aimer; l'Histoire du maréchal de Boucicaut; Rénouard,
sur les Troubadours et les Cours d'amour.

» Je ne puis le céler, ma surprise fut grande.

» Contraint dans mon courroux, je parle et lui demande

» Le motif qui le pousse au plus indigne affront,

» A me faire enlever; mon père me répond :

» La fille d'Osterland! mon fils la nomme reine!

» Pouvait-il me causer une plus grande peine!

» Bien que j'eusse avoué que j'ignorais son nom,

» Éclatant de colère, il s'écria : Non, non;

» Puis, ne m'écoutant plus, aussitôt il ordonne

» A ses hallebardiers de saisir ma personne;

» Et de suite ajouta : Qu'on le mène au manoir,

» Et de veiller sur lui, je prescris le devoir.

» Je suis donc innocent; et maintenant, Isaure

» Sera certaine alors, que toujours je l'adore. »

Son âme, en cet instant, vers elle s'envolait :

C'est ainsi que parfois, Isvan se consolait.

Mais, forcé d'écouter l'amour qui le maîtrise,

En vieux pâtre, une fois, notre amant se déguise,

Et portant un panier de beaux fruits sous son bras,

Vers le castel d'Isaure il dirige ses pas.

On conçoit qu'il fallait n'être guère timide ;

Mais, ce jour-là, le comte était près d'Almoïde.

Le panier dans son sein renfermait un billet;

Isvan ne craignait point qu'on surprît son secret.

Il avait remarqué que la matrone Urgelle,

Tout aussi près qu'Isaure, y voyait bien moins qu'elle.

Or, dans cette occurrence, il était fort heureux

Que la nature ou l'âge eût affaibli ses yeux.

Quelques instants après il se trouve en présence

Et d'Isaure et d'Urgelle ; on se doute d'avance

Que l'une reconnut de suite son amant,

Et que l'autre fut prise à son déguisement.

Au présent qu'il portait, pour être accoutumée,

Urgelle n'était point suffisamment aimée.

Le comte, tout au plus, avait des cerisiers

Dans son immense enclos, et quelques aliziers

Dont les fruits aigrelets n'étaient guère agréables ;

Urgelle s'en plaignait, les trouvant non mangeables,

Aussi, notre matrone en voyant ce beau fruit,

Le dévora des yeux ; le faux pâtre sourit.

Et se voyant alors certain de sa victoire,

Leur dit : Prenez, prenez. L'une prend une poire,

Et l'autre se saisit du petit billet doux ;

On ne vit, je le crois, personne de jaloux.

Que faut-il vous donner ? lui dit la gouvernante ;

—Bonne dame, bien peu, si vous êtes contente.

Car sachant que ces fruits viennent de mon jardin,

Je ne puis vous les vendre ! ils ne me coûtent rien.

Urgelle étale alors des pièces de monnaie,
Les regarde, les compte, et de suite le paie.
Isaure, en même temps, lui donne, pour sa part,
Comme présent d'amour, le plus tendre regard.
Et devant son Argus ne pouvant rien lui dire,
Le vieillard circonspect à regret se retire.

Pendant qu'Urgelle va pour resserrer le fruit,
Isaure ouvre le pli, le lit et le relit.
En traits de feu sa flamme est peinte à chaque ligne,
Pour faire son bonheur, sans cesse se désigne ;
Et bercé de l'espoir d'être un jour son époux,
Il ose lui parler d'un premier rendez-vous.
A ce mot, ses beaux yeux se remplissent de larmes ;
Elle sent le bonheur, elle voit les alarmes ;
Et la perplexité chez elle se fait jour,
La raison parlant contre et le cœur parlant pour.
Son père et sa suivante, aux manières austères,
Lui faisaient répéter ces principes sévères
Qui forçaient une belle à ne point supporter
Les questions d'amour qu'on tente d'agiter.
Et les filles, par eux, se trouvaient amenées
A ne les écouter qu'après plusieurs années.
Puis, d'un autre côté, rien n'était plus plaisant
Que de voir le cher comte, en secret, médisant

Des austères vertus de la fière Almoïde,

Et dont il se plaignait, la trouvant trop rigide,

A sa fille venir répéter, chaque soir,

Les sermons qu'il pouvait à peine concevoir.

Aussi, qu'arrivait-il? elle écoutait son père

Et ne croyait qu'Isvan, qui seul, pouvait lui plaire.

Le rendez-vous, hélas! toutefois l'effrayait,

Et de n'y plus songer, en vain, elle essayait.

Si difficilement il pouvait correspondre :

Elle avait eu de lui le moyen de répondre.

Mais comme à son amant son cœur est asservi,

Le mot *non* la désole, et n'ose dire *oui*.

Aussi, que de chagrins nés de l'incertitude!

Quel état malheureux, et quelle solitude!

Se décidant, enfin, elle n'écrivit pas,

Et le parti suivant la sortit d'embarras :

Elle monte aux remparts, en parcourt les limites,

Son joli sein garni de blanches marguerites;

Et l'ayant aperçu dans un enfoncement,

Elle prend son bouquet, le montre à son amant *,

Mais craignant d'être vue, Isaure se retire.

---

* Langage des fleurs. Roquefort, de l'*État de la Poésie française aux XIIe et XIIIe siècles.* Le *Myosatis scorpioïdes* de Linnée, s'appelle encore : *Ne m'oubliez mie. Voyez* Bulliard. *Flore des Environs de Paris;* classe Pentendrie.

Sitôt qu'il eut appris ce qu'elle avait à dire,
Les mots, *j'y penserai,* que m'expliquent ces fleurs,
Hélas! se dit Isvan, prolongent mes malheurs,
Depuis ce moment-là bien des jours s'écoulèrent,
Qu'ils parurent mortels! ses chagrins redoublèrent.
Tous deux souffraient autant, mais lui se désolait,
Et brûlant de la voir, l'absence l'accablait.

   Dans sa douleur, Isvan écrit une autre lettre;
Mais comment parvenir à la faire remettre?
Une ruse ne peut qu'une fois servir bien,
Il fallait donc user de tout autre moyen;
Aussi, s'occupa-t-il, pour revoir ce qu'il aime,
A chercher dans sa tête un nouveau stratagème.
Il n'en trouvait aucun, mais auprès du castel
Un jour, sa lettre en main, ses pensers vers le ciel,
Afin de soulager sa peine non pareille,
Un bruit vint à frapper tout-à-coup son oreille,
Il se retourne et voit le comte d'Osterland,
Combattre corps à corps un horrible brigand
Qu'il terrasse bientôt. Tous les gens de sa suite
Des autres maraudeurs déterminent la fuite.
Sur le champ de bataille, Isvan s'étant rendu,
S'empare d'un billet que l'on avait perdu.
Le comte le cherchait, il était d'Almoïde,

Alors, Isvan s'approche, et d'un air fort candide,
Il lui dit : j'ai trouvé cette lettre ici près,
Elle est à vous, seigneur, et je vous la remets.

   Le service qu'il rend, le comte l'apprécie,
Il veut le reconnaître ; Isvan le remercie.
Et le jeune héros, beaucoup moins malheureux,
Bercé d'un doux espoir, s'éloigne de ces lieux.

   « Enfin, se dit Isvan, ce nouveau stratagème
» Me facilitera de revoir ce que j'aime.
» Oui, le sort me protège, et ce moyen charmant
» Lui fera parvenir les vœux de son amant.
» Ma lettre étant semblable en tous points à la sienne,
» Le cher comte n'a pu reconnaître la mienne,
» N'ayant jamais su lire ; alors, elle l'aura,
» Et de ses propres mains, ce qui la surprendra.
» D'en avoir fait l'échange, ah ! quelle heureuse idée !
» Mais il fallait aimer pour l'avoir abordée.

   » Le rendez-vous étant demandé pour ce soir,
» Sur les remparts je dois, avant la nuit, la voir ;
» Il serait donc, alors, fâcheux que je m'absente ;
» Aussi, je veux m'offrir aux yeux de mon amante,
» Qui serait, je le crois, dans un grand embarras,
» Si, dans les environs, je ne me tenais pas. »

   Le comte au château rentre, enivré de la gloire

Et du bonheur d'avoir remporté la victoire;
Glorieux du combat qu'il vient de soutenir,
Il monte chez sa fille et va l'entretenir.
Voici ce qu'il lui dit : « Recevez cette lettre
» Que l'on m'a, ce matin, chargé de vous remettre.
» Ma fille, en la lisant, vous vous pénétrerez
» Des avis, des conseils que vous y trouverez ;
» *Et vons devez chérir la main qui vous les donne ;*
» *Alors, vous les suivrez, votre père l'ordonne,* »
Il ne se doutait point, en donnant ce billet,
Qu'elle allait posséder le plus tendre poulet
Qui, bien loin d'obéir aux principes sévères
Du billet échangé, les traitait de chimères.

Dès que le noble comte a fini de parler,
Il embrasse sa fille et s'empresse d'aller
Mettre bas ses habits et sa pesante armure,
Ressentant la douleur d'une ancienne blessure
Que le dernier combat venait de réveiller ;
Aussi, ne fut-il pas longtemps à sommeiller.

Voyons donc cette lettre, alors, se dit Isaure ;
Elle l'ouvre, aussitôt, de ses yeux la dévore.
Jamais on n'avait vu des sentiments si doux
Animer un amant parlant de rendez-vous.
Ils étaient le reflet de l'amour le plus tendre,

Du cœur le plus aimant : Or, comment bien comprendre
Que son père, lui-même, avait été porteur,
Et volontairement, d'un billet séducteur
Qui lui disait : *aimez la main qui vous les donne,*
(Et touchant les avis) *votre père l'ordonne ?*
Sans percer ce mystère, Isaure, sur l'instant,
Vit que le rendez-vous était seul important.
S'y rendra-t-elle, ou non ? Isaure se décide
A ne point écouter les leçons d'Almoïde ;
A ne point obéir aux rigoureuses lois
Qu'elle avait entendu répéter tant de fois.
Elle se gardera d'interroger le comte,
Évitera, surtout, de lui rendre aucun compte
Des prétendus avis que donne le billet,
Sentant l'utilité d'un silence complet ;
Puis, si son père veut que la lettre soit lue
En sa présence ; eh bien ! elle l'aura perdue.
    Tout ce qu'elle pensa se fit exactement.
Elle pouvait agir bien plus légèrement.
Et quant à l'entrevue, une fois décidée,
Isvan devait savoir qu'elle était accordée ;
Isaure, dans ce but, vole sur les remparts,
Et, vers les alentours, promène ses regards.
Bientôt elle aperçoit, au détour d'une allée,

Isvan qui lui montrait un lys de la vallée,
Symbole ravissant, dont l'éclat, la fraîcheur
Signalait à ses yeux la pureté du cœur.
Sur la tête d'Isaure on voyait une rose
D'une extrême blancheur, humide, à peine éclose,
Et qui représentait, par le rapprochement,
Avec ses cheveux noirs un contraste charmant.
Aussitôt qu'il eût vu ce gracieux emblême,
Qui pour lui prononçait ces deux mots : *Je vous aime,* *
Et l'assurait qu'Isaure irait au rendez-vous,
Isvan se crut certain d'en devenir l'époux.
D'espoir et de bonheur nos amants s'enivrèrent,
Et s'étant bien compris, tous deux se retirèrent.

   Le rendez-vous était pour neuf heures du soir;
Heure propice, alors, aux amants pour se voir.
C'était dans ce moment qu'au haut d'une tourelle,
Son amante devait attacher une échelle,
Et l'heure allant sonner, son tendre cœur battait;
Ses sens étaient troublés, et la peur l'agitait.
   Le comte était couché, la suivante d'Isaure
Dormait, et l'aumônier ronflait bien mieux encore;

* Langage des fleurs. Roquefort, de l'*État de la Poésie française au XII*e
*et XIII*e *siècles.* Le *Myosatis scorpioïdes* de Linnée, s'appelle encore : *Ne*
m'oubliez mie. Voyez Bulliard. *Flore des Environs de Paris,* classe Pen-
taudrie.

L'astre argenté des nuits qui parcourait le ciel
Causait les hurlements des dogues du castel.

Mais aux remparts ceux-ci n'auraient pu les surprendre,
Renfermés dans les cours, ils ne pouvaient s'y rendre;
Et tandis qu'il était facile à son amant
De monter des remparts dans son appartement.

Ensuite, Isvan savait qu'auprès de la tourelle
On ne plaçait jamais la moindre sentinelle.

Des alentours, alors, l'état silencieux
Donnait à la nature un ton mystérieux
Dont les moindres effets saisissent, nous étonnent,
Nous rapprochent de Dieu... neuf heures, enfin, sonnent.

Et comme il désirait n'être point en retard,
La jeune Isaure était déjà sur le rempart.

Mais tremblante, craintive, elle pose l'échelle,
La retire aussitôt, et regarde autour d'elle,
Sa crainte était d'y voir le comte d'Osterland
Qui pouvait arriver; la lune l'éclairant!

Et n'apercevant point la plus petite nue,
Croyait toujours le voir, et craignait d'être vue.

Il habitait pourtant l'autre aile du château,
Mais la peur, on le sait, dérange le cerveau.

Isaure allait rentrer, tant elle était tremblante;
En vain Isvan aurait attendu son amante;

Il aurait pu longtemps espérer sous la tour,
Et livrer ses soupirs aux échos d'alentour.
Mais la lune à l'instant se couvre d'un nuage,
Et notre amante y voit le plus heureux présage.
Alors, un doux espoir, renaissant dans son cœur,
L'engage à retourner sans bruit et sans frayeur.
Elle fixe l'échelle et d'un pied moins timide,
S'enfuit, et revient voir si le nœud est solide;
S'en va, retourne encore, et puis, rapidement,
Elle rentre aussitôt dans son appartement.
Elle était toute émue et respirant à peine,
Se place vis-à-vis la lumière incertaine
D'une petite lampe, et ses beaux yeux si doux
Dirigés vers le ciel, elle tombe à genoux.

   Déjà, depuis longtemps, Isvan, comme on le pense,
Était sous la tourelle, et perdait l'espérance,
Soudain, à la faveur d'un reste de clarté
Que la lune versait de son disque argenté,
Et qui lui parvenait à travers un nuage
Dont la sombre étendue annonçait un orage,
Il aperçoit l'échelle attachée à la tour,
Ce qui lui fit bénir son amante et l'amour.

   Il s'approche du mur, mais là, quel parti prendre?
Ce que vit son amant eut lieu de le surprendre.

Des remparts ayant mal calculé la hauteur,
On avait fait trop court l'instrument conducteur.
Au premier échelon il ne pouvait atteindre,
Aussi, son désespoir ne saurait se dépeindre.
Pas un arbre voisin, point de fentes au mur,
Et le ciel devenait de plus en plus obscur.
Le nuage, d'abord, un instant favorable,
Était le précurseur d'un temps épouvantable.
Bientôt, l'orage gronde, et l'on voit les éclairs
En zigzags sulfureux folâtrer dans les airs;
Et s'approchant toujours, les éclats du tonnerre,
Puis, un vacarme affreux, épouvantent la terre;
Car les torrents de pluie, et les vents en fureur,
Font parvenir l'orage à toute son horreur.

Mais laissons nos amants; il faut que je raconte
Ce que pouvait, alors, faire le noble comte.

Réveillé par l'orage, il craint que son voisin,
Son mortel ennemi, le comte Baudouin,
Saisisse ce moment pour venir le surprendre;
Il doit donc, dans ce cas, songer à se défendre;
Dans ce but, il se lève, il s'arme et doucement
Il sort et fait sa ronde immédiatement.

Il commence à l'endroit privé de sentinelle
(Ayant peu de soldats), le comte voit l'échelle.

Les cieux qu'un vif éclair venait de parcourir,
Illuminés soudain, la lui font découvrir.
Il était sur le point de répandre l'alarme,
Mais, le raisonnement de suite le désarme,
En voyant que l'échelle, en sa fragilité,
Offre un moyen d'attaque assez peu redouté ;
Il croit donc d'un amant reconnaître l'adresse,
Plutôt que d'un guerrier soupçonner la hardiesse ;
En raisonnant ainsi, le comte ne dit mot
Et dans une embrâsure il se place aussitôt ;
Puis, sur l'événement que le comte redoute,
Dès le moment d'après, il n'a plus aucun doute.

Isvan, malgré l'orage, avait su réunir
Des morceaux de rocher, afin de parvenir
Au premier échelon de la trop courte échelle.
Il l'atteignit ainsi, non sans peine cruelle.
Voyez-vous cet amant au milieu des éclairs,
Sur un frêle soutien suspendu dans les airs
Que les vents déchaînés à tout moment agitent,
Et devant craindre, encor, qu'ils ne le précipitent
Sur ces rochers aigus entassés sous la tour !
Mais les plus grands dangers arrêtent-ils l'amour?

Dans ce moment, le comte, en frémissant de rage,
Et la lance à la main, l'attendait au passage ;

Car son premier dessein était de l'immoler
Sitôt qu'il paraîtrait, sans même lui parler.

Pendant ce temps, Isaure était toute tremblante,
Ah ! comme elle éprouvait les peines de l'attente !
Les éclairs et les vents redoublaient sa frayeur,
Et la crainte et l'espoir se disputaient son cœur.

Notre héros plus prompt que la foudre qu'il brave,
Jusqu'au près des créneaux arrive sans entrave ;
Saute sur le rempart : le comte allait frapper ;
Mais s'avisant, alors, qu'il ne peut échapper,
Il désire savoir, avant qu'il ne trépasse,
Jusqu'où cet insolent va pousser son audace ;
Ensuite, si sa fille entre dans le complot,
Et pour s'en assurer il le suit aussitôt.
Ainsi, ne voulant point se faire voir encore,
Il le laisse arriver à la porte d'Isaure,
L'accompagnant de loin, tenant sa lance en main ;
Dès qu'il entre, à ses yeux il se montre soudain,
Et comme un dieu terrible, annonçant la vengance,
Isaure, en le voyant, tombe sans connaissance,
Mais de son glaive, Isvan, bien loin de se servir,
Le dépose à ses pieds, ne songe point à fuir :
Il respecte les droits et le courroux d'un père ;
Impassible, il attend l'effet de sa colère ;

Lors, le comte insensible allait...... mais à l'instant
De toutes parts arrive un bruit inquiétant
Qui bientôt fait savoir que l'on criait : aux armes !
Le beffroi sonne alors et répand les alarmes,
Le comte, à ce signal, vole sur les remparts ;
Isvan le suit et court affronter les hasards.
Les soldats sont sur pied, et le combat commence.
  Le comte fait sentir de son bras la puissance.
Isvan, tout près de lui, par ses traits de valeur,
Et ses terribles coups, prouve qu'il n'a point peur.
Il voit le châtelain combattre avec furie,
Au milieu des dangers il lui sauve la vie.
L'affreuse obscurité, dans laquelle ils étaient,
Leur défendait de voir les gens qu'ils combattaient.
Toujours est-il qu'après deux heures de carnage,
Nos deux héros ayant obtenu l'avantage,
Isvan sort du château, cerne les ennemis,
Les attaque, et de suite, en déroute ils sont mis ;
Cette sortie heureuse amène la victoire,
Proclame sa valeur et le couvre de gloire ;
Et le héros après quelques petits combats,
Rentre au château, vainqueur, ramenant ses soldats.
  O surprise ! ô douleur ! chose extraordinaire !
Dans la chambre d'Isaure il reconnaît son père,

Le comte Baudouin qu'il avait combattu ;
Le voyant prisonnier, Isvan est abattu.
Comment faire parler le sang et la nature,
Dans un combat livré par une nuit obscure?
Excusable, il pouvait être alors pardonné ;
Son père aussi, dit-on, ne parut qu'étonné.
Au reste, dans ce lieu, qu'avait-il à lui dire?
Ce n'était point, je crois, le cas de le maudire,
Il devait s'attacher même à bénir son sort,
Car son fils, seul, pouvait le soustraire à la mort.

    Le comte d'Osterland, confus de sa victoire,
Toujours, les yeux baissés, ne pouvait même y croire.
Si le père d'Isvan se trouvait dans ses mains,
Certe, il ne le devait qu'aux efforts plus qu'humains
De celui qui venait pour lui ravir sa fille,
Compromettant par là l'honneur de sa famille ;
Et le jeune héros ayant des droits acquis
A sa reconnaissance : il était indécis.

    Mais Isaure à ses pieds implorant sa clémence,
De son extrême amour parle avec éloquence,
Ses yeux, vers lui tournés, offrent tant de douceur
Que ses pleurs, ses soupirs, attendrissent son cœur ;
Puis, Isvan ayant su seconder son amante,
Voici comment finit cette scène touchante :

Le comte d'Osterland embrasse Baudouin ;
Lui rend sa liberté, puis, lui prenant la main,
Lui dit : comte, il nous faut, par un bon mariage,
Unir nos deux enfants : ce nœud sera le gage
D'une amitié sincère entre nous à jamais.
Baudouin y consent par un traité de paix,
Et le bonheur brilla dans les beaux yeux d'Isaure.

L'orage se dissipe aux clartés de l'aurore
Dont la douce lueur leur annonce un beau jour
Qui devait éclairer la concorde et l'amour ;
Et comme l'aumônier les unit le jour même,
Notre jeune héros obtint celle qu'il aime.

Sur l'invitation du noble châtelain,
Almoïde prit part aux fêtes de l'hymen.
De ce tendre roman la marche trop rapide,
Comme on le pense bien, dut fâcher Almoïde,
Car cette promptitude offrait un grand danger
Aux principes, qu'alors, on voulait propager.
Pourtant, elle convint, et contre son usage,
Que le comte avait pris le parti le plus sage.

Puis, Urgelle, étrangère à ces événements
Demeurés inconnus à ses pressentiments,
Disait, l'orgueil froissé de sa déconvenue :
Je ne répondrai point de la plus ingénue.

Au castel les vassaux s'empressent de venir
Présenter aux amants que l'on vient de bénir,
L'hommage accoutumé de leur obéissance,
Et les féliciter sur leur noble alliance :
Invités par le comte à rester au manoir,
Ces bonnes gens joyeux dansèrent jusqu'au soir ;
Puis, après le souper, chacun d'eux se retire.
Quant aux faits de la nuit, j'ai peu de chose à dire,
On croit que nos amants dormirent jusqu'au jour,
Et que le châtelain, pensant à son amour,
A celle qu'il adore, au bonheur de sa fille
Qui ramenait la paix au sein de sa famille,
Désira qu'Almoïde, avec moins de fierté,
En changeant de système, eût plus d'humanité ;
Afin que ses rigueurs lui fussent pardonnées,
Comptant ses soins par jour et non point par années.

Sur la terre tout meurt, rien ne reste debout,
Et de plus, nous savons qu'on se lasse de tout.
Cette institution de la chevalerie
Alors devait tomber ; ici bas tout varie.
Mais elle fut utile, elle adoucit les mœurs,
Elle civilisa, dompta, soumit les cœurs ;
Elle les ennoblit, elle éleva les âmes,

Les vertus vinrent donc de l'empire des femmes.

Plus tard, on s'aperçut que, par l'instruction,
On avait ébranlé cette institution;
Si bien, que du moment que l'on apprit à lire,
Et que nos chevaliers connurent l'art d'écrire,
S'étant plus retirés, ils refléchirent plus;
Aussi, l'indifférence alors prit le dessus.
A leur activité succéda la paresse;
De l'amour de la gloire on sentit moins l'ivresse,
Et l'on vit préférer, écoutant ses désirs,
Aux illustres travaux les faciles plaisirs.
Chaque jour s'éloignant des principes austères,
Les guerriers dans leurs mœurs devinrent moins sévères.
Qui s'en étonnerait? ils passaient leurs moments
A nourrir leur esprit de frivoles romans;
Et choisissant surtout les galantes nouvelles,
De constants qu'ils étaient, devenaient infidèles.
La femme, aussi, lisant ces livres dangereux,
Elle dégénéra, son sort fut moins heureux.
On ne retrouva point cette femme héroïque
Qui, sur l'homme, exerçait un pouvoir despotique;
Qui savait l'enchaîner, l'exciter aux hauts faits,
Par sa haute vertu plus que par ses attraits.
La femme n'étant plus qu'une coquette aimable,

Perdit, sans s'en douter, ce pouvoir incroyable;
Elle finit pourtant par s'en apercevoir,
Et de le rattraper elle eut un faible espoir.
   De la chevalerie on vit la décadence :
N'ayant plus ses soutiens, la candeur, l'ignorance,
Et ne se livrant plus à leurs anciens travaux,
Les rois ayant détruit la guerre de châteaux,
Partout rétabli l'ordre en ces temps difficiles,
Les preux, pour cet objet, devinrent inutiles;
Puis, plus tard attirés par de subtils discours,
Dans les rangs de l'armée, au sein même des cours,
Le luxe s'établit, détruisit les fortunes,
Et les graces des rois furent alors communes.
Les guerriers illustrés jadis par leurs hauts faits,
Endettés aujourd'hui, désirant des bienfaits,
Ne cultivèrent plus leur esprit romanesque
Que remplaça bientôt le ton courtisanesque.
Mais le preux, constamment étranger à la peur,
Des principes anciens garda le point d'honneur.
   Tel fut le sort, hélas! de la chevalerie.
La femme la pleura; mais, ô bizarrerie!
Le sexe, désolé de perdre son pouvoir,
Se dit : J'ai le moyen, je crois, de le ravoir.
Il était jusqu'ici basé sur l'ignorance;

Désormais, je m'en vais l'asseoir sur la science.

Il chercha, dès ce jour, à devenir savant:

Ce sera le sujet du chapitre suivant.

En un mot, sur la chevalerie, consultez le moine de Saint-Denis ; Petit Jehan de Saintré ; Du Tillet; Hardouin de la Jaille; Le Laboureur, *Histoire de la Patrie ;* Favin ; Boulainvilliers ; Lanoue ; le Grand d'Aussy, etc.

IV

LES LETTRES

LES LETTRES

Les hommes, las enfin de sang et de pillage,
Cherchèrent le repos, calmèrent leur courage;
Or, cet état qui suit la fureur des partis,
Vers le savoir toujours entraîne les esprits.
Ce mouvement qu'en nous établit la nature,
Cette agitation, dont la source est obscure,
Nous pousse, malgré nous, vers l'instabilité;
Tandis qu'on voit du ciel l'immuabilité.
Ces révolutions physiques et morales,
Qui, souvent à nos yeux, paraissent anormales;
Ces monuments debout, et leurs débris épars
Qui viennent tour à tour étonner nos regards;
Ces siècles successifs de savoir, d'ignorance,
Et qui, par leur contraste, annoncent l'inconstance,

Prouvent évidemment que, ne détruisant plus,
On ira reconstruire et chasser les abus.
Quand nous agissons moins, nous pensons davantage,
Nous découvrons l'erreur, et l'on devient plus sage,
Pour retomber encore et puis se relever,
Ainsi la fixité ne saurait se trouver.
A l'amour des combats, aux sentiments fébriles
Devaient donc succéder des goûts bien plus tranquilles ;
Aussi, vit-on alors les sciences, les arts,
Les lettres remplacer le champ clos des hasards.
Comme tout ici bas alterne dans la vie,
Il n'est point surprenant que la chevalerie,
Cette époque brillante et d'agitation,
Appelât le repos, la méditation
Qui toujours fit sentir le besoin de s'instruire ;
Et bientôt du savoir on découvrit l'empire.
Tels furent les penchants qu'entraînèrent alors
Presque tous les esprits, et de là, les efforts
Que l'on fit pour sortir d'une vie ignorante :
L'époque aspira donc à devenir savante.

    D'abord, on désira consulter les anciens,
Ceux que l'on connaissait pour académiciens,
Et des grands orateurs apprendre les harangues ;
On fut donc obligé de s'adonner aux langues,

Or, cette étude apprit à déchiffrer Méthon,
Hipparque, Démosthène, Aristote et Platon.
Sans ce recours, au reste, il était difficile
D'admirer les beautés d'Homère et de Virgile.
Après, selon le temps et l'humeur des esprits,
L'on jugea, l'on prisa leurs différents écrits;
Et l'Aristotélisme apporta ses lumières
Aux universités, au sein des monastères,
Quand le divin Platon occupait les moments
Des poètes, du sexe, ainsi que des amants.

Les femmes, dans le temps de la chevalerie,
Exposaient bien des fois, sans hésiter, leur vie,
Aux hommes indiquaient le chemin de l'honneur.
Ayant dans les combats fait preuve d'un grand cœur,
Leurs émules, dès lors, en courage, en vaillance,
Elles voulurent l'être encor dans la science,
Car désirant toujours ressaisir son pouvoir,
Il sentit qu'il fallait briller par le savoir.
Dans cet unique but, il se mit à l'étude,
Et pour lui le travail devint une habitude.

La femme qui voulait agrandir son destin
Sut bientôt expliquer le grec et le latin.
Avant de réfléchir, on veut savoir l'histoire
Des sentiments d'autrui, pour meubler sa mémoire

Qui peut seule empêcher l'imagination
De rester sèche et froide et dans l'inaction.
On la vit se livrer à toute controverse,
Discuter en savante et le pour et l'inverse ;
Elle s'adonne, ensuite, à l'étude du droit,
De la théologie, et son savoir s'accroît.
Dans le but d'augmenter encor son influence,
Du Code des Romains sait la jurisprudence,
Et de l'homme, en un mot, on vit, en général,
Que son sexe aspirait à devenir l'égal,
Cherchant à leur prouver qu'il avait l'avantage
De posséder autant d'esprit que de courage.
Nous parlerons plus tard de cette égalité,
Mais suivons le sujet en ce moment traité.

Afin de parvenir à ce qu'elles désirent,
Les femmes, en tous lieux, à l'envi s'instruisirent,
Et jusque sous le voile elles firent des vers,
Tant elles se livraient à des soins si divers.
On en vit en latin exhorter le Saint-Père,
Les princes et les rois à déclarer la guerre
Aux fils de Mahomet, pour tirer les lieux saints
Et le tombeau du Christ de leurs profanes mains.
Par la femme, en ce temps, la langue de l'Attique,
Dialecte enchanteur, si doux, si magnifique,

Brilla d'un nouveau lustre, et ses divins accents
Enivraient et rendaient les cœurs incandescents;
Ils lui donnèrent donc l'ascendant d'une amante,
Il est vrai qu'ils sortaient d'une bouche charmante.

Les femmes, on le voit, ne se bornèrent pas
A la théologie, aux travaux de Cujas,
Et cela se conçoit, car cette étude aride
De ces écrits abstraits devait être insipide,
Puis, satisfaisant peu l'imagination,
Le sexe préféra l'aimable fiction
Et ces riants portraits, tracés par le génie
Du poète immortel, le cygne d'Ionie.
L'esprit aime à rêver à des tableaux charmants:
L'âme de son côté se plaît au sentiment.
Bref, les succès qu'il eût, attestés par l'histoire,
Je vais les rappeler, les redire à sa gloire.

Dès le troisième siècle, on avait déjà vu
A Bologne une femme au savoir étendu.
On lui reconnaissait la plus grande aptitude :
Les lois et le latin faisaient sa seule étude ;
Elle se distingua dans la chaire, au palais,
Et sans avoir besoin d'aucun de ses attraits;
Prononça, jeune encore, et c'est chose incroyable,
Une oraison funèbre en latin admirable,

Depuis ce moment là, passant pour orateur.
Elle reçut bientôt les degrés de docteur,
Soutint avec éclat les concours et les luttes,
Traduisit en public les doctes institutes.
Sa renommée, aussi, de jour en jour, s'accroît,
Ce qui lui fit donner une chaire de droit ;
Et son mérite, alors, sut si bien se répandre,
Que, de tous les pays, on venait pour l'entendre.
A l'érudition des hommes de son temps
Du sexe elle joignait les plus beaux agréments ;
Bref, cette femme avait une telle éloquence,
Qu'à ceux qui l'entouraient dans le plus grand silence,
Elle réussissait, par sa facilité,
A leur faire oublier jusques à sa beauté.

  Au quatorzième siècle, et dans la même ville,
Apparaît une femme également habile ;
Pour la troisième fois, sous le même soleil,
Au quinzième, l'on voit un prodige pareil ;
Une autre enfin tenait (chose étonnante, unique)
Dans la même cité la chaire de physique,
Et le fait est trop vrai pour pouvoir le nier,
Cette femme enseignait dans le siècle dernier.

  On nous dit qu'au seizième, existaient à Venise,
Deux femmes dont l'esprit commandait la surprise :

L'une, dont les talents sont rappelés ici,

S'appelait Modesta di Pozzo di Zorsi ;

Elle compose en vers un grand nombre d'ouvrages

Dont le réel mérite arrache les suffrages :

Les uns sont sérieux et les autres plaisants,

Les premiers instructifs, les derniers amusants ;

Son répertoire enfin contient des pastorales,

Qu'au théâtre elle mit, sans craindre de cabales.

   Et Cassandre Fidèle, au savoir si profond,

Personne, de son temps, n'eut l'esprit plus fécond.

Cette femme écrivait, tant elle était savante,

Dans les langues d'Homère, et d'Horace, et du Dante,

Dans les trois aussi bien en prose comme en vers.

Aussi, sa renommée envahit l'univers.

Il ne se passait pas un seul jour de sa vie

Qu'elle ne s'occupât de la philosophie ,

De celle du passé, de celle du présent,

Tant leur objet était pour elle séduisant.

A la théologie elle prêta des grâces ;

Jamais dans les concours ne connut les disgrâces.

A Padoue, elle donne en public des leçons,

Où chacun admirait ses aimables façons.

Cette femme grandit tous les jours en science,

Et cultiva les arts avec intelligence ;

Par ses divins accents elle charmait les cœurs,
Et rehaussait encor ses talents par ses mœurs.
Ne mettez point au rang des choses apocryphes
Les compliments reçus des souverains pontifes.
Cassandre ainsi coula les jours les plus brillants,
Et, singulière en tout, vécut plus de cent ans.

Dans le quinzième siècle, Isotte Nogarolle,
A Vérone excella dans l'art de la parole,
Elle contait si bien que tous les souverains
Venaient pour l'écouter des lieux les plus lointains.

Les fastes de Milan qu'à l'instant je compulse,
Me font apercevoir la maison de Trivulce :
C'est sous ce noble toit qu'apparut dans le temps,
Une femme célèbre, aux discours éloquents,
l'ont le style épuré séduit, émeut, entraîne,
Sa renommée alors devint européenne,
Ses discours, il est vrai, prononcés en latin,
Annonçaient le savoir d'un vieux bénédictin.

Une religieuse existait à Florence :
Du fond de sa retraite, en Allemagne, en France,
Son nom se répandit, car sa capacité,
De son couvent charmait l'ennui, l'oisiveté.
Les succès qu'elle obtint dans la littérature
Du cloître tempéraient la vie austère et dure.

Si nous abandonnons le pays florentin
Pour diriger nos pas vers le mont Aventin,
Aussitôt nous verrons Victoire de Colonne,
Qui, par ses tendres vers, enchante, enivre, étonne.
L'étude et les regrets se partagent son cœur,
Ne voyant que des jours flétris par la douleur.
Elle avait épousé ce grand homme de guerre,
Si connu sous le nom du marquis de Pescaire;
Mort jeune, elle pleura celui qui la charmait,
Et chanta dans ses vers le héros qu'elle aimait.

Une Sarrochia, jadis dans Parthenope,
Célèbre, assure-t-on, dans l'art de Calliope;
Sur Scanderberg compose un poème fameux,
Son triomphe et son cœur sont portés jusqu'aux cieux;
Et ses contemporains, qu'en talents elle passe
Même, de son vivant, la comparent au Tasse.
Il est vrai qu'elle avait un esprit étonnant :
Telle était cette femme au savoir éminent.

Suivez dans ce temps-là les femmes renommées,
Vous verrez qu'en tous lieux elles sont animées
De cet ardent désir d'acquérir le savoir.
En outre, les écrits nous laissent entrevoir
Que l'on trouve partout le même caractère,
Et ce genre d'étude, en général, sévère.

Si l'on passe en Espagne, on y rencontrera
Une femme d'esprit du nom de Ribera
Qui composa des vers en langue castillane,
Où l'on voit le sacré se mêler au profane.

Paul trois eut le bonheur, sous son pontificat,
D'entendre commenter Jean Scot avec éclat,
Par une femme, encore. Ecoutez, voici comme
Isabelle Rozère étant venue à Rome,
Après avoir prêché souvent dans son pays,
Convertit plusieurs Juifs, à son savoir soumis.
Les Romains, en tous lieux, vantant son éloquence,
Le pape désira jouir de sa présence.
Elle arrive, lui parle, et Rozère, aussitôt,
Devant les cardinaux interprète Jean Scot.
Par son savoir profond son discours les étonne,
Et couverte d'honneurs, rentre dans Barcelonne.

A Tolède existait, à cette époque-là,
Une femme célèbre, Élise Séjéa;
Elle apprit le latin, le grec, le syriaque,
A l'arabe, à l'hébreu, même encore s'attaque;
Et ces langues, dit-on, lui servent à la fois
Pour écrire, plus tard, une lettre à Paul trois.
Sa réputation, de jour en jour, plus grande,
Fait désirer la voir; partout, on la demande.

Appelée à la cour du roi de Portugal,
Elle sut y jouir d'un crédit sans égal;
Y mourut jeune, hélas! mais laissa des ouvrages,
Qui surent de son siècle obtenir les suffrages.

En France nous voyons la duchesse de Retz,
Du temps de Charles neuf briller par des succès.
Elle excella surtout dans les langues anciennes,
Les parlait purement, avec grace et sans peines;
Aussi, les polonais qui vinrent à Paris
Chercher le duc d'Anjou, furent-ils fort surpris
De rencontrer au Louvre une aussi jeune femme,
Dont le simple savoir les capte et les enflamme.

En traversant la Manche, on voit les sœurs Seymour,
Qui, par leur seul esprit, brillèrent à la cour;
Ce qui semblait, pour tous, fort extraordinaire,
C'est que le style avait le même caractère.
Ensemble elles faisaient de très-beaux vers latins
Qui ne méritaient point de rester clandestins,
Car dans tous les pays il fallut les traduire;
Tout le monde, à l'époque, aspirait à les lire.

J'aime à me figurer que l'on me saura gré
De ne point oublier la pauvre Jeanne Gray,
Princesse infortunée! aimable jeune femme!
Avant d'aller remettre au sein de Dieu votre âme,

Vous lisiez dans Platon son immortalité,

Pour mieux vous assurer de votre éternité.

Je pleure vos malheurs, ô femme regrettable !.

Vous ne méritiez point un sort si déplorable;

Vous faisiez voir si jeune un esprit érudit.

En lisant couramment le Phédon non traduit.

Aussi, de Jeanne Gray j'honore la mémoire,

Sentiment partagé, commandé par l'histoire.

   Cette Marie encor qu'épouse François deux,

La fille des Stuarts, au front majestueux,

Aux traits purs, délicats, à la noble tournure;

Tout ce qu'on peut trouver de beau dans la nature,

Elle le possédait; son immense savoir

La faisait rechercher pour l'entendre et la voir.

Oui, cette infortunée était des plus touchantes;

Elle écrivait, parlait six langues différentes;

Faisait des vers français constamment recherchés,

Bien qu'ils fussent pour elle à peu près ébauchés.

Elle prononce un jour, devant la cour de France,

Un discours en latin où perce l'éloquence;

Il fut très-applaudi par les gens érudits,

Et quant aux courtisans, ils étaient ébahis.

Mais quand elle prouva, par sa grande aptitude,

Que son sexe pouvait se livrer à l'étude.

Mais la femme, aisément, poussant tout à l'excès,

Alla jusqu'à prétendre à de plus grands succès :

Les talents, à ses yeux, offrent peu d'avantages

S'ils ne forcent point l'homme à rendre des hommages.

Jadis, les chevaliers pour elle combattaient,

Affrontaient le trépas, sans cesse s'exaltaient ;

Mais d'un ardent amour la tendre frénésie

Qui souvent les poussait jusqu'à donner leur vie,

S'étant calmée, alors, poètes, prosateurs,

Par son habileté, furent ses serviteurs ;

Puis, elle obtint, en outre, à ce que dit l'histoire,

Qu'ils missent de côté jusqu'à leur propre gloire,

Pour célébrer la sienne ; et que tous leurs écrits

Ne parlassent jamais que de ses doux souris,

De ses talents divers, de ses traits, de sa grâce,

D'être l'objet, enfin, de toute dédicace.

Or, ce sexe enchanteur qui se nourrit d'encens,

Se fit tout dédier, poèmes et romans.

Ainsi, le sentiment de la galanterie

Qui dominait du temps de la chevalerie,

Dut animer alors les lettres et les arts,

Comme il guidait les preux à travers les hasards.

Elle y contribua, cette Clémence Isaure

Que, depuis cinq cents ans, la poésie honore,

Quand elle institua ces jolis jeux floraux,
Pour nous assujettir à d'aimables travaux.
Certes, son but unique était de nous soumettre,
C'est là le sentiment qu'elle voulait transmettre;
Et pour nous commander, en enchaînant nos cœurs,
Elle mit son appui dans le charme des fleurs;
Idée ingénieuse! allégorie aimable!
Emblême gracieux de son sexe adorable!
C'est à vous que l'on doit ces poèmes charmants
Qui surent nous chanter si bien ses agréments.
Mais, ô femme! écoutez; souvenez-vous, de grâce,
Que tout le monde sait que le temps les efface;
N'appelez point sans cesse à votre aide l'amour,
Tous les hommes par lui n'obéissent qu'un jour;
Et si vous désirez conserver votre empire,
Parez-vous des vertus plutôt que du sourire,
Oui, pour nous dominer, voilà tout le secret;
Et lorsque cet avis aura tout son effet,
Vous nous trouverez prêts à chérir l'esclavage
Où nous serons jetés par toute femme sage.
   Si votre sexe a su briller par le savoir,
Bien mieux par les vertus, il en a le pouvoir :
Je vais les dérouler dans les chants qui vont suivre,
Car à votre bonheur j'ai consacré ce livre.

V

COURAGE ET BRAVOURE

COURAGE ET BRAVOURE

Du sexe, je l'ai dit, en citant les défauts,
Les qualités, parfois, demeurent en repos ;
De ses seuls agréments il s'occupe sans cesse,
Comme l'unique objet auquel il s'intéresse.
C'est une vérité qui n'est point d'aujourd'hui ;
Ensuite, la raison se trouve innée en lui ;
Tandis que si la femme est parfois animée
Du désir, du besoin qu'elle a d'être estimée,
Ce n'est que par l'effet de l'éducation
Qu'on la voit ménager sa réputation.
Mais il existe encor dans le cœur de la femme,
Un sentiment secret d'élan, de grandeur d'âme,

Et qui sans nous donner habituellement,
Des symptômes réels de son rayonnement,
Semble être un feu caché dont la flamme mourante
S'échappe tout à coup et devient dévorante.
Par la sécurité se trouvant contenu,
Ce sentiment, chez elle, est souvent inconnu.
Plus d'une femme aussi qui paraîtra légère,
Et qui n'a jamais su montrer qu'un caractère
Dont la timidité le rend par trop prudent,
Allant le retremper à ce foyer ardent,
Que, tout autant qu'une autre, elle possède en elle,
Saura vous faire voir si son âme chancelle.
Eh! qui pourrait douter de sa réalité?
Ce sentiment l'enlève à la frivolité,
L'attache à des devoirs jugés inadmissibles,
Car toujours négligés aux époques paisibles.
Alors, pour l'animer d'un pareil sentiment,
Il faut de grands malheurs, un bouleversement;
Car même le danger que court l'objet qu'elle aime,
Pour qu'elle le combatte, il faut qu'il soit extrême.
Le présent seul l'occupe, et quant à l'avenir,
La femme y pensant peu, semble n'y pas tenir.
Mais, de ce changement qui s'opère chez elle,
Au milieu des périls, la cause se révèle:

Il n'est jamais le fruit de la réflexion,

Mais bien du sentiment, sa seule impulsion;

En effet, ceux de fille, et d'épouse et de mère,

Et d'amie et de sœur, rendront son caractère

Et plus ferme et plus fier dans les temps malheureux,

Surtout, s'ils sont atteints tous à la fois par eux.

Alors, en ce moment, quel est le cœur des femmes?

N'est-il pas un volcan qui va jeter ses flammes,

Un cratère irrité, dont la lave en fureur,

S'échappànt de ses bords, répandra la terreur?

Jaloux de le montrer avec plus d'avantage,

Je vais citer ici divers traits de courage.

  D'abord, si nous allons consulter les anciens,

Plutarque nous dira que chez les Phocéens,

Dans un siége l'on vit les femmes se défendre;

Préférer le trépas plutôt que de se rendre;

Et de plus, applaudir et couronner de fleurs

Celui qui, le premier, sut animer les cœurs.

  Rome nous montrera la célèbre Porcie,

La femme de Brutus qui s'arracha la vie,

Aussitôt qu'elle apprit la mort de son époux.

A nos yeux, il est vrai, ce trait n'est point absous;

Une pareille mort n'est point celle du sage,

Mais je ne cite ici que l'acte de courage,

On est, me dira-t-on, plus dispos à mourir
Dès que l'on entrevoit qu'on n'a plus qu'à souffrir;
C'est une vérité que je dois reconnaître;
Mais le courage, ici, je le vois apparaître,
Car cette femme avait prononcé sur son sort,
Bien avant que Brutus ne se donnât la mort.

　　En vous parlant d'Arie, à l'âme noble et fière,
Je veux vous signaler le plus fort caractère.
Dans ce but, racontons ce que l'histoire dit :
Sous le règne de Claude apparaît un édit
Qui condamnait à mort Pœtus, l'époux d'Arie,
Pour avoir insurgé, soulevé l'Illyrie.
Sitôt qu'elle n'eut plus l'espoir de le sauver,
D'un supplice odieux voulant le préserver,
Au fond de son cachot cette femme pénètre;
Elle craignait si peu d'aller se compromettre,
Qu'elle prend un poignard et se frappe à ses yeux;
Le retire et lui dit : *Ce n'est point douloureux;* *
Songe à ce qui t'attend, à cette mort infâme,
Imite-moi; fais voir la force de ton âme;
Perce-toi de ce fer, il ne fait point souffrir,
Je viens ici t'aider et t'apprendre à mourir;

---

* *Si qua fides, vulnus, quod feci, non dolet inquit.*　　　(Martial.)

Te soustraire à la honte ! enfin, cette héroïne
Fait si bien qu'à mourir, Pœtus se détermine.
Telle fut cette femme, au cœur noble, élevé,
Dont on n'a point encor sa seconde trouvé.

Dans la Gaule, au moment d'une guerre civile,
Le sexe sut, jadis, jouer un rôle utile.
Les Gaulois étaient près d'aller s'entr'égorger ;
Des femmes aussitôt volèrent au danger,
Entre les combattants s'ouvrirent un passage ;
Les hommes étonnés, frappés de leur courage,
Suspendent leurs combats, et les accommodant,
Elles virent, depuis, grandir leur ascendant,
Aussi, dans les conseils elles furent admises,
Et souvent, leurs avis dictaient les entreprises.

Si nous nous reportons aux temps moins reculés,
On verra que des traits sont encor signalés.

Tant que dura l'époque où la chevalerie
N'eut jamais d'autre but que la galanterie,
Les femmes de ce temps surent se contenter
Des exploits des tournois qu'elles faisaient chanter ;
De ces semblants de guerre être la récompense,
Leur suffisaient alors pour charmer l'existence ;
Et ne s'associaient à la gloire des preux,
Qu'en offrant leurs rubans, leurs chiffres amoureux.

Mais, lorsque le temps vint des circonstances graves,
Et des grands mouvements et des grandes entraves,
Que l'on dût recourir à d'orageux débats,
Pour soutenir l'honneur, l'intérêt des états,
Que les hommes enfin, par des causes puissantes,
Sentirent le besoin des guerres importantes ;
Alors, on vit la femme, en combattant près d'eux,
Prendre une part active à ces chocs dangereux ;
Montrer de la valeur dans les pas difficiles,
Et préférer les camps aux paisibles asiles,
Pour faire ressortir son intrépidité,
Oublier sa faiblesse et sa timidité ;
Se plaire, comme l'homme, au séjour des alarmes,
Et comme lui, souffrir les fatigues des armes,
Tout en obéissant aux lois de la pudeur
Qui lui sied à ravir, ainsi que la candeur.
L'on vit même en ce temps, sans perdre de leurs grâces,
Des femmes attaquer et défendre les places,
Se signaler enfin par des faits éclatants,
Reconnus, applaudis par tous les combattants ;
La foi sainte inspirant, exaltant son courage,
Plus d'une s'illustrer dans le fort du carnage.

  Mais, pour prouver ici tous ces faits avancés,
Je n'ai qu'à rappeler divers traits annoncés.

Pour en choisir plusieurs recueillis à leur gloire,
J'ai cru devoir fouiller aux pages de l'histoire;
Aussi, les parcourant, j'ai remarqué d'abord
L'héroïque valeur de Jeanne de Montfort,
Qui, pour reconquérir son duché de Bretagne,
Les armes à la main, sut se mettre en campagne,
Et combattre en personne. En dépit de ses droits,
La victoire, on le sait, fut à Charles de Blois :
Plus juste, elle aurait dû lui demeurer fidèle,
Mais la fortune, hélas! est souvent bien cruelle.
Ainsi que de nos jours, on savait les moyens
De confisquer les droits des rois, des citoyens,
Et comme ces méfaits ne viennent que des guerres,
Je ne les trouve point fort extraordinaires;
Aussi, de tout pays je déplore le sort,
Quand on n'y reconnaît que le droit du plus fort.
   Marguerite d'Anjou, princesse entreprenante,
Femme de Henri six, est encore étonnante.
Courageuse, elle fut général et soldat,
Habile, elle saisit les rênes de l'État,
De son auguste époux protégea la faiblesse,
Et par son ascendant, s'en rendit la maîtresse;
Dans les combats fit voir tant d'intrépidité
Qu'elle remit son roi deux fois en liberté.

A guerroyer toujours, cette reine obligée,
Combattit douze fois en bataille rangée.
Elle s'y signala par des succès divers,
Mais elle fut enfin victime des revers.
Si son règne eût été moins sévère et plus sage,
Aurait-elle eu besoin de montrer ce courage ?

Aux temps de barbarie, où rien n'est ordonné,
Aux hasards, aux plus forts, tout est abandonné ;
Tout est impétueux, tout vous y sert d'amorce,
Et les excès, toujours, sont des excès de force.
Ce courage du sexe obéissait aux temps,
Et cet état dura plus de quatre cents ans.
Cet esprit militaire, un écrivain l'avance,
Se montrait, s'exaltait de distance en distance,
Mais ce ne fut jamais qu'aux grands ébranlements
Que les femmes prouvaient leurs guerriers sentiments.
Dans ces siècles passés, cet esprit fut extrême,
Et principalement, aux quinzième et seizième,
Lors des invasions des fils de Mahomet.
Dans ces pays si beaux que le Croissant soumet,
Tout se réunissait pour inspirer aux femmes
Ces élans qui font voir la force de leurs âmes.
L'effroi que répandaient ces farouches vainqueurs,
Surexcitait leur haine et relevait les cœurs.

De ces fiers Osmanlis les penchants, les coutumes,
Et la religion, tout, jusques aux costumes,
Les révoltaient encor, mais cette aversion
Que la femme portait à l'institution,
Celle qui condamnait son sexe à l'esclavage,
L'indignait à ce point qu'elle allumait sa rage.

Maintenant qu'on connaît cet état des esprits,
De ces traits courageux qui peut être surpris?
Chacun peut concevoir que les beautés guerrières
Qui du sultan Sélim étaient les prisonnières,
Faites pour le sérail, se donnassent la mort
Plutôt que de subir ce misérable sort.
Qui pourrait s'étonner de voir ces Chypriottes,
Se délivrer ainsi du joug de leurs despotes,
Ensuite, dans un siége, au milieu des soldats,
De les apercevoir faire des coups d'éclats;
Des fougueux musulmans repousser la furie,
Combattre sur la brèche et sauver leur patrie.
On s'explique très-bien que sous Mahomet deux,
Une fille montra cet esprit belliqueux,
Un caractère fort, une âme grande et fière;
A ce point, qu'on la vit, à la mort de son père,
S'armer de son épée et de son bouclier
Et combattre les Turcs comme un vrai chevalier.

La fille de Lemnos, par son bouillant courage,

De succès en succès les repousse au rivage,

Les force à s'embarquer, délivre son pays :

Ces faits sont éclatants, mais nul n'en est surpris.

Cependant, les exploits que je viens de décrire

Par moi sont rappelés afin qu'on les admire.

Ce sexe descendant de ces Grecs si fameux,

Sut démontrer alors qu'il combattait comme eux.

Après quinze cents ans, quel singulier spectacle !

On peut le regarder certes comme un miracle,

Ce sexe que l'on sait avoir été païen,

Contre les Musulmans combat comme Chrétien,

Car, les femmes alors, par des traits d'héroïsme,

Au nom de Jésus-Christ, repoussaient l'Islamisme.

On peut donc voir ici qu'un double sentiment

Excitait chez la femme un grand entraînement ;

Que la religion lui mit aux mains les armes,

Que l'honneur la guidait au plus fort des alarmes ;

Et c'était naturel, car ces deux grands ressorts,

Ont du sexe, en tout temps, centuplé les efforts.

Ces exploits racontés, si nous quittons Byzance,

Les flots de l'Archipel, pour revenir en France ;

Nous aurons à citer un des plus brillants faits

Arrivés, dans ce temps, au siége de Beauvais.

Les troupes de Bourgogne investissaient la place ;
C'est alors qu'une femme annonce son audace,
Et se fait remarquer de ses concitoyens.
Voulant de la défense augmenter les moyens,
Elle court rassembler les femmes de la ville,
Se déclare leur chef et devient fort utile.
Un soldat résolu, déjà sur le rempart
Avait su pénétrer, planter son étendard,
Quand cette femme accourt, prend le drapeau, l'arrache,
Et frappe l'assaillant d'une petite hache,
Puis, redoublant ses coups, par un dernier effort,
Dans le fond des fossés, le précipite mort.
De l'ennemi ce trait amena la défaite
Et depuis lors, elle eut le surnom de Hachette.

    Les faits de Jeanne d'Arc, je saurais les citer;
Mais qui de nous, jamais, pourrait les imiter!
Je me contente aussi d'admirer sa vaillance,
Car Dieu seul la guidait et protégeait la France.
Nous devons, toutefois, pleurer son triste sort,
Et détester l'Anglais, à cause de sa mort.

    Passons à notre époque, à ces temps difficiles,
A ces temps malheureux de nos guerres civiles,
Surtout, quand les dangers devinrent éminents.
Nous prouverons encor par ses faits étonnants,

Son dévoûment sublime et sa grande énergie,
Que la femme saura sacrifier sa vie.

   O toi, France immortelle! objet de mon amour;
Toi, le charmant pays où j'ai reçu le jour !
Toi! vantée en tous lieux pour ta gloire si pure,
Et les productions de l'art, de la nature;
Pays si généreux, si calme par tes mœurs,
Devais-tu voir jamais les haines dans les cœurs ?..
Et pourtant des esprits le vertige s'empare ;
Une subversion immense se prépare,
On ressent à la fois le besoin de changer,
Et de forme et de place et de tout abroger;
La discorde en furie ensuite se présente,
Et puis, de la terreur arrive la tourmente.

   Que faisait, au milieu d'un désordre effrayant,
Ce sexe délicat, le voyez-vous fuyant ?
Lui qui nous semble né pour le repos, la crainte,
Ira-t-il se cacher, recourir à la feinte ?
De la peur aura-t-il alors le sentiment ?
Non, d'abord immobile, il l'est d'étonnement.
Il aura pour les siens les plus vives alarmes,
Et le sentiment seul provoquera ses larmes.
L'incendie et la mort s'offrant à ses regards,
Il craindra peu pour lui ces faits des montagnards.

La seule peur qu'il a dans ce temps difficile,
Est de ne pouvoir rien, de n'être point utile ;
A suspendre le crime on le voit s'attacher,
Et faire ses efforts afin de l'empêcher.
Dans ce but honorable, on vit alors des femmes
Se jeter au milieu du carnage et des flammes.
Cette mère éperdue, à pied sur ce chemin,
La voyez-vous courir, emportant sur son sein
Un précieux fardeau, son trésor et sa vie ?
Mais c'est pour son enfant qu'elle fuit l'anarchie.
La voyez-vous encor passer à l'étranger ?
Dans quel but ? — Elle veut le soustraire au danger,
Et le remettre aux mains d'une personne sûre ;
En cela, cette mère écoute la nature.
Mais cette femme après des devoirs aussi doux,
Sans prendre de repos, retourne à son époux,
Et vient se replonger dans ce chaos extrême,
Et reprendre sa place auprès de ce qu'elle aime ;
L'arracher aux périls qu'il s'obstine à courir,
Et veiller près de lui, le sauver ou mourir.
    Échafauds qui partout répandiez l'épouvante,
Embrâsements, prisons que l'émeute ensanglante ;
De l'affreuse terreur symptômes infernaux,
Vous occupiez la femme à soulager les maux ;

Vous nous la présentiez en ange tutélaire,
Et vous savez l'effet de son grand caractère !
Lorsque l'homme partout causait des maux affreux,
Partout, elle apporta ses secours généreux.
Elle sut affronter la mort et les tortures
Pour essuyer les pleurs et fermer les blessures ;
Et quand une victime était près de mourir,
Pour la tranquilliser on la vit accourir.

    La femme se montra constamment admirable.
Dans ces ébranlements d'une époque exécrable.

    Ses héroïques faits sont tellement nombreux
Que je vais me borner à n'en citer que deux.

    Madame Élisabeth, la sœur du roi de France,
Brillante de vertus, de candeur, d'innocence,
De sa famille, hélas ! partagea les malheurs!
Ah! peut-on y songer sans répandre des pleurs?...
Regardez, contemplez, admirez cette femme!
Comme elle vous fait voir la grandeur de son âme,
Quand des hommes armés, méditant les forfaits,
Franchirent, en fureur, l'enceinte du palais ;
Quand ces hommes de sang, excités par la haine,
Font savoir à grands cris qu'ils demandent la reine ;
Quand ces monstres, enfin, types des montagnards,
Promenant en tous lieux leurs farouches regards,

Visitent tous les coins, afin de trouver celle
Qu'ils voulaient massacrer, ils la prennent pour elle !
Voyez Élisabeth, dans ce moment affreux,
Comme son âme est belle et son cœur généreux !
Ses zélés serviteurs, pour conserver sa vie,
Désiraient la nommer ; mais, touchante énergie !
Pour préserver la reine, affrontant le trépas,
De suite, elle leur dit : *Ne les détrompez pas !*
Elle n'hésite point à s'offrir en victime.
Aussi, quel dévoûment ! aussi, quel mot sublime !
Tous les cœurs généreux, pour qu'il soit imité,
Sauront le conserver pour l'immortalité.

Comme je l'ai promis, je vais citer encore
Un trait assez saillant, dont le sexe s'honore.

Une dame Lefort fit preuve d'un grand cœur,
Quand son époux fut pris comme conspirateur.
Vous allez en juger, pour le voir, elle achète
Un permis, sachant bien qu'elle jouait sa tête.
N'importe, pour sauver l'objet de son amour,
Elle va le trouver vers le déclin du jour ;
Son époux étonné, frappé de sa visite,
Apprend d'elle aussitôt qu'il faut prendre la fuite,
Qu'elle porte sur elle un double habillement,
Afin qu'il le revête immédiatement.

Celui-ci ne veut point qu'elle se sacrifie,
Mais sa femme persiste à lui sauver la vie;
Elle insiste si fort qu'enfin il obéit,
Et que, l'instant d'après, son époux sort et fuit.
Le lendemain matin, on la trouve à sa place,
Lors, le représentant lui parle, la menace,
Qu'as-tu fait, lui dit-il d'un ton tribunitien?
— Mon devoir, répond-elle, à présent, fais le tien!
Que ce langage est fier! et quelle force d'âme!
Ce seul fait suffirait pour honorer la femme.

Son courage, on le voit, tient aux événements,
Et sa bravoure, aussi, sera selon les temps.
Pour tout conclure, enfin, dans notre belle France,
La femme apparaissant comme une Providence,
Au sein de la terreur, son sexe a mérité
La palme du courage et de l'humanité.

VI

INFLUENCE, ASCENDANT

INFLUENCE, ASCENDANT

La femme, dans le temps, sut agir et paraître,
Et ce que j'en ai dit l'a déjà fait connaître.
On doit se rappeler sa domination,
Et l'appui qu'elle offrit à la religion,
A la chevalerie, à la littérature,
Pour les favoriser, ce que l'histoire assure.
Et c'est tellement vrai, qu'en maint et maint écrit,
Elle sut propager la morale du Christ,
Dicter les douces lois de la galanterie;
Le code plein d'honneur de la chevalerie;
Ensuite, protéger, étendre le savoir,
Y voyant le moyen d'agrandir son pouvoir.

Elle est capable alors d'une grande influence,
Mais des traits en feront mieux sentir l'importance.

Allons-nous, par exemple, au pays des Hurons,
Eh bien! cet ascendant, nous l'y rencontrerons.
Et cependant on sait que, dans l'état sauvage,
Le sexe, en général, se voit dans l'esclavage,
Et que les hommes sont des tyrans, des bourreaux
Qui lui font éprouver chaque jour mille maux.
Mais, quand la femme est mère, elle est surnaturelle,
Et les Hurons, alors, ont du respect pour elle ;
Car veut-elle apaiser les mânes des parents
Tués dans les combats, et regarnir les rangs,
Réparer les revers qu'essuya sa famille,
Il lui suffit alors d'un collier de coquille
Qu'elle envoie au guerrier, afin de l'obliger
A s'armer, le chargeant du soin de la venger.
Lors, on voit le Huron, qu'elle connaît à peine,
Obéir aussitôt comme à sa souveraine,
Et se croire engagé par ce simple collier,
Comme, par un ruban, l'était un chevalier.

Au pays des Natchez, la femme arrive au trône,
Et, fascinés par elle, ils font ce qu'elle ordonne.
On sait qu'ils adoraient autrefois le soleil,
Leur reine aussi descend de l'astre non pareil,

Tandis que son époux est de notre nature
Qu'elle a soin de choisir dans une classe obscure
Pour jouir par le fait de l'inégalité,
Bien plus tranquillement de son autorité.
Obtenir le respect d'un peuple insociable,
Et s'en faire estimer, est vraiment honorable.

    Pour l'homme, toutefois, errant dans les forêts,
Du sexe les appas seront de faibles rêts.
On s'apercevra bien que l'amour qu'il étale
Annonce que, pour lui, toute femme est égale.
Mais l'état, appelé civilisation,
Doit, un instant ici, fixer l'attention.
S'il pense au lendemain, l'homme se civilise :
Il regarde un objet, ensuite l'utilise ;
Et, dès ce moment-là, prévoyant les besoins,
A trouver, à garder, il apporte ses soins.
Il est d'abord pasteur, en sa nouvelle vie
Beaucoup moins agitée, aux autres il s'allie,
L'impérieux besoin de la sécurité
Sera l'avant-coureur de la société.
La femme alors sur lui peut avoir de l'empire,
Lui faire apprécier les attraits d'un sourire,
Car à lui plaire l'homme est beaucoup mieux dispos,
Dès qu'on le voit jouir du calme, du repos.

Pour un observateur, sa manière de vivre
Offre des aperçus intéressants à suivre.
Il verra que, s'il est plus ou moins policé,
Plus ou moins par la femme il est influencé.
Tant que l'homme vécut dans l'état d'ignorance,
Que les sociétés étaient dans leur enfance,
Chez la femme il ne vit jamais que la beauté
Qui pût surexciter sa sensibilité ;
Mais, se civilisant, il voulut davantage ;
Car, il se dit alors : la beauté n'a qu'un âge ;
Et les plaisirs des sens ne lui suffisant plus,
Il voulut en avoir qui fussent au-dessus.
On voit donc qu'il voulait un bonheur plus durable ;
Et comme on ne l'obtient que d'une femme aimable
Et pleine de bonté, le sexe le sentit ;
Aussi, recourut-il aux grâces de l'esprit
Qui surent agrandir encor son influence.
En procurant à l'homme une autre jouissance,
En rendant le bonheur plus réel, plus certain,
La femme redouta bien moins un lendemain.
Elle doit donc tenir à ce qu'il s'humanise ;
Car son pouvoir s'étend quand il se civilise.

    Sur les hommes épars, vivant au fond des bois,
Son ascendant est nul, on l'a vu maintes fois ;

Mais elle jouira d'une influence entière,
Dès qu'ils posséderont la plus humble chaumière ;
Même ne dussent-ils n'y rentrer que le soir,
Ils se verront forcés d'admettre son pouvoir.

L'épouse qui supporte une existence affreuse
Doit méditer ces faits, dans le but d'être heureuse ;
Ils peuvent lui servir, même encore aujourd'hui ;
Car on rencontre, hélas ! plus d'un mauvais mari
Qu'on peut, sans hésiter, comparer au sauvage
Asservissant sa femme au plus dur esclavage.
Par son manque d'égards, par sa brutalité,
Son caractère tient de la férocité.
On peut le corriger. Écoutez cette histoire,
Elle apprend un moyen qui n'est point illusoire.

Autrefois, j'ai connu Madame de Mélas ;
Elle était jeune et riche et brillante d'appas ;
Mais au bout de six mois d'un heureux mariage,
La discorde se mit au milieu du ménage.
Son inconstant époux, s'éloignant chaque jour,
Lui fit voir que, pour elle, il n'avait plus d'amour.
Le fait était certain : depuis longtemps l'absence
A prouvé clairement la froide indifférence.
Un jour, j'allai la voir. Alors, elle me dit :
Vous devez, cher Armand, remarquer mon dépit,

Mélas sort à présent : que je suis malheureuse!

Oui, je traîne ici-bas une existence affreuse.

J'ai beau lui faire, Armand, des reproches sans fin,

Eh bien! il les reçoit toujours avec dédain.

A l'instant même, il vient de me faire une scène,

Où j'ai cru, mon ami, découvrir de la haine.

Dans l'état où je suis, que me conseillez-vous?

— Être différemment auprès de votre époux.

— Quoi! vous auriez le droit de blâmer ma conduite?

Veuillez, je vous en prie, être plus explicite.

— Je ne veux point, Madame, ici vous critiquer;

Vous voulez mon avis, je vais donc m'expliquer:

Ne vous avisez point de cesser d'être aimable;

Rendez-lui constamment sa maison agréable.

Qu'il ne soupçonne point le plus petit chagrin,

Et ne lui faites voir qu'un visage serein.

Pour lui soyez toujours et bonne et douce et tendre;

Des reproches, grand Dieu! il faut vous en défendre;

C'est le meilleur parti, Madame, croyez-moi,

En voici la raison : il faut rentrer chez soi.....

L'homme coupable et dur va s'attendre au murmure,

Et d'avance il en rit, car c'est dans sa nature;

Gardez qu'il vous surprenne à répandre des pleurs,

Car il pourrait vous dire : Allez pleurer ailleurs,

Ajoutant de ce ton qui frise l'ironie :

Madame a du penchant pour la monotonie.

Au contraire, ayant soin de cacher le dépit

Que vous pouvez avoir, il demeure interdit :

Toute sa force tombe; il perd son arrogance.

Dès qu'il ne trouve plus aucune résistance.

En agissant ainsi, vous le rendrez penseur,

Et c'est le seul moyen de soumettre son cœur.

— Vous le croyez, Armand?—Eh! quoi? Madame en doute?

— Un peu ; si vous saviez combien cela me coûte!

— Du courage, Madame! agissez; votre époux

Deviendra, j'en suis sûr, de jour en jour plus doux.

— Armand, j'obéirai; mais s'il reste rebelle.....

— Non, non, c'est impossible. Lors je pris congé d'elle.

Quand je rentrai chez moi, de suite on me remit

Des lettres de service ainsi que l'ordre écrit

De partir sur-le-champ pour rejoindre l'armée,

Et me nourrir encor de gloire et de fumée.

J'obéis; et deux ans, dans les champs du hasard,

Je dirigeai mes traits contre le léopard;

Mais forcé de plier devant l'Europe entière,

Je revis mes foyers à la fin de la guerre.

Le changement de vie altéra ma santé;

Je le dus, je suppose, à l'uniformité.

Mes membres engourdis n'avaient plus leur puissance ;

Aussi, je fréquentais *la Petite-Provence ,*

Ce croissant d'un jardin que tout Paris connaît,

Et que le vent du nord jamais n'importunait.

Là, je me trouvais bien, grâce au soleil d'automne,

Dont les feux convergents échauffaient ma personne ;

Entouré de vieillards et de convalescents

Qui semblaient se mêler à des jeux innocents :

Cette douce chaleur bannissait ma tristesse,

Et mon corps par degrés reprenait sa souplesse ;

Quand je sentis quelqu'un me tirer par le bras.

Je me retourne et vois... Madame de Mélas

Qui me dit aussitôt : mais c'est une merveille

De vous revoir, Armand ; ma joie est sans pareille !

Voilà près de deux ans que je ne vous ai vu,

Et pendant tout ce temps, qu'êtes-vous devenu ?

— Ma disparition sera-t-elle blâmée,

Quand madame saura que je viens de l'armée ?

— Mais pourquoi n'être pas venu depuis me voir ?

Notre amitié devait vous dicter ce devoir.

— Oh ! ne me grondez point : j'ai la même tendresse ;

Mais vous devez avoir remarqué ma faiblesse ;

J'ai traîné dans Paris des jours fort ennuyeux ;

A présent, je vous vois, je me trouve bien mieux.

Eh! Monsieur de Mélas... — Madame, on vous demande,
Lui dit une suivante, une affaire commande
De rentrer sans retard. — Je vais donc vous quitter.
Toutefois, cher Armand, je veux vous raconter
Ce qui s'est opéré dans vos deux ans d'absence ;
Et si vous désirez en avoir connaissance,
Soyez demain chez moi. — Madame, on y sera.
Nous nous dîmes adieu! puis, on se sépara.

J'étais fort content d'elle; et je me dis de suite :
Je ne manquerai pas de lui rendre visite.
Aussi, je m'empressai d'aller le lendemain
M'informer de son sort, au faubourg Saint-Germain.
Sitôt qu'elle me vit : Accourez, me dit-elle,
Je veux que vous sachiez une bonne nouvelle :
Mélas m'est revenu ; mon époux est charmant ;
Il m'aime, il me chérit; je suis heureuse, Armand.
Sur l'amour, le bonheur tous nos entretiens roulent ;
Et mes jours, près de lui, tranquillement s'écoulent,
— A-t-il mis bien du temps, Madame, à revenir?
— J'en ai, mon cher ami, perdu le souvenir.
— Vous l'avez oublié! c'est vraiment honorable ;
Ce trait seul suffirait pour vous rendre adorable.
— C'est par trop me flatter; le bonheur d'aujourd'hui,
Aisément doit plonger le passé dans l'oubli.

— Madame, votre époux ne surprendra personne ;
Et voici la raison qu'un auteur nous en donne :
L'homme dont nous parlons, vous avez dû le voir,
Sort plus tard le matin, rentre plus tôt le soir.
La paresse, on le sait, n'est jamais étrangère
A nos différents goûts, à notre caractère.
Bientôt on aime mieux des sentiments plus doux ;
C'est ce qu'a ressenti, sans doute, votre époux.
Suivant l'un des penchants de la nature humaine,
On cherche les plaisirs qui coûtent moins de peine,
Et sur ceux qui souvent nous font peu respecter
On sait que le bonheur va toujours l'emporter.
Grâces aux qualités d'une femme sensible,
Adroite, vertueuse, un époux irascible,
D'un caractère dur, finit par s'adoucir
Son air sombre, on le voit par degrés s'éclaircir.
Et chaque jour, son cœur, se trouvant moins rebelle,
De volage qu'il est, l'époux devient fidèle.
N'oubliez donc jamais que ce charmant détour
Chez l'époux inconstant opère ce retour.

  Je démontre, je crois, par les faits que j'avance,
Que la femme possède une grande influence.
Même dans les hauteurs de la société,
Sur les grands intérêts son pouvoir est cité.

D'abord, pour le prouver, je rappelle Julie,
Digne de commander à toute l'Italie;
Car, lisant les écrits de Dion, d'Opien,
Du savant Philostrate, et ceux d'Hérodien,
Tous disent qu'elle avait le plus grand savoir-faire;
Un ascendant marqué sur Septime Sévère
Qu'elle sut épouser, ce qu'on avait prédit,
Tant elle promettait un éminent esprit.
Homme d'état, Julie acquit la confiance
De son auguste époux, et, de là, l'influence
Qu'elle exerça sur lui, sur son gouvernement
Où rien ne se faisait sans son assentiment.
Comme épouse, elle eut donc sur Septime Sévère
Un empire très-grand; ensuite, comme mère,
Aussitôt qu'elle vit sur le trône son fils,
Elle lui fit encore adopter ses avis.

La femme ensuite prouve, en montrant Catherine,
Esclave parvenue au haut rang de czarine,
Que l'ascendant qu'elle a, par son habileté,
Égale au moins celui que donne la beauté.

Un jour, Pierre-le-Grand, dans un péril extrême,
Fut délivré des Turcs par Catherine même.
Il s'était engagé dans de longs défilés,
Et ses soldats étaient de fatigue accablés.

Cerné de toutes parts, n'ayant plus de retraite,
Le czar entièrement avait perdu la tête;
Au milieu de pays arides et déserts,
Il ne lui restait plus que le choix des revers.
Au comble du malheur, il gémit, se lamente,
Troublé par sa douleur, il rentre dans sa tente,
Et comme il désirait le laisser ignorer,
Il ordonne à ses gens de n'y point pénétrer.
Quelle position! Depuis trois jours, l'armée
Ayant tout consommé, se trouvait affamée.
Sur leurs armes couchés et déplorant leur sort,
Les Russes attendaient l'esclavage ou la mort.
Mais, s'il n'eût point des Turcs méprisé la puissance,
Le czar n'aurait jamais eu tant d'imprévoyance,
Et des renseignements plus certains, plus précis
Lui seraient parvenus sur ces lointains pays.
Voyant que l'on allait périr par la famine,
Dans cette extrémité, que fera Catherine?
Il faut changer, dit-elle, en succès les revers,
Ou sinon, se résoudre à mourir dans les fers.
La situation est par trop alarmante,
Aussi, malgré son ordre, elle arrive à sa tente;
Elle voit l'empereur étendu sur son lit,
Et d'un ton solennel, Catherine lui dit :

Nous n'avons pas encor perdu toute espérance ;

Nous pouvons nous sauver, j'en donne l'assurance ;

J'en connais le moyen, je viens vous l'apporter,

Et cet expédient, nous devons le tenter.

Trop abattu, le czar était loin d'interrompre,

Et Catherine ajoute : il faut agir, corrompre.

Achetons donc la paix par de riches présents,

Aux yeux de Méhémet, ils seront séduisants ;

Et le Caïmacan ne les repoussant guère,

Nous pourrons obtenir qu'ils terminent la guerre,

Le comte de Tolstoi nous l'a fait pressentir.

Ainsi donc à l'instant, il faut faire partir,

Pour le quartier des Turcs, un homme qu'elle indique,

Sans attendre du czar la plus simple réplique,

Catherine s'absente et l'ayant fait chercher ;

L'amène à l'Empereur, n'ayant rien à cacher,

Et devant lui, de suite, en ce péril extrême,

Lui prescrit ses devoirs qu'elle dicte elle-même ;

Et des chefs ennemis retrace les portraits,

Afin de mieux encore assurer le succès.

Sitôt qu'il est instruit, l'envoyé se retire,

En silence, le czar la regarde et l'admire ;

De son abattement il revient et lui dit :

J'approuve votre plan, le moyen me séduit.

Toutefois, il ajoute : Où prendre ces richesses
Que vous voulez offrir ?.. car de simples promesses,
Je vous le garantis, ne leur suffiront point.
— Je le sais ; mais soyez tranquille sur ce point.
— Où les trouver enfin ? ce fait seul me chagrine.
— Dans votre propre camp, lui répond Catherine.
Mais, je désirerais que votre majesté
Nous montrât son grand cœur, reprît sa fermeté ;
Qu'elle allât des soldats ranimer le courage ;
Sa présence serait du plus heureux présage.
Sire, réveillez-vous ! je trouverai l'argent,
Quand même l'ennemi serait plus exigeant,
D'admirer sa fierté l'empereur ne se lasse ;
Il se lève à la fin, va vers elle et l'embrasse ;
Puis la quitte, et se rend au quartier-général,
Tandis que vivement elle monte à cheval ;
Pleine de son projet et d'espoir animée,
Elle va parcourir tous les rangs de l'armée ;
La douce quiétude était dans tous les traits,
Tant elle était alors certaine du succès.
Elle parle aux soldats, les flatte, les caresse ;
Ensuite, aux officiers Catherine s'adresse,
Et leur dit : « Mes amis, apprenez qu'aujourd'hui
» Il ne nous reste plus, pour nous tirer d'ici,

» Que deux partis à prendre : ou donner notre vie,

» Ou nos trésors qu'on voit avec des yeux d'envie.

» A présent, sur le choix peut-on être incertain?

» Car, préférant mourir les armes à la main,

» Ceci n'exige point de fort longs commentaires,

» Notre or et nos bijoux ne sont plus nécessaires;

» Sacrifions-les donc, et je crois, mes amis,

» Que les Turcs, les voyant, en seront éblouis,

» Et se décideront à nous livrer passage.

» Ce parti, je l'ai pris, comme étant le plus sage ;

» Et déjà vous saurez qu'auprès de Méhémet,

» Un négociateur travaille à cet effet.

» Il a pris avec lui, comme une garantie,

» Des bijoux que j'avais la plus grande partie,

» Et ne pouvant offrir un trop riche présent,

» Le reste, je le crains, peut être insuffisant,

» Car nous avons affaire à des âmes avides

» Dont on n'arrache rien, quand on a les mains vides.

» Mais si chacun de vous me donne ce qu'il a,

» Le moyen, j'en réponds, alors réussira ;

» Et vous saurez du czar quelle est la récompense,

» En éprouvant l'effet de sa reconnaissance. »

    Catherine étala tant d'affabilité,

Qu'immédiatement tout lui fut apporté.

Et puis, de cette voix qui caresse et cajole,
Elle parle aux soldats, les flatte, les console ;
Leur montre l'avenir et sait les émouvoir,
Et fait renaître en eux le courage et l'espoir.
Ensuite, elle les quitte et rentre triomphante.

L'homme qu'elle a choisi remplit bien son attente,
Car l'heureux député, dès qu'il fut de retour,
Lui dit : Il faut demain, Madame, au point du jour,
Envoyer au visir des plénipotentiaires,
Porteurs d'instructions, de notes nécessaires
Pour conclure la paix. Méhémet-Battagi,
En se laissant séduire, a franchement agi.
Je puis vous assurer qu'il nous sera fidèle.

Aussitôt, dans le camp, s'en répand la nouvelle,
Et dès le lendemain, le traité fut conclu ;
C'est bien assurément le seul que l'on ait vu.
Il porta Catherine au faîte de la gloire ;
Le peuple en a conservé saintement la mémoire,
Et l'empereur saisit avec habileté
Pour publier l'hymen qu'il avait contracté,
Le propice moment de cette conjoncture
Qui le garantissait des traits de la censure.
De Catherine, enfin, la puissance s'accrut
Au point qu'elle régna quand l'empereur mourut ;

Elle avait su si bien le diriger, lui plaire,
Qu'il la nommait toujours son *ange tutélaire*.
    Femme ! soyez le nôtre ! et que la vanité
Ne vous dirige plus dans votre habileté.
A ce conseil d'ami si vous voulez souscrire,
Vous obtiendrez sur nous un bien plus grand empire ;
Ne vous attachez donc qu'à nous rendre meilleurs;
Par là, vous rangerez sous vos lois tous les cœurs.
Enfin, n'utilisez jamais votre influence,
Que pour nous rendre heureux, charmer votre existence.

VII

L'AMOUR

L'AMOUR

De la femme voulant décrire tour à tour
Les sentiments divers, dois-je oublier l'amour?
Oh! non, j'en parlerai; tout être ici-bas aime ;
Chacun de nous veut vivre en dehors de soi-même.
Délicieux penchant qui nous entraîne tous!
Par toi nous aspirons à ce plaisir si doux,
A ce bonheur parfait d'une nouvelle vie
Que l'amour seul nous donne et dont l'âme est ravie!
Souvent, d'ambition le cœur est dévoré,
Par l'amour de la gloire il se sent enivré ;
Mais ces deux passions, douces, vives, cruelles,
Satisfaites, l'on sent qu'on se retrouve en elles,
Si bien qu'à ces penchants si nous payons tribut,
Nous ne sommes jamais que notre propre but,

Tandis que chez l'amant nous verrons le contraire.

Il ne s'appartient plus, son âme toute entière

A passé dans une autre; et quand vient le moment

Qu'on se retrouve en soi, l'on cesse d'être amant.

    Mais hélas! cet amour n'est qu'un état de l'âme,

Il ne saurait durer, car il n'est qu'une flamme

Qui, s'allumant en elle, ira la consumer;

Puis, trop faible, d'ailleurs, toujours peut-elle aimer,

Lorsque ce sentiment, espèce de folie,

Est l'agitation, le trouble de la vie?

    — L'amour naît promptement et se laisse entraîner;

Sans réfléchir il s'offre, il ira se donner.

Il n'a pas encor vu les chaînes qu'il demande

Qu'il les porte déjà; tout, alors, lui commande.

A cet éloignement de calcul personnel,

A cet oubli de soi, presque surnaturel,

Qui ne reconnaîtra que cette vive flamme

Appartiendra bien moins à l'homme qu'à la femme?

Cela s'explique seul, l'homme est trop occupé.

Par la crainte, d'abord, il se trouve frappé;

Puis, le soin d'attaquer, celui de se défendre,

Remplissent les instants de l'amant le plus tendre;

Et cet art qu'il emploie et qui mène au succès,

Le distrait de ses feux, ralentit leurs progrès.

Plus d'un rapprochement à l'appui se présente :
Vous allez en avoir la preuve convaincante,
Les femmes sont déjà prêtes à se fier,
Quand nous sommes encore à les étudier.
Puis, chez elle l'amour grandit dans le silence ;
Par la contrainte, il va jusqu'à l'effervescence.
Et tandis que chez nous, bien peu mystérieux,
Notre amour s'épanchant, brûle de moins de feux.

    L'homme qui se verra certain de sa conquête,
Bien plus fier du succès, porte plus haut la tête ;
Mais l'aveu qu'elle en fait, plus il aura coûté,
Plus l'amant sera cher à son cœur tourmenté.
Et c'est tout naturel, car par ses sacrifices,
La femme de l'amour goûte mieux les délices.

    Quand il est passion, l'amour est irritant,
Et l'on voit que le sexe est alors plus constant.
Mais lorsqu'il n'est qu'un goût, il est tout le contraire.
Vous vous apercevrez que la femme est légère ;
Elle n'a plus ce trouble et ces cruels combats
Qui, tourmentant son cœur, y font tant de dégats ;
Ni cette douce honte, aliment de la flamme
D'un amour délicat qu'elle grave en son âme.

    Quand l'amour n'agit point comme une passion,
Que reste-t-il ? Les sens, l'imagination.

Celle-ci va s'user par son ardeur extrême;
Promptement enflammée, elle s'éteint de même;
Et les caprices font, en gouvernant les sens,
Que ce sentiment-là ne peut durer longtemps.

De l'amour remarquons le dévoûment, l'ivresse,
Et les égarements, les excès, la tendresse,
Les sentiments divers, les instincts opposés,
Enfin, tous les effets qui, par lui, sont causés.
Si nous les rapprochons du cœur de toute femme,
Nous sommes assurés qu'ils remûront son âme.
Je conclus qu'elle est faite, en ce cas, pour l'amour,
Et de plus que, pour elle, il est fait à son tour.
Mais il faut les guider; il est donc nécessaire
De retracer ici ce que fit une mère.

Alix avait seize ans, et son cœur ingénu
Commençait à sentir un effet inconnu.
Sa mère le voyant, se dit : quel parti prendre?
D'abord, à mon époux il faut vite l'apprendre.
Des écarts de l'amour je dois la préserver;
Pour y parvenir donc, elle va le trouver,
Et lui dit aussitôt : vous saurez qu'Alix aime.
Depuis cinq à six jours, elle n'est plus la même;
Elle est préoccupée, et sa folle gaîté
N'existant déjà plus, je crains pour sa santé.

— Quel est l'heureux amant qui cause cette flamme ;
Comment se nomme-t-il, le savez-vous, Madame ?
— Je m'en doute, et je crois que c'est le jeune Elmas.
—Le fils de mon ami ! Madame, dans ce cas,
A notre fille offrez notre amour pour modèle,
Avant que sa douleur devienne plus cruelle.
— Quoi ! devant elle, Ernest, parler de notre amour?...
Je n'oserai jamais. — Servons-nous du détour,
D'un moyen qui pourra répondre à notre attente.
— Que faire, alors ?. — Alix doit écrire à sa tante,
Nous parlerons d'amour pendant qu'elle écrira ;
En élevant la voix, elle nous entendra,
Car son appartement est à côté du nôtre.
La ruse vous plaît-elle ; en savez-vous une autre ?
— Non, mon ami, je crois que ce moyen suffit,
Puis, il est convenable, il plaît et me sourit ;
Elle va tout savoir ; que je suis soulagée !
Car, par Alix, Ernest, j'étais interrogée,
Pour apprendre de moi le sens du mot amour,
Et cette question revenait chaque jour.
Jusqu'ici j'avais su, mon ami, m'en défendre ;
Je lui disais toujours : ma fille, il faut attendre,
Vous le saurez plus tard, il n'est pas encor temps
D'aller de ce mot-là vous révéler le sens.

— Je vous approuve fort d'avoir été discrète,
Puisqu'elle apprendra tout de notre tête-à-tête ;
Et je m'en réjouis, car vous savez qu'Elmas
Est sage, vertueux, et que j'en fais grand cas.
L'hymen nous convenant, nous parlerons sans feinte,
A cet égard, ainsi, n'ayez aucune crainte.
— Ernest, je n'en ai plus. — Alors donc, à demain.
Et sur leurs souvenirs voici leur entretien :

(Bas.) Je suis sûre, à présent, que c'est Elmas qu'elle aime.
Ma fille a dit son nom, Ernest, cette nuit même.
Elle rêvait. — Alors, avec sécurité,
Notre amour d'autrefois peut être raconté.

(Haut.) Je crois que vous devez, Clémence, être étonnée
De voir Alix déjà dans sa seizième année.
— Oui, mon ami, le temps passe rapidement ;
Il me semble être encore à ce premier moment,
Où vous parliez, Ernest, si bien de votre flamme.
Vous aperceviez-vous du trouble de mon âme ?
— L'amour, heureusement, nous aveugle parfois,
Car si je l'avais su, j'eusse été fou, je crois.
— Mon ami, cependant, il finit par paraître.
— C'est vrai, mais par degrés, j'appris à le connaître.
L'incertitude doit fortifier le cœur,
Pour pouvoir supporter un semblable bonheur.

A propos, sauriez-vous vous rappeler, Clémence,

A quelle occasion mon amour prit naissance ?

— Je m'en souviens encor, si grand fut mon émoi

Quand je vous vis, Ernest, courir, voler vers moi ;

Mes jours furent sauvés, grâce à votre courage.

— Oui, Clémence, c'était au moment d'un orage

Que je vous aperçus. Vous montiez un cheval

Qui paraissait tranquille, allant d'un pas égal ;

Mais à peine un éclair eût-il frappé sa vue,

Qu'il se dresse et bondit, se cabre encore et rue,

Puis, il part comme un trait, ayant le mors aux dents.

Alors, je m'élançai, Clémence, il était temps !

Je saisis le cheval, il se débat, m'échappe,

Son galop ralenti fait que je le rattrape ;

Il vous jette, Clémence, ô bonheur ! dans mes bras,

Et par un brusque écart que je ne comprends pas,

Vite je vais m'asseoir sur le bord de la route,

Et vous, sur mes genoux, je me penche et j'écoute.

Pour vous voir revenir, combien je fis de vœux !

Je contemplais vos traits, j'admirais vos cheveux,

Votre pied tout mignon, votre bouche charmante,

Et sentais de l'amour la flamme dévorante.

Pendant tout ce temps-là personne ne passait ;

Sans aide, sans appui, j'étais fort inquiet !

Je vous voyais, hélas ! toujours évanouie;

Mais fort heureusement, quelques gouttes de pluie,

En frappant votre front, vous firent revenir :

Vous ouvrites les yeux, ô divin souvenir !   —

Je me sentis troublé par le plus doux vertige,

Mais je revins à moi quand j'entendis : où suis-je?..

Et je vous redressai. Dans le même moment,

Je remarquai chez vous un grand étonnement.

Voyant où vous étiez, vite vous vous levâtes,

Et je vous rassurai; puis, vous me regardâtes

Et baissâtes les yeux, mais vous ne bougiez pas;

L'orage s'avançant, je vous offris mon bras.

— Je m'en souviens, Ernest, et l'offre me fut chère;

Nous allâmes ensemble au château de mon père.

— Clémence, quel bonheur ! vous marchiez près de moi,

Et chacun de vos pas causait un doux émoi !

Votre voile agité de ses plis me caresse,

Et leurs doux frôlements augmentent mon ivresse.

Lorsque je vous touchais, ô souvenir bien doux !

Mon cœur voulait encor se rapprocher de vous.

Ah! quels sont les pensers qui remplissent son âme ?..

Je me disais alors, s'ils devinaient ma flamme,

Que je serais heureux ! mais j'étais incertain,

Et cela m'occupa tout le long du chemin.

Enfin nous arrivons, et pour ma récompense....

— Vous fûtes assuré de ma reconnaissance,

De celle de mon père; et dans mon souvenir,

Je trouve qu'il vous dit, Ernest, de revenir.

— Aussi, j'en profitai. Mais pourriez vous me dire

Si votre cœur, alors, partagea mon délire ?

— Écoutez, mon ami, je vais parler sans fard :

Je me rappelle encor votre premier regard;

Par lui, je l'avoûrai, vous m'aviez subjuguée.

Quand vous fûtes parti, j'étais si fatiguée

Que, sur le champ, j'allai me jeter sur un lit;

D'étranges sentiments troublèrent mon esprit.

Alors, il me semblait que vous étiez mon maître.

Cette pensée, Ernest, bouleversa mon être;

Et sans vous regarder, mon ami, je vous vis,

Je me sentis heureuse, et pourtant, je frémis.

Mon cœur était à vous; j'éprouvai des alarmes.

J'entrevis le bonheur, et je versai des larmes.

Puis, dès le lendemain, vous vîntes me revoir.

Mais quand il me fallut, Ernest, vous recevoir,

Je m'offris à vos yeux avec cérémonie,

Mon cœur et mes dehors offraient peu d'harmonie.

En voyant mon maintien, votre bouche sourit,

Et je le remarquai; alors mon front rougit;

Mes sens furent troublés ; je ne savais que dire ;
L'embarras où j'étais ne saurait se décrire ;
Enfin, je me trouvai bien plus sotte qu'avant,
Dès que je vous surpris, vous en apercevant.
Dans ce moment, Ernest, une sorte de gêne
S'établit entre nous, elle augmenta ma peine.
Je voulais et n'osais sur vous lever les yeux ;
Et ce combat des sens était bien douloureux,
Mais sa cause, pourtant, toute mystérieuse,
Faisait que je souffrais d'une souffrance heureuse.

  Depuis lors, mon ami, vous vîntes tous les jours,
Nous nous taisions souvent, vos yeux parlaient toujours,
Et je croyais devoir recourir à la feinte.
— Et qui vous y portait ? — Une espèce de crainte.
Je m'apercevais bien, Ernest, que vous m'aimiez,
Toutefois, j'attendais que vous me l'affirmiez.
— Clémence, s'il est doux de dire que l'on aime,
Pour s'y résoudre, on est dans une peine extrême.
— Je le sais, mon ami, nous sommes dans ce cas ;
Mais, en nous devinant, cela ne suffit pas.
Il faut dire les mots : *Je vous aime ou j'adore !*
Jusque-là, par pudeur, une femme l'ignore.
Le langage muet est sans doute expressif,
Il plaît peut être mieux, mais n'est point décisif.

A nous faire expliquer il ne saurait prétendre,

Car nous ne devons point, mon ami, tout comprendre.

Pour nous faire avouer, Ernest, nos sentiments,

Vous devez nous forcer dans nos retranchements.

Nous sommes sous le joug d'une petite honte,

Mais, le prétexte offert, la femme la surmonte.

Puis, nous parvenons mieux à nous faire estimer

En ne paraissant point trop promptement aimer.

Et quand nous ne cédons, Ernest, qu'à l'insistance,

L'aveu de notre amour est une récompense.

— Oui, Clémence, il est vrai qu'on le trouve plus doux.

— Et le mien, mon ami, vous le rappelez-vous ?

— Ah! si je m'en souviens! je crois encor l'entendre.

Un jour, dans le bosquet j'allais pour vous attendre,

Car lorsque j'arrivai vous veniez de sortir.

— Oh! oui, c'est bien le jour où l'on vint m'avertir

Que vous vous y trouviez. Je fus alors coupable ;

Il eut été, je crois, beaucoup plus convenable

De vous faire savoir que j'étais de retour ;

Mais, on est mal guidé, quand on l'est par l'amour.

Aussi, je m'y rendis par une contre-allée ;

Toutefois, ma démarche était peu calculée.

Mais lorsque je vous vis un papier à la main,

Ma curiosité se réveilla soudain.

Comme avec vous j'étais un peu plus familière,
Pour vous surprendre, Ernest, j'arrive par derrière.
Vous étiez sur un banc, je m'approche et je vois,
O surprise! un écrit que vous baisiez parfois.
Il retraçait, Ernest, mes douces rêveries,
Mes sentiments secrets, nos tendres causeries,
Comment avais-je fait, hélas! pour l'égarer ;
Où l'avais-je perdu, pour vous en emparer?...
Confuse, mon ami, je restai stupéfaite ;
Quand au même moment vous tournâtes la tête,
Le plus tendre regard se dirigea sur moi ;
Il semblait demander, Ernest, je ne sais quoi!
Puis, insensiblement, nos mains se rapprochèrent ;
Je sentis un frisson quand elles se touchèrent ;
Ce contact plein de charme, électrisant mon cœur,
L'embrasa d'un doux feu, l'inonda de bonheur ;
Et tous deux, de concert, nous baissâmes la vue,
Tremblants comme la feuille. Ah! que je fus émue!
Tout concourait alors à troubler mon esprit ;
A l'instant même, aussi, mon visage pâlit.
Tellement agitée, en cette circonstance,
Je sentis que j'allais tomber en défaillance.
Et vous levant, alors, je fus pleine d'effroi,
En voyant vos deux bras se diriger vers moi.

Mais je sus m'arracher, en ce moment suprême,

Par un effort terrible, à ce péril extrême,

J'échappai prestement; j'abandonnai ces lieux,

Et je rentrai, le cœur brûlant de plus de feux.

— Clémence, en ce moment, je crois que j'étais ivre ;

Je ne vous retins point, et je n'osai vous suivre.

Nous nous dîmes, alors, nos deux noms tour à tour ;

Vous le mien, moi le vôtre ; ô doux aveu d'amour !

Ensuite, ce papier, tout de votre écriture,

Que j'avais au bosquet trouvé par aventure,

Et qui me retraçait si bien vos sentiments,

M'avait donné l'ardeur du plus fou des amants.

— Et dans ma chambre, Ernest, lorsque je fus rendue,

J'avais la fièvre au cœur et la tête perdue.

Pour prier le seigneur, je me mis à genoux,

Désirant appaiser, mon ami, son courroux.

Ma douleur s'adressait à sa bonté suprême,

Et je disais : mon Dieu ! c'est vous, c'est vous que j'aime ;

Son souffle tout divin vint raffraîchir mon cœur,

Dès que j'eus prononcé : *pardonnez-moi*, *Seigneur !*

Alors, de son esprit un doux rayon m'éclaire,

Et m'inspirant, je vais dans le sein de mon père

Déposer mes secrets. Il me répond soudain :

Je ne refuse point d'accorder votre main.

TOME SECOND.   13.

— Entraîné comme vous, j'avais agi de même ;

Et ma mère au courant de mon amour extrême,

Fit naître dans mon cœur le plus heureux espoir

Que je pourrais bientôt, Clémence, vous avoir.

Votre main, ô bonheur ! promptement demandée.

— Je le sais, mon ami, vous fut vite accordée,

Car le surlendemain nous étions fiancés.

Mais nos serments, encor, n'étaient point prononcés

Quand votre mère, un jour, à Paris vous emmène.

Ce départ, cher Ernest, me fit bien de la peine.

— Ah ! Clémence, j'en fus comme vous affligé ;

Mais vous n'ignoriez point qu'il était obligé.

Toutefois, il nous fut permis de nous écrire.

— Eus-je pu, sans cela, supporter mon martyre !

L'absence, mon ami, cause tant de soucis.

Votre amour courut-il des dangers à Paris ?

— Clémence, écoutez-moi. Le tourbillon du monde

Présente plus d'écueils que l'empire de l'onde ;

Et surtout à Paris, la ville des plaisirs.

— Oui, je sais que l'on peut y charmer ses loisirs.

— Eh bien ! je fus séduit par une enchanteresse ;

Sa voix, ses traits, ses yeux me jetaient dans l'ivresse ;

Mais, fort heureusement, ma mère qui le vit,

Du péril où j'étais de suite m'avertit

De ne point succomber il est si difficile,

Que son avis, je crois, ne fut point inutile.

Ah! j'étais bien coupable! aussi que de remords

Me dévoraient le cœur! car je sentais mes torts.

O cruel souvenir! j'allais être infidèle!

— Et votre mère, Ernest, alors, que vous dit-elle?

— Le voici : Quoi! mon fils, vous alliez la trahir!

Mais c'était, mon ami, plus affreux que haïr.

Je veux, à ce sujet, vous conter une histoire

Qui revient à présent, Ernest, à ma mémoire;

Je la donne pour vraie : Un chevalier, jadis,

Brûla de nouveaux feux, tout comme vous, mon fils.

Cet amour lui causait une peine cruelle;

Il luttait contre lui pour demeurer fidèle,

Et s'écriait souvent, au sein du désespoir,

De le vaincre, ô mon Dieu, donnez-moi le pouvoir!

Quelle déloyauté de trahir son amie!

Ah! si je succombais, je flétrirais ma vie.

De Paris fuyons donc le dangereux séjour,

Voulant me conserver à mon premier amour.

Si d'infidélité je me rendais coupable,

Je serais, à mes yeux, un être méprisable.

C'est ainsi que parlait ce noble chevalier.

Tâchez, mon fils, tâchez de ne point l'oublier.

— Ma mère, apprenez-moi s'il demeura fidèle,

S'il ne succomba point. — Non, mon fils, me dit-elle.

Il était vertueux, et guidé par l'honneur,

A son premier amour il conserva son cœur.

Mais il quitta Paris, la ville de mensonge ;

Et puis il avait vu, mon ami, dans un songe,

Un ange aux ailes d'or, amenant par la main

Sur un léger nuage, un vieux dominicain.

Arrivé près de lui, l'ange prit la parole,

Dit au religieux : remplissez votre rôle !

Lors, le dominicain fait un signe de croix

Et dit au chevalier : « Écoute, apprends et crois !

    » Deux amours, de tous temps, ont habité la terre,

   » L'un, descendu du ciel, est honnête et sincère ;

   » L'autre, voluptueux, soufflé par Lucifer,

   » Vous dit assez qu'il est échappé de l'enfer.

   » Dans le cœur cet amour ne fait que des ravages ;

   » Il se voit repoussé par tous les hommes sages ;

   » Alors, mon cher enfant, je viens vous avertir

   » Que vous devez chercher à vous en garantir ;

   » Puis, cette passion frivole, fugitive,

   » De chagrins, de remords offre l'alternative ;

   » Ce danger devait donc vous être signalé,

   » Car on sait qu'un torrent, lorsqu'il est écoulé,

» Atteste, mon cher fils, encore son passage,

» Par les déchirements qu'il a faits au rivage

» Et par l'aridité de son lit desséché.

» Presque toujours, on trouve en ses graviers couché

» Un animal impur, pour vous montrer encore

» Le remords croupissant dans le cœur qu'il dévore.

» Ainsi donc, ces plaisirs qu'on trouve séduisants,

» Ne laissent après eux que des regrets cuisants.

» La volupté, mon fils, passion infernale,

» Pénétrez-vous en bien, ne peut qu'être fatale !

» Elle ne connaît point les doux engagements,

» Et par elle on se perd dans les déréglements.

» Ensuite, cet amour n'offre aucune espérance ;

» Il est sans avenir, sans vertus, sans constance ;

» Et comme il est fâcheux d'éprouver des regrets,

» Ne vous laissez donc point enlacer de ses rets.

» Enfin, ce fol amour cause, par son ivresse,

» Autant de désespoir, mon fils, que de tendresse.

» Aussi, boutons d'amour ne fleurissent jamais,

» Quand leurs racines sont dans les eaux d'un marais.

» Mais l'autre sentiment, et loyal et sincère,

» Ne fait qu'un point d'appui, mon enfant, de la terre,

» Pour prendre son essor vers l'éternel séjour,

» Afin d'y déposer le bonheur de l'amour.

» Ce sentiment pourrait se montrer en présence

» De Dieu même, mon fils, tant il a d'innocence;

» Ses accents, ses soupirs seraient aussi soufferts,

» Jusque dans les accords des célestes concerts.

» Aussi, de la vertu son plaisir est la joie,

» Et du bonheur, en outre, il indique la voie.

» Enfin, de cet amour, mon cher fils, le plaisir

» Embellit le passé, le présent, l'avenir;

» Car, par lui, le présent charme notre existence,

» Le souvenir est cher, et douce est l'espérance. »

    Tant que, dans son discours, le vieux Dominicain

Parla de volupté, l'ange ne comprit rien.

De la main il flattait, caressait le plumage

Des colombes passant au-dessous du nuage.

Mais de suite, il devint attentif, radieux,

Quand le Dominicain, le regard vers les cieux,

Vanta, prôna l'amour des cœurs loyaux, fidèles.

Au même instant, ses yeux jettent des étincelles ;

On voit son corps, ses bras, ses ailes frissonner,

Dans ses cheveux d'azur, des flammes sillonner;

Et son souffle divin embaumer l'atmosphère.

Puis, au lieu de la neige, alors couvrant la terre,

D'un sourire céleste, il fit naître, soudain,

Des roses qu'humectaient les larmes du matin,

Et tout en reflétant les couleurs de l'opale,
Elles avaient du lys la blancheur virginale.

Vous le voyez, mon fils, Dieu n'aime que l'amour
Honnête, vrai, loyal, ennemi du détour.

— Et, depuis lors, Ernest, revites-vous la belle?

— Non; mais je l'avoûrai, pour demeurer fidèle,
Il me fallut encor cette lettre de vous,
Où vous me rappeliez vos sentiments si doux!
Ce charmant souvenir agita tout mon être;
Et mon amour pour vous, je le sentis renaître.
Oh! oui; dès que je vis la boucle de cheveux
Qu'avaient frisés vos mains, je me trouvai bien mieux.
Alors mon cœur brûla d'une plus douce flamme...

— Et que se passa-t-il, cher ami, dans votre âme?

— En éprouvant d'abord le plus tranquille émoi,
J'arrivai, par degrés, à n'être plus à moi.
Dans ce moment, je pris votre boucle charmante,
Et la pressai cent fois sur ma bouche brûlante;
Lorsque je l'éloignais, j'éprouvais des regrets;
Elle enivrait mes sens; elle avait tant d'attraits!
J'en étais devenu, mon amie, idolâtre.
Elle a, je me disais, touché son cou d'albâtre,
Ombragé son front pur, carressé ses beaux yeux;
Folâtré sur sa joue, au velouté soyeux.

Et je disais encor : boucle adorable, aimée,

Place-toi sur mon cœur, sur ma bouche enflammée ;

Que tes cheveux charmants me rappellent d'appas !

Ne sont-ils point tressés par ses doigts délicats?...

Que de fois n'ont-ils point été rendus dociles

Au goût capricieux des modes inutiles,

Et parsemés de fleurs, et parés de lapis ?

Mais, que dis-je ? Ils ornaient les roses, les rubis.

Boucle plus belle encor lorsqu'elle était pressée

Par la simple cornette, obliquement placée,

Tu voilais dans ses nuits, te jouant à l'entour,

Ses beaux yeux entr'ouverts par des songes d'amour.

Quand pourrai-je embrasser tes compagnes sur place,

Et que son goût exquis, chaque jour, entrelace !

Tels étaient les pensers qui me rendaient heureux.

— J'aperçois, cher Ernest, qu'ils étaient chaleureux;

— Oui, Clémence, pour vous, je conservai ma flamme.

À mon retour, aussi, vous devîntes ma femme,

Et depuis dix-huit ans que j'ai quitté Paris,

Nous écoulons nos jours sans trouble, ni soucis.

(bas) N'ayant plus rien à dire, à présent je vous laisse ;

Allez revoir Alix, et guidez sa jeunesse.

Clémence se rendit alors tout doucement,

Sur la pointe des pieds, vers son appartement.

Elle entr'ouvre la porte, et voit Alix derrière ;

Eh quoi ! vous êtes-là, ma fille ? — Oui, ma mère.

— Alors, vous écoutiez? — Oui, j'ai tout entendu ;

— Ma chère enfant, c'est mal. — Était-ce défendu ?

— Mais, sans doute.— Ah ! mon Dieu ! pourtant je fus heureuse,

Ma mère, car j'appris que j'étais amoureuse.

— Vous, ma fille ! et de qui? — Je n'ai plus d'embarras,

A vous faire savoir que c'est du jeune Elmas.

— Pourquoi l'avoir caché? — Le savais-je moi-même ?

Aujourd'hui seulement, je sais que mon cœur aime.

Quand je voyais Elmas j'éprouvais du plaisir ;

Voilà tout. J'ignorais cet effet du désir.

Pouvais-je deviner que c'était une flamme

Qui me brûlait le cœur, qui dévorait mon âme ?

Ma mère, croyez-moi, ce n'est que de ce jour

Que j'ai pu concevoir le sens du mot amour.

— Elmas vous aime-t-il ? — Je l'ignore ma mère ;

Il ne me l'a point dit. Serait-il nécessaire

De le lui demander? — Alix, n'en faites rien,

Car s'il a de l'amour, ses yeux le diront bien ;

Ils sauront l'exprimer. — Pourrai-je les comprendre?

— Certainement, ma fille. — Oh ! veuillez me l'apprendre !

— Mais, dites-moi d'abord, comment les trouvez-vous?

— Ma mère, je les vois à présent bien plus doux.

J'éprouve cependant d'assez vives alarmes,

En remarquant parfois qu'ils se mouillent de larmes.

En outre, Elmas m'aborde avec un air confus,

Me regarde toujours et ne me parle plus.

— Quel en est le motif? — Jamais il ne le donne,

Et je vous avoûrai que tout cela m'étonne.

— Ainsi donc, mon enfant, vous l'avez demandé?

— Quelquefois, le croyant, ma mère, incommodé.

— Mais que répondait-il? — Pas grand chose, ma mère;

C'était un mal de tête, un rien, une chimère;

Que sais-je? — C'étaient là les raisons qu'il donnait?

— A me répondre ainsi sans cesse il se bornait.

— En lui remarquiez-vous une certaine gêne?

— Oui, c'est précisément ce qui causait ma peine.

Je voudrais bien savoir d'où naît cet embarras,

Car, je vous l'avoûrai, je ne le comprends pas.

— Et ses yeux conservaient une douceur extrême?

— Oui, ma mère, toujours. — Elmas, alors, vous aime!

J'en suis sûre... — O bonheur! ma mère embrassez-moi!

Quand pourrai-je lui dire : Elmas, je suis à toi!

Quand viendra ce beau jour? — Ma fille, pas encore;

Elmas doit dire avant : Alix, je vous adore!

— Et quand il l'aura dit? — Nous y consentirons.

— Quel riant avenir! que nous nous aimerons!

Mais, comme Elmas pourrait devenir infidèle,

Alors, si j'écrivais. — Alix, pas trop de zèle;

Respectez-vous. — Eh! quoi? — Ma fille, je le veux.

— Et, si je lui faisais passer de mes cheveux

Pour qu'il m'aime toujours? vous l'avez fait, ma mère!

— Ma fille, c'est très-vrai; mais vous seriez légère

En le faisant si tôt; car il faut en amour,

Pour agir de la sorte, attendre plus d'un jour.

Je vois que vous avez besoin de vous instruire.

— Que faut-il que je sache? — Oh! je vais vous le dire.

Nous devons commencer par connaître le cœur;

De lui, ma chère enfant, dépend notre bonheur.

Par sa douce influence on est plus sociable,

D'un commerce meilleur, que par l'esprit aimable;

Et trop souvent trompés par les brillants dehors,

Faisons, pour l'éviter, toutes sortes d'efforts.

Un heureux naturel vaut mieux qu'un beau visage;

Préférer celui-ci ne serait guère sage,

Car le temps le flétrit, l'autre dure toujours,

Il fait notre bonheur jusqu'à nos derniers jours.

Conduisons-nous alors, ma fille, avec prudence,

Et veuillez croire, Alix, à mon expérience.

— Mais, savez-vous qu'Elmas a le cœur excellent,

Un visage fort bien, de l'esprit, du talent;

Un rang, de la fortune, et de plus, qu'il m'adore !
Vous me l'avez appris. — Je le répète encore.
Mais il ne s'agit point des qualités d'Elmas ;
Nous les reconnaissons, nous en faisons grand cas.
Sans elle, croyez-vous que j'aurais pu vous dire :
Alix épousera celui qu'elle désire.
Non, non, ma fille, non ; je connaissais son cœur,
Et je savais qu'Elmas ferait votre bonheur.
Mais, faut-il, chère Alix, que parce qu'il vous aime,
Elmas sache aussitôt que vous l'aimez de même !
Ce serait maladroit, et même déplacé ;
Un amant, en amour, n'est jamais devancé.
Si votre cœur, hélas ! eût brûlé pour tout autre,
Sans le connaître, Alix, quel sort était le vôtre !
Vous vous seriez livrée inconsidérément ;
Quelle imprudence, alors, et quel égarement !
— Ma mère, je le vois, je commence à comprendre ;
Je suis jeune... avez-vous autre chose à m'apprendre ?
— Ma fille, quand on sent l'amour se réveiller,
Une femme, jamais, ne doit se dépouiller
Du prestige enivrant que donne la décence,
De l'aimable pudeur, charme de l'innocence.
La modestie, Alix, et la timidité,
Souvenez-vous en bien, relèvent la beauté.

Ce prestige enchanteur, la volupté de l'âme,

Même au sein du plaisir, loin d'éteindre sa flamme,

L'alimente sans cesse, en conserve l'ardeur,

Et nous fait découvrir la source du bonheur.

Hélas ! ma chère enfant, la beauté n'a qu'un âge ;

Mais la vertu, sur elle, a le grand avantage

D'exercer un pouvoir qui ne se perd jamais.

Il n'en est point ainsi de celui des attraits ;

La vertu, chère Alix, est toujours imposante.

— Ma mère, elle doit être alors bien influente,

— Tellement que, sur ceux qui se conduisent mal,

Pour s'en faire estimer, son pouvoir est égal.

Vous pouvez, par ce fait, juger de son empire,

Et lorsque la beauté, les grâces, le sourire

Et l'aimable douceur viennent à la parer,

Qui pourrait s'empêcher, Alix, de l'adorer?

Sur elle seule, alors, réglons notre conduite,

Car elle est notre appui, quand la beauté nous quitte.

— Ah ! que j'avais besoin de m'instruire en amour !

— Nous en dirons un mot, ma fille, chaque jour.

Continuons encor : pour grandir sa puissance,

Des penchants Mahomet balança l'influence ;

Il combattit l'ivresse en défendant le vin,

Et l'arabe obéit ; il le croyait divin.

— Triompher de l'amour, était plus difficile ;
Mahomet le sentit ; alors, en homme habile,
Voulant absolument que l'amour fut dompté...
— Qu'opposa-t-il, ma mère ? — Alix, la volupté ;
D'abord, il commença par enfermer les femmes,
Sa puissance s'accrut en enivrant les âmes,
Et sa doctrine ouvrant un champ vaste aux désirs,
Par la pluralité des femmes, des plaisirs,
La beauté, chère Alix, n'eut que le triste empire
De commander aux sens troublés par un sourire ;
Puissance sans danger, règne qui n'a qu'un jour,
N'allant pas au-delà des transports de l'amour.
— Ainsi, la volupté dont vous parlez, ma mère...
— Ne saurait procurer qu'un bonheur éphémère,
Des plaisirs fugitifs d'où naissent la langueur
Et la satiété qui dégoûte le cœur.
Tandis que l'amour pur brille par sa constance ;
Aussi, le verrez-vous se rire de l'absence,
Souvenez-vous toujours qu'un véritable amant
Se croirait dégradé s'il n'aimait constamment.
— Ma mère, alors, Elmas me restera fidèle ;
S'il venait à changer, quelle peine cruelle !
— Oh ! tranquillisez-vous ; je suis sûre qu'Elmas
N'aura jamais, Alix, des sentiments si bas.

Votre père disait : « L'amour vraiment étonne ;
» Manquons-nous de vertus, c'est lui qui nous en donne ;
» Ce sentiment nous pousse à devenir parfaits,
» Et c'est à lui qu'on doit les plus illustres faits.
» L'amour épure tout, il élève nos âmes ;
» Si nous sommes meilleurs, nous le devons aux femmes,
» A leurs doux entretiens, autant qu'à leur beauté ;
» Ce n'est point surprenant, car l'homme est excité
» A s'orner des vertus, des qualités du sage,
» Par l'amoureux désir de leur en faire hommage. »
    Vous pouvez donc alors compter sur son amour ;
Mais nous en parlerons, ma fille, un autre jour ;
Quant au vôtre, évitez de le faire paraître,
A présent, je vous laisse achever votre lettre.

Alix se maria cinq ou six mois après,
Elle écoula ses jours sans chagrins, ni regrets,
Ayant su profiter des leçons de sa mère.
    Vous donc qui désirez que votre enfant prospère,
Qu'il puisse être assuré d'un heureux avenir,
De tout ce que j'ai dit gardez le souvenir.
    Enfin, comme l'amour a besoin qu'on le guide,
Qu'une mère à sa fille, alors, serve d'égide.

VIII

L'AMOUR DE LA PATRIE

L'AMOUR DE LA PATRIE

Les femmes ont sur nous le plus grand ascendant.
Que de fois nous cédons, tout en leur commandant !
Mais, leur pouvoir acquis par la galanterie,
Et le calcul adroit de la coquetterie
Ne sera pas celui qui durera le plus,
N'étant qu'un fruit brillant des états corrompus.
L'austérité des mœurs, bien plus que le sourire,
Peut seule leur donner un véritable empire ;
A tout elle doit mieux nous faire consentir,
Conséquemment parvient à nous assujettir.
    La femme atteindra donc à ce pouvoir extrême
Que nous nous arrogeons ; l'exercera de même ;

Mais à l'époque seule où la férocité,
S'adoucissant, n'est plus que de l'austérité,
Elle le saisira, non comme usurpatrice,
Mais comme notre amie et notre protectrice,
Digne de partager la gloire et nos succès,
Et jusqu'à nos travaux d'un difficile accès.

    La gravité de mœurs et de la modestie
A Rome, dans le temps, fut une garantie :
Ses nobles qualités eurent un tel éclat
Que son sexe devint important dans l'état.
Ce qui vous paraîtra peut-être imaginaire,
C'est que la femme encor s'y rendit nécessaire ;
Exerçant, il est vrai, l'empire le plus doux,
Celui de diriger, de guider son époux.
Par sa douce influence et sa sagesse extrême,
Son pouvoir atteignant le gouvernement même,
On le vit obligé de promulguer des lois
Conformes à l'esprit, de ses mœurs d'autrefois.
Or, cet esprit réglant le foyer domestique,
Épura par degrés toute la république.

    Disons-le franchement : le sexe est propre à tout.
D'accomplir ses projets il vient souvent à bout.
Peut-être il faut l'aider pour l'en rendre capable ;
N'importe, il vous étonne ; il est inexplicable.

Mais quelquefois on doit aux institutions
De le voir s'élever aux grandes actions.

   A Sparte, il existait un couvent pour les femmes ;
Aux austères vertus, on y formait leurs âmes ;
On les initiait aux plus hauts sentiments,
Et les devoirs étaient les seuls amusements.
On vit alors l'honneur mis avant la tendresse ;
La douleur et la plainte étaient une faiblesse.
Ne voulant, par orgueil, demeurer au dessous,
Les femmes imitaient leurs frères, leurs époux.
Et si de lâcheté le fils était coupable,
La mère, pour ce crime, était impitoyable.
Partout, elles montraient une noble fierté,
Et, jusque dans les fers, de l'intrépidité.
   Une d'elles, dit-on, fut faite prisonnière
Et vendue aussitôt, par le droit de la guerre.
Elle avait l'âme forte et le cœur haut placé,
Car aux grands sentiments il était exercé ;
De cette femme il est une réponse belle :
« Que sais-tu, dit son maître ?—Être libre ! dit-elle ;
» Celui qui me commande, en voulant me flétrir,
» Ne me méritait pas, » et se laissa mourir !
Est-il donc étonnant que l'histoire s'écrie :
Les femmes ressentaient l'amour de la patrie,

Ce noble sentiment qui nous enflamme tous,
Oui, d'en être animés leurs cœurs étaient jaloux ;
Je tiens à ce sujet une preuve certaine ;
Veuillez donc écouter ce trait d'une Romaine ;
Au sexe il peut offrir un grand enseignement :
  L'illustre Marcius fut mis en jugement.
Puis, le peuple romain au milieu des comices,
Du fier Coriolan oubliant les services,
Voulut que ce héros de Rome fût banni :
Au bout de quelque temps, aux Volsques réuni,
La rage dans le cœur, poussé par la vengeance,
Il les porte à la guerre, et vers Rome il s'avance.
Son approche répand la terreur en tous lieux,
Et les Romains n'ont plus qu'à recourir aux dieux.
Dans les temples on voit les vieillards et les femmes
Pour sauver leur pays de la fureur des flammes
Leur demander de prendre en pitié leurs malheurs,
Chercher à les fléchir en répandant des pleurs.
Le peuple ayant perdu sa première arrogance,
Le sénat fût forcé d'implorer la clémence
De l'illustre exilé ; car des ambassadeurs
Que l'on avait choisis parmi les sénateurs
Lui furent envoyés ; mais, malgré leur prière,
Ils ne parvinrent point à terminer la guerre.

En outre, Marcius les traite durement,
Et les menace tous de son ressentiment.
Quand Rome sut par eux cette affreuse nouvelle,
Jugez du désespoir, de sa douleur cruelle !
Et n'apercevant plus que la honte ou la mort,
Elle les renvoya pour conjurer le sort.
En vain ses députés veulent se faire entendre ;
Marcius fait savoir qu'ils n'ont qu'à se défendre.
Dans cette extrémité, les Romains alarmés,
Et redoutant surtout de se voir opprimés,
Estiment tous qu'il faut oublier ses injures,
Alors, ils font partir des prêtres, des augures,
Tous en habits sacrés, pour implorer la paix,
Espérant que leurs dieux auront plus de succès.
Mais ils s'étaient bercés d'une vaine espérance.
Marcius, respirant la haine et la vengeance,
Ne leur dit que ces mots : Romains, retirez-vous,
Bientôt vous sentirez l'effet de mon courroux !

    Les femmes, à leur tour, pour sauver leur patrie,
Accourent aussitôt auprès de Véturie.
Marcius, de tous temps, à sa mère soumis,
Et passant à leurs yeux pour le meilleur des fils,
Leur faisait supposer que son illustre mère
Pourrait seule fléchir, appaiser sa colère.

Elles engagent donc Véturie à partir,
Qui, sans beaucoup d'efforts, y voulut consentir.

Elle part aussitôt. Plusieurs dames romaines,
Sachant qu'on n'avait fait que des démarches vaines,
S'empressent de la suivre, espérant que leurs pleurs
Rendront Coriolan sensible à leurs malheurs,
Qu'il saura compâtir à leurs peines cruelles ;
Que ces femmes, alors, devaient paraître belles !
Et surtout Volumnie*, emportant dans ses bras,
L'un de ses fils chéris, précieux embarras !

Au fier Coriolan bientôt on les annonce ;
Les Volsques s'attendaient à la même réponse ;
Dans son ressentiment il saura persister,
Ayant pu, disaient-ils, jusqu'alors résister.
Il s'apprêtait aussi dans sa fureur extrême,
Dans sa haine implacable, à la faire de même :
A ne rien écouter : mais on lui fait savoir
Qu'un de ses officiers venait d'apercevoir
Sa femme et ses enfants, ainsi que Véturie
Qu'il aimait, on le sait, jusqu'à l'idolâtrie.
Alors Coriolan, ne se connaissant pas,
Accourt pour la revoir, la presser dans ses bras.

* Femme de Coriolan.

Son unique bonheur est d'embrasser sa mère.
Mais celle-ci lui dit avec un ton sévère :

« Avant de me livrer à tes embrassements,
» Attends ! je veux savoir quels sont tes sentiments,
» Si je suis à tes yeux ta mère ou ta captive ;
» Si ton humeur sera toujours vindicative ;
» Si l'honneur dans ton âme est encore endormi ;
» Et si je vois un fils ou bien un ennemi.

   » Faut-il que dans les pleurs j'écoule ma vieillesse ?
» N'ai-je plus devant moi que des jours de tristesse ?
» Devais-je vivre, hélas ! pour te voir exilé,
» Et mon pays, encor, par un fils accablé !
» Pouvais-tu ravager les lieux qui t'ont vu naître !
» Ce crime, dis-le moi, devais-tu le commettre ?
» Quand Rome, Marcius, s'est offerte à tes yeux,
» Tu n'as donc rien senti dans ton cœur envieux.
» De tes concitoyens repousser les suppliques !
» Tu ne pensais donc plus à tes dieux domestiques,
» A ta mère, à ta femme, ainsi qu'à tes enfants :
» Et tu nous préférais les Volsques triomphants !
» Ah ! quand je vois en deuil Rome qui m'est si chère,
» Ne dois-je point gémir d'avoir été ta mère ?
» Quel sentiment pénible ! au milieu des périls
» Rome ne serait pas, si je n'avais un fils !

» Pour t'avoir enfanté la haine peut m'atteindre,

» Et pourtant de nous deux je suis la moins à plaindre ;

» Car si je dois souffrir, plus mes yeux pleureront,

» Plus mes larmes, hélas ! te déshonoreront.

» Il ne me reste plus que peu de temps à vivre,

» Mais toi, Coriolan, que l'avenir enivre,

» Songe à tes chers enfants ! ah, que deviendraient-ils,

» Si Rome allait tomber aux mains des ennemis?...

» Pourraient-ils éviter la mort ou l'esclavage?

» Oh ! laisse leur au moins l'honneur pour héritage ! »

Ce discours pathétique attendrit tous les cœurs ;

Les dames gémissaient, déploraient leurs malheurs ;

Lors, répondant alors aux cris de la patrie,

Coriolan se jette au cou de Véturie ;

Il l'embrasse et lui dit : « Que ce moment est doux !

» Je vous cède, ô ma mère ! et n'ai plus de courroux.

» Du bonheur de vous voir mon âme est enivrée !

» Je ne combats plus Rome. » Et Rome est délivrée.

Les femmes, on le voit, dans les grands différends

Ne peuvent donc sentir leurs cœurs indifférents.

Quand l'homme ne peut rien par la force des armes,

Les femmes ont recours au pouvoir de leurs larmes.

Elles ont, mille fois, désarmé les héros ;

On s'attendrit toujours aux cris de leurs sanglots.

Après avoir prouvé, rappelant Véturie,

Que son sexe ressent l'amour de la patrie,

Je me résume, et livre à votre souvenir,

Qu'où la vertu commande on voit l'homme obéir.

IX

MARIAGE

LE MARIAGE

Je vais tâcher ici de faire l'assemblage
De divers aperçus, touchant le mariage.
Son institution sut, dans tous les pays,
Occuper les pensers des hommes érudits :
Aussi nous citent-ils les coutumes bizarres
Des peuples policés et des peuples barbares;
Et comme elles pourront offrir quelqu'intérêt,
Je vais les rappeler, sans quitter mon sujet.
   Jusqu'à nos jours, depuis les premiers temps du monde,
En singularités le mariage abonde.
   Une pierre, d'abord, indique le terrain
Que l'homme désirait cultiver de sa main.

Ensuite, il s'approprie et conduit sous sa tente
Une femme qu'il croit répondre à son attente.
D'élever leurs enfants celle-ci promettait ;
De ce simple serment l'homme se contentait,
Toutes difficultés se trouvaient applanies,
Car, l'hymen n'avait point d'autres cérémonies.

  Chez les Romains, l'on vit dans le commencement,
Les deux sexes s'unir, sans nul engagement ;
Et leurs besoins communs offraient, par l'habitude
De ne point se quitter, la seule certitude.

  Aux rives de l'Ili, pays de Gengis-Khan,
Les Calmoucks, autrefois, s'épousaient pour un an ;
Mais si la femme était enceinte dans l'année,
Ils prolongeaient d'autant les nœuds de l'hyménée.

  Nous allons voir encor chez les Assyriens,
Comment du mariage on formait les liens.
Pourra-t-on jamais croire à la bizarrerie
Du mode d'épouser les filles d'Assyrie ?...
L'histoire, assez souvent, paraît être un roman :
Chaque année, on mettait les filles à l'encan,
Celles que l'on savait propres au mariage.
Voilà, me direz-vous, un bien plaisant usage !
Et j'en remarque aussi la singularité.
Mais, toutes n'étant point égales en beauté ;

Et l'amour qui nous fait faire tant de folies,
Dirigeant notre choix sur les filles jolies,
Il était ordonné que l'on déposerait,
Dans le trésor public, le prix qu'on en aurait.
De sorte que la dot venait toujours en aide
A celle qui passait, hélas! pour la plus laide.
Le moyen était bon, toutes formaient des nœuds :
L'une par son argent, l'autre par ses beaux yeux,
Chaque fille, par là, se trouvait satisfaite;
Puis, un repas d'amis était la seule fête,
Où l'époux démontrait qu'il s'était attaché
A remplir saintement les clauses du marché.

Dans l'Attique, une vierge, arrivée à cet âge
Qui permet de songer aux nœuds du mariage,
Accourait à l'autel de la sœur d'Apollon,
Embrassait sa statue et demandait pardon
Des désirs qu'elle avait, et chose assez étrange!
Tant il est vrai que l'homme avec les dieux s'arrange;
Elle sollicitait de cette déïté
Le droit de disposer de sa virginité.
Souvent, avant l'hymen, pour la rendre propice,
Les parents à Diane offraient un sacrifice.
Comme ils ne voulaient point qu'il parût sur l'autel,
Des victimes, toujours, ils rejetaient le fiel;

Montrant par cette image, on le conçoit sans peine,
Que les époux devaient n'avoir jamais de haine.
Elle pourrait encor nous servir aujourd'hui.
De suite après l'hymen, au logis du mari,
Les parents conduisaient la jeune mariée
Qui ne cédait, qu'après avoir été priée.
Il fallait, on le voit, obtenir son aveu.
Du char qui la portait on enlevait l'essieu
Qu'on détruisait sitôt qu'elle était descendue.
Dans ce fait, la défense était sous-entendue
De chercher à rentrer sous le toit paternel ;
L'hyménée était donc un lien éternel.
Comme on lavait les pieds de la jeune épousée,
L'eau de Callirhoë pour elle était puisée.
De torches précédée, éclairant ce beau jour,
La mère la menait à la couche d'amour,
Et la laissait sitôt qu'un ruban de sa tête
Entourait le flambeau, symbole de la fête.
Tous les garçons faisaient du bruit jusqu'au matin,
Pour qu'on n'entendît point les transports de l'hymen.

Quand à Rome on trouvait une femme infidèle,
Son époux, à l'instant, pouvait disposer d'elle.
Au siècle où nous vivons, le juge acquitterait,
Prise en flagrant délit, l'époux qui la tûrait.

Il est assez piquant de voir que des Barbares,

Les conquérants de Rome, aux penchants si bizarres,

Eussent les mêmes mœurs que le peuple romain,

Dans tout ce qui touchait aux devoirs de l'hymen.

Au sein de pavillons, éclairés par des cierges,

Honorant la pudeur, ils mariaient leurs vierges;

Tandis qu'ils épousaient les veuves en plein air.

Quels instincts délicats dans ces hommes de fer!

Mais de la femme, hélas! plaignons la destinée!

Par trop facilement, elle était soupçonnée

D'obéir à ses sens, de tromper son époux :

Choisissons un exemple aux pays des Indous.

Quand un mari quittait pour quelque temps sa femme,

Comme la jalousie aiguillonnait son âme,

En tresse ils enlaçaient deux branches de rétem,

Arbuste que l'on voit sous la zône d'Achem.

Quand l'époux, de retour, la trouvait dérangée,

La femme se voyait rudement fustigée.

Demeurait-elle intacte, étrange absurdité!

Il se croyait certain de sa fidélité.

Mais dans le premier cas, malgré son innocence,

Ni preuves, ni témoins n'arrêtaient sa vengeance.

Du mariage, on voit chez les Égyptiens,

Que la femme trouvait bien plus doux les liens.

Le mari promettait d'obéir à l'épouse;

Aussi, commandait-elle à son humeur jalouse,

D'où l'on présume alors, par cette notion,

Que d'elle dépendait la législation;

Privilége inoui, fort extraordinaire

Pour celui qui croira que la femme est légère.

Aus îles des Larrons, l'histoire nous l'apprend,

Elle jouit encor d'un empire plus grand:

Le mari surprend-il sa femme en adultère,

Le galant seul ressent l'effet de sa colère,

Tandis que si l'époux est par elle surpris,

Je le plains, car ses jours sont les seuls compromis.

Elle rassemblera de tout le voisinage

Les femmes, pour l'aider à punir cet outrage.

Celles-ci se coiffant du bonnet des époux,

Courront, le fer en main, les yeux pleins de courroux,

A l'habitation de l'époux infidèle,

Et la prendront d'assaut, comme une citadelle.

L'esprit de jalousie égarant leur raison,

Leur fait saccager tout, abattre sa maison;

Malheur! malheur à lui, s'il tombe en leur puissance!

Car leurs cœurs sont remplis de haine et de vengeance,

Quand il est entêté, dérangé, querelleur,

Et surtout s'il lui parle avec trop de chaleur,

Sa femme à le punir se trouve autorisée ;
Ce qui serait chez nous un sujet de risée,
Car jusque là, je crois, ne va point son pouvoir.
Est-ce un mal ? je ne sais. Puis, on nous fait savoir
Qu'elle l'abandonnait dès qu'il cessait de plaire,
Ce qui doit vous paraître encore imaginaire.

    Écoutez le discours que fait le grand seigneur,
Quand il va marier ou sa fille ou sa sœur :
« Je vous donne cet homme, il sera votre esclave,
» Disposez donc de lui si jamais il vous brave.
» J'ordonne que toujours il réponde à vos vœux,
» Et qu'à force de soins, vous le rendiez heureux.
» Mais s'il vous offensait, que rien ne vous arrête,
» Avec ce cimeterre abattez-lui la tête ! »
Aussi, cette princesse avait à son côté,
Ce symbole frappant de son autorité.

    Chez les Cimbres, la femme avait moins de puissance,
Car le mari pouvait punir son inconstance ;
Et même au séducteur enlever le moyen
De glaner, de nouveau, dans le champ de l'hymen.

    Dans certaines tribus du pays des Tartares,
Les femmes essuyaient des traitements barbares,
Car ces peuples jaloux, les enterraient, dit-on,
Pour infidélité, souvent, jusqu'au menton ;

O supplice cruel! elles perdaient la vie
Dans les tourments affreux d'une longue agonie.

Chez le peuple germain, on voyait les époux
S'abandonner de même aux sentiments jaloux.
Une femme, chez eux, coupable d'adultère,
Devait de son époux redouter la colère,
Car il la poursuivait dans toute la cité,
Dans le plus déplorable état de nudité;
Puis, d'un bras vigoureux exerçant la puissance,
Sur elle, à coups de fouet, il gravait sa vengeace.

Nous voyons de nos jours, lorsque le grand seigneur
Soupçonne une odalisque, entrer tant en fureur,
Que, sur un ordre exprès, et malgré qu'il l'adore,
Dans un sac renfermée, on la jette au Bosphore.

Voici bien d'autres mœurs dont on sera surpris:
A Camboge, au Pégu, l'adultère est permis.
L'esprit hospitalier qui règne dans leurs âmes
Engage les époux à vous offrir leurs femmes
Qui pensent que l'on fait insulte à leurs appas,
Quand les hôtes qu'ils ont ne les acceptent pas,

Je m'en vais terminer par le peuple Gendanes,
Dont les femmes n'étaient rien moins que courtisanes,
Car, tout en se livrant à l'impudicité,
Elles ne craignaient point d'en tirer vanité.

A tout amant nouveau qu'elle attirait près d'elle,
Une femme rendait sa robe un peu plus belle,
En mettant chaque fois un falbalas de plus.
Elle ne souffrait point ni retards, ni refus!
Bref, plus sa robe était de ces festons parée,
Et plus de notre sexe elle était admirée;
Et leur nombre causant aux femmes du souci,
La poussait, l'excitait à se parer ainsi.

Ces usages divers, par leur extravagance,
Révoltaient à la fois la raison, la décence.
Mais, enfin, apparut la loi de Jésus-Christ
Qui condamna ces mœurs que l'histoire décrit.
Par le Christianisme, on voit le mariage
Au rang des sacrements, offrant la grande image
De l'hymen de l'église avec le rédempteur
Qui descendit vers nous, comme médiateur.
Le mariage étant la base principale
De la société, c'était sur la morale
Qu'on devait l'appuyer; aussi, le plaça-t-on
Sous le protectorat de la religion;
Car si nous avons vu que, dans la loi payenne,
On ne rencontre point la charité chrétienne,

Nous devons admirer toute la pureté
De la religion que le Christ a porté.
Depuis lors, des époux l'union n'est permise
Qu'à des degrés marqués, fixés par son église.
Cette mesure tient au sentiment moral
Qui protége, de plus, l'intérêt général.
Ces dispositions doivent nous être chères ;
Elles aident entr'autre au partage des terres ;
Car sans elles, bientôt, on verrait, indivis,
Aux mains de quelques-uns, tous les biens d'un pays.
Cette mesure est donc morale et politique,
Car nous y découvrons l'esprit démocratique.
  Puis, l'église a jugé qu'il fallait conserver,
Pour donner aux époux le temps de s'éprouver,
Ces promesses d'hymen qu'on nomme fiançailles,
Faites dans tous les temps, avant les épousailles.
Comme il est incertain de faire un choix heureux,
Prendre femme est toujours un fait aventureux.
Mais aussi, de l'église admirez la sagesse !
Elle veut que chacun bien avant se connaisse.
Puis elle agit encor, par un autre motif
Qui, certes, semblera tout aussi positif.
Elle dit : l'union sera plus désirée,
Bien plus douce et plus chère, étant plus différée.

Du reste, chacun sait que, depuis fort longtemps,
L'église a commandé de publier des bans.
Cette précaution était essentielle,
Tous les nœuds clandestins sont prévenus par elle.
Ce n'est point tout encore, elle fait raconter
Tous les empêchements qui pourraient exister.
Or, comme les anciens ne l'avaient jamais prise,
C'est un bienfait de plus que l'on doit à l'église.

Enfin, le mariage arrive après les bans :
Tout d'abord, de la joie il retient les élans,
Par sa démarche grave, auguste et solennelle,
Une toute autre vie, à l'instant, se révèle.
Car, on voit qu'à genoux, humbles et recueillis,
Les époux, à l'autel, en sont vite avertis.
La parole de Dieu, par la bouche du prêtre,
D'un saint respect les frappe et remplit tout leur être ;
Les conseils tout divins qu'elle donne aux époux,
Sont les mêmes qu'Adam entendit avant nous.
A l'époux elle sait prescrire sa conduite,
Et l'épouse, à son tour, se voit par elle instruite.
L'image du plaisir disparaît, à ses yeux,
Devant celle qu'on fait des devoirs rigoureux ;
Et cette voix qui part du fond du sanctuaire,
Semble alors lui crier : « Ève, que vas-tu faire?...

» Sais-tu, qu'en ce moment, tu perds ta liberté,

» Pour ne la retrouver que dans l'Éternité ?...

» Connais-tu de l'hymen les souffrances cruelles

» Et ce que vont porter tes entrailles mortelles ?

» L'homme immortel est fait à l'image d'un Dieu ;

» Enfin, connais-tu bien la grandeur de ton vœu ? »

Oh ! que de sainteté je vois dans l'hyménée !

Comme il sait du chrétien grandir la destinée !

Si nous l'avons placé parmi les sacrements,

C'est qu'il doit l'élever aux plus hauts sentiments.

De l'hymen des anciens qu'est la cérémonie ?

Pouvait-elle ennoblir cet acte de la vie ?

Non, tout plein de scandale et d'excentricité,

Chez eux, le mariage était sans dignité :

Le Christ la lui rendit. Ainsi, le paganisme

Vit condamner ses mœurs par le christianisme.

Celui-ci, le premier, connaissant les degrés

Du rapport dans lequel les deux sexes sont nés,

Nous dit que l'on ne peut posséder qu'une épouse.

Puis, de notre bonheur sa loi toujours jalouse,

En outre, nous apprend, attentive à leur sort,

Qu'ils doivent demeurer unis jusqu'à la mort,

C'est par cette raison que, la foi catholique

Combat, à ce sujet, l'esprit philosophique.

Le divorce, on le voit, jadis autorisé,

Est par la loi chrétienne anathématisé.

La possibilité de rompre un mariage

Rendait fort incertain l'avenir d'un ménage.

Le désordre jeté dans les successions

Devait défendre encor les séparations :

D'ailleurs, elles portaient atteinte à la morale,

Offrant presque toujours des scènes de scandale.

Quels exemples fâcheux ne donnent-elles pas,

Sans pour cela tirer les époux d'embarras ?

Puis, au rang des vertus a-t-on mis l'inconstance ?

Ah ! sitôt qu'ils auraient brisé leur alliance,

Car y songer a dû leur corrompre le cœur,

Ils devraient, à jamais, renoncer au bonheur.

Qui n'a point fait celui d'une première femme,

Qui n'a pas su pour elle entretenir sa flamme,

Qui n'a pu s'attacher à sa maternité,

N'offrira point de gage à sa fidélité ;

Et qui n'a pu soumettre au joug du mariage

Ses folles passions, ne sera jamais sage.

Dans le second hymen, quels qu'en soient les transports,

L'époux éprouvera bien souvent des remords.

La femme qu'il possède et celle qu'il délaisse,

D'aller les comparer, ce serait sa faiblesse ;

Du côté du passé quand il regarderait,

Le présent, à coup sûr, toujours lui peserait.

Sa femme ne saurait lui paraître aussi chère,

Car son cœur lui dirait : ce n'est point la première.

Puis, le nouvel enfant, par le père embrassé,

Rappellerait celui qu'il aurait délaissé.

Ainsi Dieu nous a faits ; tel est le cœur de l'homme ;

Il faut donc qu'il renonce à poursuivre un fantôme,

Car, le second hymen, s'il le faisait jamais,

Lui causerait encor cent fois plus de regrets.

Que pourait-il gagner à faire un tel échange ?

Dans son nouvel hymen tout lui serait étrange !

Il serait malheureux, la constance du cœur

Pouvant, seule, ici bas, assurer le bonheur.

   Des humeurs n'allez pas citer la différence,

Il faut tout rapporter à la folle inconstance,

A l'agitation, au trouble des désirs,

Au penchant qui nous pousse à de nouveaux plaisirs.

Mais si, pour ce motif, on rompt le mariage,

C'est le considérer comme un concubinage.

D'ailleurs, ne voit-on point qu'en brisant ses liens,

Les enfants aussitôt n'auraient plus de soutiens,

Et ces infortunés, après cette rupture

Qu'une loi permettrait, condamnant la nature,

Pourraient-ils respecter les auteurs de leurs jours,
Que cette loi rendrait méprisables toujours ;
Ensuite, le divorce appelle l'inconstance
Et vous prépare, alors, une triste existence.
Celui qui se marie, espérant de changer,
Dans le choix qu'il fera verra moins de danger ;
Il négligera donc d'avoir des garanties ;
Ainsi, les unions seront mal assorties.
On envisagera l'hymen sous un faux jour,
En allant lui donner les ailes de l'amour.
Ce qui serait, alors, changer du mariage
La réalité sainte en fantôme volage.

Le divorce n'aidant qu'à la corruption,
Respectons de l'hymen la consécration,
Et, d'après ce motif, par un autre hyménée,
La femme n'ira point changer sa destinée ;
Aucun homme, à son tour, n'épousera jamais
La femme divorcée, eut-elle des palais.
L'habitude et le temps sont encor nécessaires
Au bonheur, à l'amour ; de plus, les caractères,
Même les plus entiers, sont par eux assouplis,
C'est ce que l'on a vu, je pense, en tout pays.

Ensuite, on n'est heureux près de l'objet qu'on aime,
Qu'après avoir vécu tous deux, longtemps de même,

Qu'après avoir, surtout, passé de mauvais jours;
Les époux doivent donc être unis pour toujours.

   Le divorce s'oppose aux sentiments intimes,
Et les femmes, de plus, en sont parfois victimes,
Au point que, dans l'espoir qu'elles divorceront,
Des époux inconstants les brutaliseront.
La faculté de rompre étant en perspective,
Rendrait encor l'épouse assez souvent fautive,
Son cœur étant moins tendre et plus indépendant,
Elle voudrait toujours grandir son ascendant.
Vous devez concevoir, qu'en cette conjoncture,
Les rênes de l'hymen iraient à l'aventure,
Que le moindre caprice exposerait l'époux
A perdre ses enfants; les nœuds seraient dissous,
La femme ayant le droit, né d'une fantaisie,
De quitter son époux le reste de sa vie.
Du divorce en mettant la crainte dans leurs cœurs,
Les époux, pense-t-on, deviendraient bien meilleurs :
Ceci n'est pas certain, car il faut que l'on sache,
Qu'au bien dont on est sûr seulement on s'attache.
S'il faut corroborer maintenant tous ces faits,
Les époux vertueux ne divorcent jamais.

   Une épouse n'est point une simple mortelle;
Pour le mari chrétien elle est surnaturelle.

C'est un être enchanteur, voilé, mystérieux,

Dont le tendre regard est un rayon des cieux.

Car l'homme avec la femme, en faisant alliance,

Ne fait que retrouver, reprendre sa substance.

Elle n'est que le sang du sang de son époux,

Que la chair de sa chair, aussi, quels nœuds plus doux!

Et ces faits sont si vrais que, notre corps, notre âme

Seraient, nous le sentons, incomplets sans la femme.

Ensuite, si la force est de notre côté,

Chez elle nous voyons la grâce, la beauté.

Nous labourons les champs, nous allons à la guerre;

Mais, le ménage est-il de notre ministère?

Si l'homme a des chagrins, sa compagne des nuits

Saura le consoler par ses tendres avis,

Car dans ses chastes bras, sitôt qu'elle le presse,

L'époux savourera le bonheur et l'ivresse,

Si bien que leurs baisers rapprochant leurs deux cœurs,

Lui feront oublier jusques à ses malheurs.

Sans la femme, il serait brutal et solitaire.

Et la plupart du temps, d'humeur atrabilaire.

Sans elle, on le verrait dévoré de soucis;

Il s'écrirait souvent, où porter mes ennuis?...

L'épouse du chrétien, cette si douce amie,

Sur sa tête suspend les roses de la vie;

Comme on voit la liane appendre ses bouquets,
Ses festons parfumés aux chênes des forêts.
Tout comme le plaisir, la peine les assemble ;
Les bons époux, enfin, vivent, meurent ensemble,
Et quand de leur hymen s'éteindra le flambeau,
Ils se retrouveront au delà du tombeau.

   Ainsi, pour arriver au bonheur, en ménage,
Nous devons de ces faits méditer l'assemblage.

X

AMOUR CONJUGAL

L'AMOUR CONJUGAL

L'amour proprement dit et l'amour conjugal
Ont fait preuve parfois d'un dévoûment égal;
Même chez ce dernier perce moins l'égoïsme,
Dans ses traits de grandeur, dans ses traits d'héroïsme.
Je sais que le premier, bien plus impétueux,
Beaucoup plus exalté, brûle de plus de feux;
Mais si l'amante meurt, perdant celui qu'elle aime,
Pour son époux la femme agit aussi de même;
Les deux faits que je vais vous retracer ici,
A ce sentiment là prêteront leur appui.

A nos troubles civils l'un des deux se rapporte,
Le trait est remarquable, il étonne, il transporte.

Certes, je n'irai pas d'incidents le charger,
Il n'en a pas besoin, vous pouvez en juger.

Au sein de la terreur, époque de vertige,
On arrête Mouchy, la valeur s'en afflige.
Conduit au Luxembourg, la duchesse l'apprend;
Elle part aussitôt, court, vole; elle s'y rend
Pour partager son sort, mais elle est impuissante
A se faire écouter, car on lui représente
Que le mandat d'arrêt ne la concerne pas.
Elle veut avancer, on arrête ses pas ;
Lors la duchesse crie en sa douleur suprême:
Puisqu'il est arrêté, je dois l'être de même.
On est sourd à sa voix, et ne pouvant le voir,
La maréchale sort, livrée au désespoir.
Traduit au tribunal révolutionnaire,
Elle y suit son époux, en ange tutélaire.
L'accusateur public de suite l'avertit
Qu'on ne l'a point mandée, elle lui répondit :
Mon époux est mandé, je dois l'être de même,
Me refuser, serait une rigueur extrême.
Enfin, le tribunal prononce sur le sort
De l'infortuné duc, par un arrêt de mort.
Puis, dès qu'il l'a reçu, que la toilette est faite,
Elle monte avec lui sur l'affreuse charrette

Qui les conduit tous deux vers le lieu du trépas.

On lui dit que l'arrêt ne la regarde pas.

Mais elle répondit : *Le maréchal que j'aime,*

Se trouvant condamné, je dois l'être de même.

Et le moment d'après, ils meurent tous les deux,

Pour vivre réunis au séjour des heureux.

    Où pourrait-on trouver un trait plus admirable?

Quel noble dévoûment! O femme incomparable!

Nos cœurs en garderont l'éternel souvenir,

Et sauront le transmettre aux siècles à venir.

    Passons au second fait; l'histoire en est touchante,

Et paraîtra, je crois, encor fort étonnante.

    De Jean, duc de Bretagne, un brave chevalier

Était le sénéchal; le grand justicier,

Son administrateur, et de plus ses armées

A son commandement étaient accoutumées :

Ce qui lui mérita cette haute faveur,

C'est qu'Éliduc avait la noblesse du cœur;

De grandes qualités, le plus brillant courage ;

Du ciel il possédait tous les dons en partage;

Mais, hélas! nous savons, que dans ce monde-ci,

L'on ne voit rien de stable, aussi le favori

Ne tarda pas, dit-on, à tomber en disgrâce.

La fortune, il est vrai, fait souvent volte-face;

Conséquemment, ceci n'a rien de surprenant,

Exilé de la cour, il part incontinent.

Et dans son désespoir, victime du caprice,

Ignorant les raisons d'une telle injustice,

A sa femme Yolande il laisse tous ses biens,

Puis, l'abandonne, hélas ! livrée à ses chagrins.

·Le noble chevalier arrive en Angleterre,

Y trouvant plusieurs rois qui se faisaient la guerre,

Et portaient en tous lieux et la flamme et le fer,

De suite, il prend parti pour celui d'Excester.

De ce malheureux roi telle était la faiblesse,

Qu'à peine il supportait le poids de sa vieillesse;

Et ce qui lui causait encor plus de soucis,

C'est que, pour le défendre, il n'avait point de fils;

Sa fille Géorgine, aimable autant qu'aimante,

Était d'une beauté tout à fait séduisante :

Ses yeux d'un bleu céleste étaient doux, languissants,

Et sa bouche rosée, et ses traits ravissants.

Elle enflamme Eliduc ; mais était-ce sa faute,

Dès que de tant d'appas la nature la dote ?

Pour l'ardent chevalier, Géorgine, à son tour,

Ressentit les doux feux du plus brûlant l'amour,

Était-elle coupable? Oh! non, c'est la nature
Qui fait battre le cœur de toute créature.
Nous sommes ainsi faits, cause de nos émois,
Malgré nous, fort souvent, nous subissons ses lois.
  Mais Eliduc était l'époux d'une autre femme ;
Aussi se garda-t-il de déclarer sa flamme.
N'ayant à ce sujet aucun renseignement,
Géorgine l'aimait alors innocemment,
En nourrissant l'espoir qu'elle en serait aimée.
Bientôt notre héros va rejoindre l'armée,
Il se met à sa tête et marche aux ennemis,
Remporte la victoire et soumet leurs pays.
La renommée apprend qu'il a fait des merveilles ;
Sur un beau cheval blanc, couvert d'armes vermeilles,
Il revient, rapportant de nombreux étendards
Qu'il avait enlevés dans le champ des hasards.
Ses écuyers, au bout de leurs lances luisantes,
Faisaient voir des vaincus les cuirasses sanglantes.
Ce héros que suivaient de nobles chevaliers,
Dont la foule admirait les superbes coursiers,
Arrive auprès du roi, s'arrête et puis s'incline ;
Aussitôt il reçoit des mains de Géorgine
Une couronne d'or ; pour elle, quel beau jour !
Quelle ivresse ! elle sent redoubler son amour.

Comme il aurait voulu, pour défendre son trône,
Un gendre aussi vaillant, aux amants le roi donne
Toute la liberté qu'ils devaient désirer;
Ainsi, loin des regards, ils pouvaient s'adorer.

Dans ces instants si doux, les plus beaux de sa vie,
Eliduc respecta l'honneur de son amie;
Il savait qu'il était à la solde du roi,
Et qu'en outre, Yolande avait reçu sa foi.

Mais, quelques jours après, le roi dit à sa fille :
Je voudrais qu'Eliduc entrât dans ma famille;
Je pense qu'avec lui vous pouvez vous lier,
Et puis, vous le trouvez un gentil chevalier;
J'ai su l'apercevoir, et quant à son courage,
Il n'a point de pareil, c'est un grand avantage !
Portez-lui donc honneur, vous me rendrez heureux.
A ces mots, nos amants rougirent tous les deux.
En fille obéissante, elle alla, le soir même,
Conduite par l'amour, trouver celui qu'elle aime.
L'un près de l'autre assis, délicieux moment !
Tous deux se regardaient avec enchantement.
Leur bonheur était triste ; ah ! quel sort est le nôtre!
La terre où nous vivons n'en sait point donner d'autre.
Toutefois, agités par leur émotion,
Le plaisir les berçait, douce oscillation !

Ils ne se parlaient point, le silence a ses charmes ;
Puis, ils se souriaient ; leurs yeux roulaient des larmes,
Et leurs doux sentiments s'épanchaient en soupirs.

Des nuages légers, poussés par les zéphirs,
Reflétaient des couleurs vives, étincelantes ;
De l'immense Océan les vagues ondulantes
N'offraient, en ce moment, que des flots assouplis
Qui venaient caresser des rivages fleuris.
Eliduc s'écria : Que la soirée est belle !
Si nous nous promenions sur la mer, en nacelle,
Je crois que le plaisir nous accompagnerait.
Géorgine répond qu'elle le désirait ;
Aussitôt, un esquif, aux courtines de soie,
Se trouva préparé ; partout, régnait la joie.
Escortés d'écuyers, de quelques chambellans,
Et de pages parés, chamarés de rubans,
Ils gagnent la nacelle à la coupe légère,
Pendant qu'un batelet, naviguant à l'arrière,
Portait des musiciens, de jeunes troubadours
Occupés à chanter les grâces, les amours.
Nos amants écoutaient le lai du *chèvre-feuille* *,
Et celui de l'*épine*, et le cœur les accueille ;

---

* *Voyez* le Grand d'Aussy, *Fabliaux*, t. III, page 244, in-8.

Tous ces airs langoureux répandus sur les flots,
Arrivaient aux vallons, revenaient en échos.
Jamais l'on n'avait vu plus belle la nature.
Le zéphir agitait la blonde chevelure
De la fille du roi qui, brûlante d'amour,
Contemplait Eliduc, qui, lui-même, à son tour,
La regardait sans cesse ; elle baissait la vue,
Cédant à la pudeur, à son âme ingénue.
Enivrés du présent, oubliant l'avenir,
Ils ne s'occupaient point qu'ils dussent revenir.
Le jour fuyait, la mer était phosphorescente ;
La lune blanchissait la vague frémissante.
Ils ne remarquaient point que le vent s'élevait,
Et que de l'horizon la tempête arrivait.
De l'obscur Occident accouraient ces nuages
Qui, toujours, sur la mer, annoncent les orages.
Dans les plaines du ciel, apportés par les vents,
Sans cesse, ils s'avançaient sombres et menaçants.
Déjà, dans le lointain s'entendait le tonnerre ;
L'électricité seule éclairait l'atmosphère,
Car le flambeau des nuits ne brillait plus aux cieux.
L'Océan mugissant devenait furieux ;
Les ténèbres pressaient ses ondes convulsives,
Et l'on ne voyait plus depuis longtemps ses rives,

Bientôt, les avirons, aux mains des matelots,
Sont brisés par les vents et lancés dans les flots.
La tempête en fureur ébranle la nature,
Ses efforts redoublés déchirent la voilure,
Et le moment d'après, les riches pavillons
Arrachés, vont se perdre au sein des tourbillons.
Chacun de nos amants, dans son amour extrême,
Savourant le bonheur auprès de ce qu'il aime,
A peine s'en émeut ; car, mourir tous les deux
En de pareils moments, c'était mourir heureux.
De longs cris de détresse alors se font entendre ;
Leurs gens exaspérés ne pouvaient point comprendre
Qu'on restât impassible au milieu du danger,
Et tandis qu'au retour ils auraient dû songer,
Voyant leur désespoir aller jusqu'au délire,
L'écuyer d'Eliduc s'avise de leur dire,
« Que le Père éternel met la barque en péril ;
» Qu'Eliduc, pour aimer, profite de l'exil,
» Et que son maître étant l'époux d'une autre femme,
» Dieu ne peut approuver une pareille flamme. »
Tel fut du confident le récit indiscret.
Quand Géorgine apprend un si fatal secret,
Aussitôt ses beaux yeux se couvrent d'un nuage ;
La tempête en fureur n'est qu'une faible image

De ce qu'elle ressent, elle ne pleure pas,
Mais elle va mourir, quelle douleur, hélas !
Ne pouvant respirer, elle tremble et chancèle,
Enfin, tombe immobile au bord de la nacelle.
L'état de la princesse arrache des sanglots ;
Ses longs cheveux trempaient, ondoyaient dans les flots,
Comme de l'algue on voit les tresses enlacées
Autour des avirons, par les eaux balancées.

Aussitôt, Eliduc la presse sur son cœur,
Et veut la ranimer par sa propre chaleur.
Sa flamme est impuissante, il n'aperçoit en elle
Que l'agitation qu'imprime la nacelle.
Son voile et sa ceinture agités par les vents,
De la princesse, hélas ! sont les seuls mouvements.
Qui peindrait la douleur d'un amant aussi tendre ?..
La foudre en cet instant ne se fait plus entendre,
Tout l'équipage était sombre et silencieux ;
Mais les derniers éclairs qui sillonnent les cieux,
Révélant la pâleur de la femme qu'il aime,
Sont pour lui plus cruels que la foudre elle-même.
Il passe enfin la nuit dans cette anxiété,
Et quand du point du jour arrive la clarté,
Le petit vent léger qui souvent l'accompagne,
Fait aborder l'esquif aux côtes de Bretagne,

Tout près d'une chapelle, Eliduc l'aperçoit;
Mais il se sent troublé, son embarras s'accroît ;
Ce moment ravivait ses chagrins et ses peines,
Car elle était placée au sein de ses domaines ;
Sous ses ordres, jadis, il l'avait fait bâtir,
A débarquer, alors, il ne peut consentir.
Banni de son pays, le duc croirait peut-être
Qu'il vient, dans ce moment, braver son ancien maître.
Dans sa position, ce serait donc en vain
Qu'il lui demanderait un morceau de terrain,
Afin d'y déposer le corps de Géorgine ;
Tels étaient ses pensers, quand il se détermine
A dépêcher ses gens auprès du desservant.
L'ermite, leur dit-il, est sans doute vivant ;
Sollicitez, alors, un petit coin de terre
Pour la fille d'un roi, puis, son saint ministère :
Alors, pendant le jour, caché dans les forêts,
Il ira, chaque nuit, exhaler ses regrets ;
Pleurer sur le tombeau de sa plus tendre amie,
Voulant traîner ainsi sa malheureuse vie.
Oh ! oui, l'amour, hélas ! cause à l'humanité
Beaucoup plus de chagrins que de félicité.
    Mais, que d'événements pendant sa longue absence !
Ils avaient d'Eliduc démontré l'innocence ;

Et l'on avait puni les calomniateurs

Qu'on trouve trop souvent dans les rangs des flatteurs ;

Il est vrai que le duc était juste et sévère.

Un de ses messagers devait, pour l'Angleterre,

Partir incessamment, afin de ramener

L'homme qu'on aurait dû ne jamais condamner.

  Du prince ayant reçu cette heureuse nouvelle,

L'épouse d'Eliduc toujours tendre et fidèle,

Chaque jour visitait l'ermitage voisin,

Pour rendre grâce à Dieu de son nouveau destin,

Lorsqu'elle rencontra sur un lit de feuillage,

Le corps de la princesse, allant vers l'ermitage.

Il était escorté des gens de son époux ;

A l'instant, la pitié, ce sentiment si doux,

Aussi tendre que pur, s'empare de son âme ;

Qui ne le croirait pas, comprendrait peu la femme.

Elle suivit le deuil jusqu'aux pieds de l'autel ;

Se mit à deux genoux, invoquant l'Éternel.

De même, elle pria pour cette infortunée

Dont elle déplorait la triste destinée.

Après mainte oraison, les yeux mouillés de pleurs,

Elle sort et demande à l'un des serviteurs

(Son esprit se perdait en mille conjectures),

De cette jeune enfant toutes les aventures,

Ses parents, sa patrie ; et puis quel est son nom ?..
On lui dit les amours du chevalier breton :
On lui peint sa douleur, et la perte cruelle
D'une fille de roi, si jeune encor, si belle !
Et trépassée, hélas ! son amour foudroyé,
Sitôt qu'elle avait su qu'il était marié.
De la princesse encore, on lui dit l'origine,
Enfin, qu'elle portait le nom de Géorgine.

   L'épouse d'Eliduc, après un tel récit,
Resta longtemps pensive, ensuite, elle se dit :
Je crois que je n'ai point assez prié pour celle
Qui trépassa d'amour ; allons à la chapelle.
Hélas ! il lui faut bien en dédommagement
Au moins le paradis, n'ayant plus le tourment,
Cette douleur d'amour, au cœur toujours si chère.
Elle rentre et se rend près du lit mortuaire,
Elle adresse ses vœux à la Divinité ;
De la princesse ensuite admire la beauté,
La trouve incomparable ; elle verse des larmes ;
S'afflige de n'avoir, hélas ! autant de charmes,
Enviant ses attraits, afin que son époux
Eut pour elle un amour aussi tendre, aussi doux ;
Mais notre esprit souvent court après les chimères.
A l'instant, ô prodige ! elle voit les paupières

De la fille du roi s'entr' ouvrir : « Est-ce erreur ?

» Dit la bonne Yolande ; oh ! non, je sens son cœur

» Battre tout doucement ; il revient à la vie.

» La princesse n'était alors qu'évanouie ! »

Elle appelle l'ermite, et ne le voyant pas,

Dans le fond du vallon elle porte ses pas ;

Elle avance, elle court, elle était si pressée !

Enfin, elle se trouve aux bords d'une chaussée.

Il y cueillait le thym pour son joli chevreuil,

Et puis, le séneçon pour son gentil bouvreuil.

De suite, elle l'entraîne auprès de la princesse ;

Après de tendres soins, celle-ci se redresse,

Et ses esprits diffus prouvant son embarras,

Yolande la prend, la soutient dans ses bras.

Mais, d'un mieux, ô bonheur ! cette crise est suivie,

Et Géorgine rentre à regret dans la vie.

Elle voit que, pour elle, on a de la pitié ;

Elle répond aussi, par la douce amitié,

Aux soins compâtissants de la bonne Yolande ;

Mais où se trouve-t-elle ? elle le lui demande,

Et la considérant déjà comme une sœur,

Géorgine lui dit les peines de son cœur ;

Toute l'énormité de sa cruelle flamme,

Le désespoir affreux qui torture son âme ;

Enfin, tous les tourments qui n'ont point leurs pareils,
Et dans son triste état, implore ses conseils.

Tandis qu'elle parlait, l'épouse généreuse
Se disait : C'est donc moi qui la rends malheureuse?
De deux êtres, ainsi, je détruis l'avenir;
Dieu peut les avoir faits exprès pour les unir.

Alors, elle répond à la jeune princesse :

« Avant de désirer que votre flamme cesse,
» Il faut du chevalier savoir quel est le sort;
» Si son éloignement n'a point causé la mort
» De celle qu'il obtint jadis en mariage,
» Ou bien ce qui, je crois, a le même avantage,
» Si, par dégoût du monde, elle avait résolu
» D'entrer dans un couvent, cela s'est déjà vu.
» Ayant ainsi rompu ses liens d'hyménée,
» D'Eliduc elle aurait changé la destinée,
» Et vous pourriez, alors, en toute sûreté,
» L'épouser et prétendre à la félicité. »

Par ces mots, Yolande allégea sa souffrance,
Et se créa des droits à sa reconnaissance;
Faisant naître en son âme une lueur d'espoir.

Leurs tendres entretiens durèrent jusqu'au soir;
La nuit étant venue, Yolande la quitte,
En la recommandant aux soins du vieil ermite.

Elle s'éloigne, hélas! livrée à sa douleur,

Dans le but d'exhaler les peines de son cœur;

Elle avait grand besoin d'être avec elle-même,

D'être seule et rêver au tendre époux qu'elle aime ;

Et comme elle pleurait, songeant à l'avenir,

A son cher Eliduc, elle le voit venir.

La lune, en ce moment, éclairait son visage,

Il dirigeait ses pas vers l'obscur ermitage,

Mais il semblait si triste et si fort abattu,

Que son amour, hélas! se trouva combattu.

Par la vierge inspirée, oubliant sa souffrance,

Couverte de son voile, Yolande s'avance

Au devant d'Eliduc et lui parle en ces mots :

« Dieu veut, dès aujourd'hui, mettre un terme à tes maux,

» Celle que tu crois morte est encore vivante.

» Cesse donc désormais de pleurer ton amante,

» Car je dois t'avertir qu'au service de Dieu

» Ton épouse est entrée, on ignore en quel lieu.

» Écoute ses motifs : banni de ta patrie,

» La terre lui semblait dépouillée et flétrie ;

» Pour Yolande, alors, plus d'amoureux printemps !

» Ton exil éternel causait tous ses tourments.

» N'étant plus de ce monde, elle t'a rendu libre,

» Et sans avoir besoin d'un bref venu du Tibre,

» Tu peux, dès à présent, former de nouveaux nœuds,

» Et combler, par ce fait, de tes vassaux les vœux. »

Elle dit et s'échappe ; Eliduc après elle

Aussitôt court, hélas ! c'est en vain qu'il l'appelle,

Qu'il s'efforce à l'atteindre ; il ne l'aperçoit plus ;

Ne pouvant la rejoindre, il s'arrête confus.

» Eh ! quoi ! tu fuis, dit-il, quand ta voix semblait être

» De mon cœur reconnue ; ah ! pourquoi disparaître ?.. »

Le doute désolant fatigue sa raison,

Et l'avenir lui montre un nouvel horizon.

Dans sa course, Yolande avait perdu son voile,

Mais sa blancheur, dans l'ombre, aux regards le dévoile,

A l'instant, Eliduc va pour le ramasser;

Il s'en empare. Hélas ! qui pourrait retracer

Sa douleur, quand il sent qu'il est trempé de larmes ?

Il ne se connait plus, il est dans les alarmes,

Et s'écrie à l'instant : « Larmes, d'où venez-vous?

» Qui vous a fait couler ? Serait-ce un cœur jaloux ?

» Serait-ce le dépit? Serait-ce un sacrifice?

» Ah! si c'est un ingrat ! je le voue au supplice.

» Et si c'est un perfide... » Il s'arrête...

(La suite du manuscrit est perdue, mais le trait est acquis.)

A la femme, appartient l'excès du sentiment;

Aussi, quel trait plus beau ! quel plus grand dévoûment !
Et quelle force d'âme ! elle se sacrifie,
Par amour conjugal, sans s'arracher la vie !
Elle sait s'immoler au bonheur d'un époux.
Oui, la femme est plus tendre ; elle aime mieux que nous.
O maris ! admirez cette épouse immortelle,
Ayez toujours présent un si parfait modèle,
Puisez-y des leçons pour faire le bonheur
De son sexe divin, si vous avez un cœur ;
Car le devoir, dicté par la reconnaissance,
Vous oblige à lui rendre heureuse l'existence.

XI

AMOUR MATERNEL,

FILIAL ET FRATERNEL

AMOUR MATERNEL,

FILIAL ET FRATERNEL

Si nous jetons les yeux sur ce vaste univers,
Nous ne verrons partout que des êtres divers ;
Mais, nous remarquerons que chacun a son rôle,
Que tout est ordonné d'un pôle à l'autre pôle ;
Que, dès qu'on porte atteinte à cet arrangement,
Cela ne peut jamais se faire impunément.
On n'en saurait douter, le vœu de la nature
Toujours fixe une fin à chaque créature ;
Dès lors, une fois né pour un but spécial,
Nous devons obéir à l'ordre général.
La femme, par exemple, est faite pour nous plaire,
Mais elle l'est bien plus pour l'emploi d'une mère.

Toutes ses qualités semblent nous l'annoncer;
Les faits le prouveront; je vais les retracer.

   D'abord, il est certain qu'on verra disparaître
Presque tous les défauts qu'on pouvait lui connaître,
Sitôt qu'à ses regards se montre son enfant.
Oui, de tous ses travers son cœur est triomphant ;
Vous la voyez alors changer de caractère,
Elle n'est plus frivole, elle n'est plus légère ;
Et ses penchants divers par elle combattus,
Elle a moins de défauts, elle acquiert des vertus.
Aux luttes de l'amour a-t-elle été coquette,
Ou bien, le cœur sensible, a-t-elle était défaite ?
L'instant où son enfant jette ses premiers cris,
Opère un changement dont nous sommes surpris;
Oui, ce moment heureux semble toucher en elle,
Par un pouvoir magique, une corde nouvelle,
Et les moindres effets d'un pareil changement
Sont d'éteindre en son cœur tout autre sentiment.
La moins pure est alors plus mère que maîtresse,
Et c'est tellement vrai que, si l'amant s'empresse
D'accourir auprès d'elle, ainsi que son époux,
Son regard pour le père est toujours le plus doux.
L'amour en est surpris ; il ne sait point comprendre
Que le cœur de la mère est toujours le plus tendre.

Si son sexe amoureux est vite indifférent,

Dans l'amour maternel il est persévérant.

Peu faite pour tenir aux fatigues légères ,

La femme passera nombre de nuits entières,

Avec un dévoûment qui paraît sans effort,

Au berceau de son fils qu'elle croit à la mort.

Son corps devient-il froid, la mère se désole,

Et craint qu'à chaque instant son âme ne s'envole ;

Et par les doux regards qu'elle fixe sur lui,

Croit préserver les jours de son enfant chéri.

D'une telle fatigue, ô chose inexprimable !

Tout robuste qu'il est, le père est incapable.

Le tendre sentiment de la maternité,

Soutenu par l'excès de sensibilité,

Comme on sait que la force est plus indifférente,

Fait qu'ici la faiblesse est toujours plus puissante.

L'homme montre sa force au milieu des travaux,

Et parmi tous les arts et contre ses rivaux ;

Il trouve des plaisirs par son genre de vie,

Jusque dans ses efforts et dans son industrie,

Même dans les dangers, il voit de l'agrément ;

L'homme s'ennuîra donc plus difficilement.

Mais une femme, hélas ! étant plus solitaire,

Sera moins à portée, alors, de se distraire ;

Et ses désirs, parfois, se trouvant combattus,
Il faut que ses plaisirs naissent de ses vertus.
Tous ses spectacles sont au sein de sa famille :
Heureuse elle sera du souris de sa fille,
Et verra le bonheur dans les jeux de son fils
Et les embrassements de ses enfants chéris.

   De la nature où sont l'émotion puissante,
Les entrailles, les cris? dans son âme brûlante ;
Aussi, la verrez-vous, sans jamais balancer,
Pour sauver son enfant, dans les flots s'élancer,
Vous verrez mieux encor, pour lui sauver la vie,
Elle ira l'arracher du sein de l'incendie.

   Une mère, en ses bras, tenant son enfant mort,
Livrée à sa douleur, l'embrasse avec transport ;
Par l'état de son fils, cette mère accablée,
Dans ce fatal instant, est pâle, échevelée,
Et poussant des sanglots à fendre tous les cœurs,
Croira le ranimer, le mouillant de ses pleurs.
Elle veut réchauffer des cendres insensibles,
Le cœur peut-il avoir des moments plus horribles ?..
Ah! ces grandes douleurs qu'elle fait éclater
Et ces traits déchirants qui nous font palpiter
De terreur, de tendresse, en exaltant nos âmes,
Nous devons l'avouer, n'appartiennent qu'aux femmes.

Aussi, chez les anciens on dressa des autels
Aux sublimes effets des élans maternels.
Puis, rien n'est comparable au courage des mères,
Et parmi tous les traits fort extraordinaires
Que l'on s'est bien gardé de laisser dans l'oubli,
Afin de le prouver, je cite celui-ci :
   Un lion s'échappa de la ménagerie
Du grand duc de Florence ; il était en furie,
L'œil en feu, parcourant la ville en liberté.
Au devant de ses pas tout fuit épouvanté.
Tour à tour il rugit, il se calme, il s'élance,
Ou plein de majesté, lentement il s'avance,
Quand une mère, hélas ! laisse tomber son fils.
Le lion le saisit, elle pousse des cris ;
Pleine de désespoir et presque défaillante,
Elle veut s'arrêter, le lion l'épouvante ;
Mais l'amour maternel reprenant le dessus,
Elle cesse de fuir, elle ne tremble plus.
A ravoir son enfant cette mère s'apprête,
Se met en sa présence, et le lion s'arrête ;
Les bras levés au ciel, elle tombe à genoux.
Le lion la regarde ; il lui paraît plus doux ;
Ses yeux ne semblaient plus respirer la colère.
Elle s'écrie alors : « Rends un fils à sa mère ! »

Par ses cris déchirants, le lion attendri,
Doucement, à ses pieds, pose l'enfant chéri ;
De nouveau la regarde, ensuite se retire.
Après un trait pareil que reste-t-il à dire ?

Il n'est plus étonnant que l'amour filial
De l'amour maternel devienne le rival,
Par son extrême ardeur, par sa grande tendresse.
De le prouver ici souffrez que je m'empresse.

Un jour, le jeune Ernest vint chez moi tout en pleurs,
Et me dit : Apprenez le plus grand des malheurs.
Hélas ! dès l'an dernier, j'avais perdu mon père ;
Eh bien ! mon cher Armand, pleurez encor ma mère.
Celle que vous aimiez est morte dans mes bras.
Mon Dieu, quelle douleur ! je ne me connais pas ;
Ah ! ma tête se perd... — Ernest ! dans cette vie,
Nous devons recourir à la philosophie ;
Il faut se résigner, il faut savoir souffrir ;
Nous sommes tous créés, mon ami, pour mourir.
— Plus d'espérance, Armand, quand on n'a plus de mère !
— Quel que soit son malheur, toujours le sage espère.
Son âme forte, Ernest, sait qu'on doit surmonter
Ces chagrins, ces tourments qu'on ne peut éviter ;
De le faire un grand cœur toujours ambitionne,
Ensuite, mon ami, la loi de Dieu l'ordonne.

— Mais vous ne savez point qu'à partir d'aujourd'hui,

Je reste sans conseils; et me vois sans appui,

Ah! vous ignorez donc qu'elle était mon idole.

— Élevez vos regards vers le Dieu qui console !

Sa perte est un malheur qu'on ne peut réparer.

— Aussi, mon cher ami, je n'ai plus qu'à pleurer.

C'est elle qui guida les pas de mon enfance,

Ma mère a donc des droits à ma reconnaissance ;

Et si Dieu m'a privé de son cœur maternel,

Je dois à sa mémoire un regret éternel.

— Mais votre mère, Ernest, de la voûte éthérée,

Voit-elle avec plaisir votre âme déchirée?...

Quand vous étiez enfant, elle se désolait,

En entendant vos cris, rappelez-vous ce fait.

Ainsi, mon cher Ernest, au nom de votre mère,

Calmez votre douleur pour ne point lui déplaire.

— Vous rappelez, Armand, des souvenirs bien doux ;

Oui, de m'avoir toujours son cœur était jaloux,

Et quand pour moi ma mère était dans les alarmes,

Je revenais vers elle, et je séchais ses larmes.

l faut donc la rejoindre, il faut donc la revoir,

Si comme vous croyez, elle est au désespoir.

— Ernest, y pensez-vous? quoi ! vous auriez l'envie,

Avant le temps voulu, de quitter cette vie !

Contre l'ordre de Dieu, si vous ne viviez plus,
Vous ne seriez jamais au rang de ses élus.
Ne vous exposez point alors à sa colère,
Si vous voulez ûn jour rejoindre votre mère.
Ernest, à la raison tâchez de revenir;
Oubliez le présent, songez à l'avenir,
Et d'ailleurs, ici-bas, vous savez que tout passe.
— Mais une mère, Armand, jamais ne se remplace.
— Hélas! oui, toutefois, vous avez une sœur,
Et l'amour fraternel est un consolateur.
— Ami, vous le pensez? — Ernest, sans aucun doute;
Et savez-vous pourquoi? — Parlez, je vous écoute.
— Vous ressentez l'effet de l'amour filial,
Eh bien! chez une femme il est au moins égal.
Et l'exemple suivant, que je vais vous décrire,
Le démontre si bien qu'il devra vous suffire;
En outre, il touchera, mon ami, votre cœur,
Ce trait, nous dit l'histoire, eut lieu sous la terreur.
La tendre Bérenger * arrivée à cet âge
Où la timidité du sexe est le partage,
Où l'aimable pudeur rehausse la beauté,
Sut acquérir des droits à l'immortalité.

* Bois Bérenger.

Mandés au tribunal révolutionnaire,

Sous l'accusation d'un crime imaginaire,

Les auteurs de ses jours, de même que sa sœur,

Devaient aller répondre à l'acte accusateur.

La jeune Bérenger n'est point associée

Au sort de ses parents : on m'a donc oubliée,

Leur dit-elle aussitôt, livrée au désespoir !

Se voyant condamnée à ne plus les revoir,

Son âme est agitée, elle pleure, elle tremble.

Nous ne pourrons, dit-elle, hélas ! mourir ensemble !

Et l'esprit égaré, s'arrache les cheveux,

N'ayant point le bonheur de mourir avec eux.

Avec émotion elle embrasse son père,

Elle embrasse sa sœur, elle court à sa mère,

Se jette dans ses bras, la baigne de ses pleurs,

Et ses cris déchirants redoublent leurs douleurs.

Elle répète encor : « Je pouvais, ce me semble,

» O ma mère ! espérer que nous mourrions ensemble ;

» Mais, hélas ! » A l'instant, l'acte si désiré

Arrive, et dès qu'il est de ses yeux dévoré,

Son cœur s'épanouit ; plus de regrets, de larmes,

Elle ne souffre plus ; elle n'a plus d'alarmes.

De l'espérance, Ernest, retrouvant les ressorts,

Elle fait de sa joie éclater les transports ;

Et s'écrie : « A présent, nous mourrons donc ensemble !
» Je rends grâce, ô ma mère ! à Dieu qui nous rassemble. »
On eut dit, en voyant son extrême gaîté,
Qu'elle avait obtenu leur mise en liberté.
Puis, le moment d'après, songeant à sa toilette,
Elle va se parer comme en un jour de fête,
L'ivresse du bonheur rayonnait dans ses yeux.
Elle livre bientôt aux ciseaux ses cheveux,
Se prépare à mourir, sans regretter la vie,
Car plus tard, en sortant de la conciergerie,
Comme on les dirigeait vers le lieu du trépas,
Elle pressait, ami, sa mère dans ses bras ;
La couvrait de baisers, soutenant son courage,
Jusque sur l'échafaud où tel fut son langage :
« Comme vous n'emportez, ma mère, aucun regret,
» D'où vient votre douleur, dès qu'elle est sans objet ?
» Pourquoi ce désespoir ? ah ! si je vous suis chère,
» Bannissez vos chagrins ; consolez-vous, ma mère !
» En mourant tous ensemble, ah ! ce n'est point mourir !
» Aussi, mes seuls tourments sont de vous voir souffrir.
» Voyez autour de vous toute votre famille,
» Elle vous accompagne ; écoutez votre fille,
» Dieu va récompenser, ma mère, vos vertus ;
» Pourquoi donc vos esprits seraient-ils abattus ? »

Ah! quelle fille, Ernest! admirons sa tendresse!
En allant au supplice, elle était dans l'ivresse.
Ah! quel plus noble cœur! sublime attachement!
Jamais l'on ne poussa plus loin le dévoûment.
  Quand on porte à sa mère une tendresse extrême,
Soyez bien assuré qu'on aime ce qu'elle aime.
Sa fille en aimant donc l'enfant qu'elle aimera,
Si le fils est chéri, le frère le sera.
Mais, au reste, élevés par cette tendre mère,
Confondus dans son cœur, est-ce extraordinaire?
Ainsi, le sentiment de l'amour fraternel
Est de même éveillé par l'amour maternel.
Maintenant, cher Ernest, vous allez le connaître,
Et dans les traits suivants, sa force va paraître.
  Apprenez que Gattey, libraire de Paris,
Mis au rang des suspects, fut condamné, jadis.
Sa sœur, en entendant ce jugement inique,
Du reste fort commun dans ce temps anarchique,
Pour périr avec lui, cria : *Vive le Roi !*
Elle est mise aussitôt, mon ami, hors la loi,
Et sans désemparer, on apprend par l'organe
Du tribunal de sang, qu'à mort on la condamne;
Mais cette pauvre sœur, hélas! eut le chagrin
De voir sa mort, Ernest, remise au lendemain.

Ses bourreaux, désirant la rendre plus cruelle,
Voulurent que son frère expirât avant elle.

   Autre fait : on reprit la ville de Lyon,
Et l'on forma de suite une commission
Pour juger les vaincus, inutile défense !
Tous ceux qui se trouvaient menés en sa présence,
Se voyaient condamnés. O temps calamiteux !
Le crime ne pouvait jamais être douteux.
Pendant qu'elle siégeait, une fille éplorée
Pénètre dans la salle, elle est désespérée.
Et s'écrie : « O douleur ! je n'ai plus de parents ! »
Les juges, à ses cris, restent indifférents.
Elle leur dit : « Pitié pour une pauvre fille !
» Mes frères seuls restaient de toute ma famille ;
» Et comme vous venez de les faire périr,
» Commandez donc aussi qu'on me fasse mourir ! »
Elle baise les pieds des juges qu'elle abhorre.
On ne l'écoute point ; les bourreaux qu'elle implore
Ordonnent qu'on la chasse : en entendant ces mots,
Elle court vers le Rhône, et périt dans ses flots.

   Oui, l'amour fraternel, Ernest, élève l'âme ;
Il parle au dévoûment, et surtout, chez la femme,
Vous venez de le voir, ainsi donc, votre sœur
Pourra, mon cher ami, calmer votre douleur.

— A présent, je le crois, ou du moins je l'espère,
Car vous saurez, Armand, qu'elle adorait sa mère.
Comme son cœur est bon, j'entrevois, dès ce jour,
Un moins triste avenir, certain de son amour.
De plus, cet entretien, dont mon âme est ravie,
M'apprend que l'amitié nous attache à la vie.
Ainsi découleront de l'amour maternel
Et l'amour filial et l'amour fraternel ;
Puis, les doux sentiments de la sœur, de la fille,
Fixeront le bonheur au sein de la famille.

XII

AMITIÉ, PITIÉ,

CHARITÉ, BIENFAISANCE

AMITIÉ, PITIÉ,

CHARITÉ, BIENFAISANCE

Comme je terminais de l'amour maternel
Le sujet si touchant, arrive Emmanuel,
Jeune homme fort instruit et plein d'intelligence.
Il me dit, en entrant : Je sors de chez Constance,
Et je vous apprendrai que son cœur est peiné
De savoir que, par vous, son sexe est condamné
A rester étranger à l'amitié si tendre.
D'abord, ce jugement, qu'elle ne peut comprendre,
Elle le trouve injuste, elle le trouve faux,
Peu propre à faire, Armand, oublier vos défauts.
Ensuite, elle m'a dit, d'un ton presque sévère :
Eh ! quoi, pour l'amitié la femme, est trop légère !

A ce doux sentiment mon sexe est étranger !

En avançant ce fait, lui-même est bien léger.

L'on s'entend volontiers sur les défauts des autres ;

Il vaudrait beaucoup mieux qu'il s'occupât des vôtres :

Certes, il doit savoir que le nombre en est grand.

— Mon cher Emmanuel, son dépit vous surprend,

— Eh ! oui ; cette sortie, en vérité, m'étonne.

— En voici la raison : c'est que Constance est bonne ;

Elle juge son sexe, ami, d'après son cœur,

Et se figure, alors, que je suis dans l'erreur.

— C'est fort possible, Armand, car toute sa conduite

Prouve que l'amitié chez elle a de la suite ;

Que son cœur est constant et rempli de bonté.

Chez elle avez-vous vu de la frivolité ?

—Mais nous sommes d'accord. Je sais qu'elle est constante ;

Son cœur est bien placé : Constance est excellente.

Je viens d'en convenir ; ce n'est point d'aujourd'hui

Qu'à ce sentiment-là j'accorde mon appui.

—Mais, dans ce cas, pourquoi pensez-vous que la femme

De la douce amitié ne peut sentir la flamme ?

N'ai-je pas encor lu, c'est ce qui me surprit,

Qu'elle était sans amis, car vous l'avez écrit.

— Écoutez mes motifs, et sans me contredire,

Mon cher Emmanuel, je vais vous les décrire.

Vous savez que je suis toujours impartial.

— Oh ! j'en suis sûr. — Eh bien ! le sexe, en général,

Sans cesse tourmenté par le désir de plaire,

Vous ne trouverez point fort extraordinaire

Que ce sentiment-là, bien moins tendre que vain,

Rende son caractère assez souvent hautain,

Et qu'il aille, en son cœur, étouffer en partie

La sensibilité, la douce sympathie.

Nos éloges encor, dont l'orgueil est charmé,

Font qu'à nous commander il est accoutumé.

Or, à l'égalité l'amour-propre s'oppose,

Tandis que l'amitié sans cesse nous l'impose.

Et puis, ce sentiment, chez le sexe entravé,

Par son esprit timide, est bien plus réservé.

Eh ! quel cas ferons-nous d'une amitié craintive,

Où tous les sentiments sont sur la défensive ;

Où l'on voit un obstacle entre la femme et nous

Presque toujours placé ; dites : qu'en pensez-vous ?

— Je crois, mon cher Armand, qu'il n'est point impossible

Que la timidité la rende moins sensible ;

Mais sa réserve, hélas ! est une des erreurs

Que cause trop souvent la nature des mœurs.

Par la société, si vous jugez la femme,

Son sexe, je le crois, ne mérite aucun blâme.

— Mon cher Emmanuel, je ne critique pas ;
Je ne veux que l'aider et diriger ses pas.
Dans l'état social je ne veux point qu'il erre ;
C'est mon unique but : je t'atteindrai, j'espère,
Mais pour y parvenir, on doit tout retracer ;
Je ne vois point qu'il faille alors se courroucer.

   Je vous demanderai si les femmes entr'elles
Peuvent beaucoup s'aimer ; les unes seront belles ;
D'autres regretteront de n'avoir point d'attraits ;
La jalousie, alors, naîtra de leurs regrets,
Elles n'ignorent point, ami, qu'on les compare.
— Dans le monde, surtout, Armand, ce n'est point rare.
— Puis, les rivalités, ce que j'ai déjà dit,
De fortune et de rang, les portent au dépit.
L'amour-propre blessé fait souvent que la haine
A l'amitié succède.—On le conçoit sans peine.
— Ensuite, cher ami, ce tendre sentiment
Sur notre cœur, notre âme agit profondément ;
En outre, comme il est imposant et sevère,
Il faut, pour qu'il nous plaise, un certain caractère
Dont, trop souvent, le sexe, à mon sens, est privé ;
Aussi, ce sentiment est chez lui réservé,
Puis, de la vérité le sévère langage
Saura-t-il l'écouter, aura-t-il ce courage ?

Pour remplir les devoirs que l'amitié prescrit?

Il le faudrait pourtant, on nous l'a toujours dit.

Son caractère encore est-il toujours le même,

Pour être sûr d'agir comme celui qu'on aime,

De sentir, de penser, en un mot, comme lui?

Il le faut, cependant, pour y voir un appui.

   Mon cher Emmanuel, hélas! dans cette vie,

Sans de grands intérêts, faiblement on se lie.

Mais par état, la femme est vouée au repos,

Ainsi donc, à s'unir son sexe est moins dispos :

Elle est comme la fleur faite par la nature,

Pour briller doucement et servir de parure,

Au parterre abrité qui lui donna le jour ;

Tandis que vous verrez les arbres d'alentour

Avoir bien plus besoin d'enlacer leurs branchages,

Étant nés, élevés au milieu des orages,

Et par leur vigueur même, encor plus impuissants,

Pour n'être point brisés par la fureur des vents.

   — Armand, à vos raisons voulez-vous que j'ajoute

Quelques faits opposés? — Eh ! mais, sans aucun doute.

— Nous commencerons donc, alors, par convenir

Que deux cœurs, mon ami, qui cherchent à s'unir,

Désirent s'entr'aider, ont besoin l'un de l'autre.

Cet avis, que j'émets, est-il aussi le vôtre?

— Mon cher Emmanuel, je pense comme vous.

— Eh bien ! c'est l'amitié, ce sentiment si doux.

Des deux sexes, alors, il me semble que l'homme

A moins besoin d'aimer ; le prouver, voici comme :

Celui-ci, cher Armand, est le plus occupé ;

Il est le plus distrait, le moins souvent trompé ;

Plus hautement il peut répandre ses idées,

De la critique étant bien moins incommodées.

Bien moins il va jouir, dans la prospérité,

Par le bien qu'il ressent que par la vanité.

Et si vous voyagez de Paris jusqu'au Tibre,

Vous verrez, en tous lieux, que l'homme est le plus libre ;

Et que, par le malheur, s'il se trouve appauvri,

Il est humilié beaucoup plus qu'attendri.

Nous pouvons dire encor, qu'il a la conscience

De sa force, et de plus, de son intelligence ;

Même, il se l'exagère ; il paraît donc certain

Qu'il peut, plus aisément, se passer de soutien ;

De ce commerce aimable où le cœur sait comprendre

Les doux épanchements de l'amitié si tendre.

Mais la femme, plus faible, a besoin d'un appui ;

Et, vivant retirée, elle a bien plus d'ennui

Et ces douleurs de l'âme, et ces peines secrètes

Auxquelles, mon ami, les femmes sont sujettes,

Affecteront plutôt la sensibilité
Qu'elles ne toucheront l'orgueil, la vanité.
Puis, dans le monde, il faut que la femme paraisse,
Et qu'elle y joue un rôle ; alors, vient la tristesse ;
Car tous les sentiments qu'elle en rapportera,
Devant être discrets, son cœur en souffrira.
Les choses ne sont rien, mon ami, chez les femmes,
Les personnes sont tont, et remplissent leurs âmes.
Oui, vous devez, je crois, savoir également
Qu'ici-bas, tout réveille en elle un sentiment.
Du sexe, cher ami, pour qui l'indifférence
Est un état forcé, savez-vous la tendance ?
Lui, qui ne sait jamais qu'aimer ou bien haïr,
Il semble qu'il devra, cher Armand, obéir,
Plus vivement que l'homme, au charme incomparable
D'un commerce secret, entretien ineffable
Dont on ne peut jouir que par la liberté
De pouvoir se parler avec sécurité.
Il courra donc plus vite après les jouissances
Qu'offrent de l'amitié les douces confidences.
Ainsi, mon cher Armand, se trouve contredit
Chaque fait dont je viens d'entendre le récit.
— Veuillez bien m'écouter, ce n'est point les détruire
Que de m'opposer ceux que vous venez de dire.

Les vôtres et les miens sont également vrais;
Mais nous pouvons, au moins, conclure de ces faits,
Invoquant, toutefois, la raison qui compare,
Que la douce amitié chez le sexe est plus rare.
Mais il faut convenir que, lorsqu'elle y sera,
Délicate et plus tendre elle s'y trouvera;
Que l'homme, en général, vu sur toutes ses faces,
A plus les procédés, mon ami, que les grâces
De la tendre amitié; car souvent, on le voit
Blesser en soulageant; ce n'est pas être droit.
Ses plus doux sentiments, j'en ignore les causes,
Ne sont guère éclairés sur les petites choses.
Il semblent qu'ils auraient pour elles du mépris,
Et pourtant, nous savons qu'elles ont un grand prix.
La sensibilité de détail chez les femmes
Lui rend compte de tout : rien n'échappe à son âme.
Et puis, comme son cœur est rarement distrait,
Elle devinera l'amitié qui se tait,
   Vient-elle à remarquer une amitié timide,
Elle l'excitera, lui servira d'égide;
Vers l'amitié qui souffre on la verra voler,
Ensuite, sa douceur saura la consoler.
Mieux que nous, mon ami, la femme persuade,
Aussi, plus aisément manie un cœur malade,

Lui donne le repos, l'empêche de sentir
Les agitations qu'elle sait divertir.

— Armand, en vérité, de l'aimable Constance
Vous faites un portrait frappant de ressemblance.

— Je sais, ami, qu'elle a de grandes qualités,
Et ses beaux sentiments seront incontestés.
Oui, nous savons qu'elle est une de nos merveilles :
Mais je voudrais en voir plus souvent de pareilles.

— Armand, cela viendra, si l'on suit les avis,
Les leçons, les conseils, qui sont par vous décrits.

— Mon cher Emmanuel, ah ! quel heureux présage !
Les femmes charmeraient le printemps de notre âge ;
Nous serions enivrés par les plus doux plaisirs ;
Au déclin de nos jours, nos tristes souvenirs
Seraient tous effacés, nos peines endormies
Par les soins caressants de ces tendres amies ;
En acquérant, enfin, la constance du cœur ;
Sur le bord de la tombe on croirait au bonheur.
Je cessai de parler ; mais, contre mon attente,
Le moraliste Albert, à nos yeux, se présente.
Au fait de l'entretien que nous venions d'avoir,
Il nous dit : Mes amis, on doit, de plus, savoir
Les autres sentiments que peut faire encor naître
La sensibilité ; voulez-vous les connaître ?

— Parlez, mon cher Albert, vous nous rendrez heureux.
— D'abord, vous apprendrez qu'ils se lient entr'eux.
La sensibilité naturelle des femmes
Changée en passion, par les brûlantes flammes
De ce feu dévorant que l'on appelle amour,
Fut, après l'amitié, transformée à son tour
Par la religion, en pitié douce et tendre ;
Car le christianisme avait su la comprendre.
Dès que ce sentiment s'empara de son cœur,
La femme ressentit le besoin du bonheur
De tous ceux qui souffraient ; et chose assez commune,
Ne la voyons-nous point soulager l'infortune :
Oui, quand nous nous rendons au sein des hôpitaux,
Qui rencontrerons-nous pour soulager les maux,
Pour recueillir les pleurs versés par la souffrance?
La femme, mes amis, qui, seule, a la puissance
De vaincre le dégoût, inspiré par ces lieux
Constamment infectés, dont l'aspect est affreux ;
Les hommes, on le sait, sont beaucoup moins habiles
A calmer les douleurs qu'on souffre en ces asiles ;
L'image des chagrins, les affectant bien moins,
Ils iront lentement au-devant des besoins ;
Ils sont plus réfléchis ; et la femme, au contraire,
A déjà secouru, quand l'homme délibère.

Celui-ci, mes amis, a de l'humanité ;
Mais toujours une femme a plus de charité,
De cet amour divin, si rempli d'indulgence,
Que ce doux sentiment porte à la bienfaisance ;
Et souffrant plus que nous quand elle voit souffrir,
Elle semble être faite exprès pour secourir.
Le cri de la douleur déchire son oreille ;
Aussi, pour l'apaiser, la femme est sans pareille.
C'est d'autant plus certain, qu'on voit les malheureux
S'adresser bien plutôt à son cœur généreux.
— Oui, dit Emmanuel, étant avec Constance,
Le pauvre lui parlait toujours de préférence,
Ne se doutant jamais qu'on lui refuserait.
Il est vrai que donner, pour elle, a de l'attrait.
Aux malheureux aussi Constance s'intéresse,
Et trouve du bonheur à leur donner sans cesse.

— Mais ce n'est point fini, lui répondit Albert.
Du sexe un aperçu nous est encore offert.
Si les autres étaient tous apologétiques,
Quand ils se rapportaient aux souffrances physiques,
Soyez sûr que celui que je vais vous donner
Tendra, mes chers amis, encore à le prôner.
Ainsi, je vous dirai : la femme est sans égale,
Pour soulager, calmer une douleur morale.

Et tandis qu'un ami pour consoler, je crois,
Nous apporte souvent trop de force à la fois.
Il faut la mesurer, chose fort opportune,
Avec l'abattement qui suit notre infortune ;
Et pour nous relever de cet abattement,
Son secours est trop brusque et sans ménagement.
Pour des yeux affaiblis un jour vif trop éclaire ;
Ils veulent retrouver lentement la lumière.

— Mais, dit Emmanuel, c'est encore le cas
De vous citer Constance, ah ! quels soins délicats
Elle apporte toujours pour calmer la souffrance
D'un esprit abattu, d'un cœur sans espérance !
— Aussitôt, j'ajoutai : chez elle, la bonté,
Et c'est à remarquer, s'allie à la beauté.
Aussi, mes chers amis, comme elle est douce et belle,
Bienfaisante, surtout, je l'offre pour modèle.
— Je vous approuve, Armand, oui, vous avez bien fait
De signaler Constance : elle a le cœur parfait ;
Et m'a dit bien des fois, malgré l'ingratitude,
D'aimer, de secourir conservons l'habitude.

Concluons, dit Albert, ce n'est point d'aujourd'hui,
Qu'il nous faut préférer un homme pour appui,
Dans les occasions très extraordinaires.
Mais, d'un autre côté, si nous sommes sincères,

Consultant le passé, pour que notre avenir
Soit heureux à jamais, nous devons convenir
Que, pour tous les instants, notre bonheur réclame,
Avec plus de raison, l'amitié d'une femme.

Et Constance, plus tard, me dit : Mon cher Armand,
Je préfère au premier cet autre sentiment.
— Madame aura raison, quand ses vertus, ses grâces
Obligeront le sexe à marcher sur ses traces.

XIII

ÉDUCATION, BEAUTÉ,

PUDEUR, FIDÉDITÉ

ÉDUCATION, BEAUTÉ,

PUDEUR, FIDÉLITÉ

La mère apporte, hélas ! par trop d'affection ,
Des soins mal entendus dans l'éducation.
Pour elle, le présent, c'est tout dans sa famille,
Et par là compromet l'avenir de sa fille ;
La mère, je le sais, ne veut que son bonheur,
Mais il ne suffit point d'obéir à son cœur,
Car l'extrême tendresse est souvent inhabile.
Un mot à ce sujet sera peut-être utile. .

Ayant la notion et du bien et du mal,
La femme, comme nous, est un être moral :
Ainsi, la liberté doit être son partage,
Et principalement quand elle est au jeune âge.

Surveillant un enfant, par exemple, il faudra
Qu'on lui laisse choisir le parti qu'il voudra ;
Et sa raison se forme, en cette circonstance,
Par sa réflexion, sa propre expérience.
« Le pouvoir de vouloir ou de ne vouloir pas. »
Telle est la liberté qui doit guider ses pas,
Et les réflexions qu'on donne toutes faites,
Pour sa raison, je crois, seront toujours abstraites.

Ne lui laissez jamais ignorer ses pouvoirs,
Mais aussi, parlez-lui souvent de ses devoirs.
Et puis, la vérité, cette loi de notre âme,
Pourquoi donc serait-elle inutile à la femme ?
De sa fille devant régler la liberté,
Peut-elle y parvenir, cachant la vérité ?
Ensuite, sa raison ne connaît que les preuves ;
Il ne faudra donc point repousser les épreuves,
Les faisant elle-même, elle en profitera,
Et beaucoup mieux, alors, se les rappellera.

Au lieu du mot *il faut*, dont on se sert sans cesse,
Malgré qu'à sa raison jamais il ne s'adresse,
Pourquoi ne pas choisir cet autre : *vous devez ?*
Comme il est seul compris, mères, vous arrivez,

Bossuet.

Ce mot, sur une fille, ayant plus de puissance,
Bien mieux on peut compter sur son obéissance.

Puis, la morale, hélas! de vos instructions
Est prise trop souvent dans des conventions
Qui toujours ont manqué de puissance et de vie ;
D'aller s'en contenter est donc une folie.
Et si nous le savons, ce n'est point d'aujourd'hui ;
La fille a donc besoin d'un plus solide appui.

Quelquefois, le succès qu'elle obtient dans le monde,
N'étant que pour un jour, en mécomptes abonde ;
Et même ceux auxquels on doit mettre du prix
Deviendront mensongers, quand ils seront acquis ;
Par les tours déliés d'une conduite adroite,
Condamnable toujours, car elle n'est point droite,
Cette conduite, alors, n'est point une vertu,
Donc, son esprit rusé doit être combattu.

Sans être tourmenté d'un humeur doctorale,
Je dirai que l'on doit, sur la saine morale,
Établir les leçons que la fille apprendra ;
Et si nous sommes sûrs qu'elle les retiendra,
C'est que cette morale, honnête et respectable,
Faite pour tous les temps, est sans cesse applicable,
Et comme elle saura protéger l'avenir,
Elle est la seule, alors, qui puisse convenir.

De la vie une mère enseignant la science,
De sa fille devra hâter l'expérience.
Celle-ci, dans ce but, alors doit se régir,
Il faut donc lui laisser la liberté d'agir.
C'est par ce moyen seul que la raison s'éclaire,
L'épreuve est sans danger sous les yeux d'une mère ;
Il saura lui montrer, par les faits personnels,
Bien mieux l'utilité de ses dons naturels :
La fille en fait alors un plus heureux usage,
Et plaira beaucoup plus, c'est un grand avantage.

Dans ce moment, Edmond arriva pour me voir,
Et me dit, en entrant : Je suis au désespoir,
Je ne me connais plus ! — Qu'as-tu donc à m'apprendre ?
— Un grand malheur auquel j'étais loin de m'attendre.
— Mais, enfin, quel est-il ; que viens-tu d'éprouver ?
— Tu connais Eolide, on vient de l'enlever ! ·
— Ta fille, mon ami ! — Cher Armand, elle même ;
Aussi, tu le conçois, ma douleur est extrême.
— Oh ! connais-tu l'auteur de cet enlèvement ?
Serait-ce Valentin ? — Je le suppose, Armand.
— Tu devais t'empresser de courir après elle.
— Mais comment découvrir le lieu qui la recèle ?
— On s'adresse aux exempts, mon ami, dans ce cas.
— C'est vrai, je cours aussi leur parler de ce pas.

Trois jours après, Edmond s'empressa de me dire:

Ma fille est retrouvée, elle vient de m'écrire ;

Et je sais à présent qu'elle m'obéira.

Voici sa lettre, écoute! elle te surprendra.

  « Ai-je bien ou mal fait de m'éloigner, mon père,

» Dois-je, dans ce moment, redouter ta colère?

» Pouvais-je te quitter sans ton consentement,

» Comme l'a prétendu bien des fois mon amant?

» J'ai trouvé naturel de suivre ce que j'aime,

» Et comme il m'aime aussi, le trouves-tu toi-même?

» Je n'ai fait qu'obéir à la voix du bonheur.

» Dis-moi, condamnes-tu les élans de mon cœur?

» Souvent, à mes genoux, de ses bras il m'enlace,

» Puis, de me regarder jamais il ne se lasse.

» Aujourd'hui, mon amant s'enivre auprès de moi ;

» En était-il ainsi quand j'étais près de toi?

» S'il était réservé, mon père, il l'est encore ;

» Seulement, il m'embrasse et me dit qu'il m'adore.

» Auprès de moi, toujours, il est aux petits soins ;

» Sa générosité répond à mes besoins.

» Et puis, de son amour il me parle sans cesse,

» Et ses regards si doux me jettent dans l'ivresse :

» Il dit qu'il m'aime trop pour me déshonorer.

» Ce mot m'est inconnu ; doit-il me rassurer?

» Ma situation est-elle périlleuse ?

» Je ne saurais le croire, il me rend trop heureuse.

» Son unique désir est d'être mon époux,

» Et voulant ce qu'il veut, mon cœur est-il absous ?

» Le sien qui bat toujours, à chaque instant, soupire...

» Mais, mon père, à propos, j'oubliais de te dire

» Que j'ai dû consentir à quitter la maison,

» C'est bien aussi ta faute, en voici la raison :

» Quand j'étais près de toi, tu repoussais sans cesse

» L'amour de Valentin, tu blâmais sa tendresse ;

» A la fin, il me dit : On condamne nos vœux !

» Éolide, partons ; nous serons plus heureux !

» Par notre éloignement, et c'est indubitable,

» Ton père, à notre amour, sera plus favorable.

» D'aller jusqu'à son cœur c'est l'unique moyen,

» Et je partis, mon père, après cet entretien.

   » Ne crois pas que je sois une fille rebelle,

» Oh ! mon cœur t'aime trop pour être si cruelle !

» Et pour te le prouver, mon père, appelle-moi ;

» Et sois sûr qu'aussitôt je volerai vers toi.

» Mais comme Valentin me promet l'hyménée,

» Je ne puis que sourire à cette destinée ;

» Et ton cœur est trop bon pour aller t'opposer

» Au doux vœu que je fais, celui de l'épouser.

» Enfin, je clos ma lettre en te disant, mon père,

» Ta tendresse pour moi me sera toujours chère ! »

Que dois-je faire, Armand ? — Il faut les marier ;

Et puis, ta fille est loin de se mésallier.

— Ami de Valentin, je blâme la conduite ;

Oui, cet enlèvement et me froisse et m'irrite.

— Eh ! cependant, Edmond, il faut leur pardonner,

Car un motif puissant vient ici dominer.

L'Évangile nous dit, par sa sainte morale,

Que l'on doit, avant tout, éviter le scandale.

Si tu le provoquais, repoussant cet avis,

Sur ta fille il pourrait déverser le mépris.

Ainsi, pour ton honneur, pour celui de ta fille,

Permets à Valentin d'entrer dans ta famille.

Le sage, à la raison toujours assujetti,

Te dira comme moi : c'est le plus court parti.

— Je suis de ton avis, il faut qu'on les marie ;

Mais, je te l'avoûrai, cela me contrarie.

Je la trouve si jeune, hélas ! aussi, je crains

Que ma fille, plus tard, n'éprouve des chagrins ;

Et puis, un ravisseur est toujours condamnable.

— Mais il pouvait, je crois, être bien plus coupable.

— De son crime irais-tu, mon ami, le laver ?

Il ne suffirait plus alors que d'enlever

Pour obtenir la main de celle que l'on aime ;

Mais ce serait affreux, tyrannique à l'extrême !

— Edmond, j'ai là-dessus le même sentiment,

Mais d'abord, au public cachons l'événement.

Comme, à cette heure-ci, je pense qu'il l'ignore,

Fais publier les bans dès la prochaine aurore,

Tu peux tout réparer par cette activité ;

Puis, l'on doit se soumettre à la nécessité.

— Comme il serait, Armand, aventureux d'attendre,

Je pars. — Deux jours après, il revint pour m'apprendre

Que les deux fugitifs étaient enfin rentrés,

Et que de leur hymen ils étaient assurés.

A présent, me dit-il, crois-tu qu'il soit fort sage

D'aller donner ta fille à l'auteur d'un outrage ?

Ne vois-tu pas, Armand, qu'il est très-dangereux

D'offrir un tel exemple à tous les amoureux ?

S'il ne suffisait plus que d'enlever les filles,

Sans cesse je craindrais pour l'honneur des familles ;

Et s'ils savaient l'effet de cet enlèvement,

Ils pourraient y trouver un encouragement.

— Nous ne l'ignorons point, mais si l'amour égare,

Edmond, l'enlèvement est un cas assez rare,

Toutefois, mon ami, nous devons le prévoir.

— Armand, de l'empêcher avais-je le pouvoir ?

— Je ne t'accuse point, mais je blâme une mère

Qui croit servir sa fille, en faisant le contraire

De ce qu'elle devrait pour la bien éclairer.

« Une fille, dit-on, ne sait trop ignorer. »

Cette doctrine, Edmond, devrait être proscrite,

Car sur un faux précepte on base sa conduite.

— Mais, il est dangereux, cher Armand, d'éveiller

Dans son cœur des pensers qui pourraient le souiller.

— Sans doute, mais du mal une entière ignorance

N'est qu'une sorte, hélas! de niaise innocence

Qui ne pourra jamais devenir la vertu ;

Et s'il en est ainsi, cher Edmond, penses-tu,

Dans la société, qu'elle soit suffisante

Pour protéger l'honneur d'une fille ignorante ?

Conséquemment, je crois qu'il faut, en général,

Tout en montrant le bien ne point cacher le mal,

Car tu n'ignores pas que c'est la conscience

Qui doit nous diriger dans notre indépendance,

Régler la liberté ; mais ce fort sentiment,

Chez un enfant, hélas! s'éveille lentement ;

Il exerce sur lui d'abord un faible empire,

Dans cet état, Edmond, il ne peut lui suffire ;

Mais, la réflexion, jointe à la liberté,

Lui donne de la force et de l'autorité.

Ami, cette doctrine est plus vraie et plus sûre,
Osons donc imiter et suivre la nature ;
Appelons donc la lutte et du bien et du mal,
Pour rendre d'un enfant le jugement moral.
Une mère saura que c'est l'expérience
Qui devra la guider, comme la conscience
Éclaire l'homme fait sous les regards de Dieu.
—De ces mères, Armand, on en rencontre peu,
Mais aussi, tes conseils, qu'un bon cœur seul inspire,
Pourront dorénavant les former, les instruire.
— Sur l'éducation n'ayant point le projet
D'aller, mon cher ami, t'offrir un cours complet,
Je ne m'assujettis qu'à donner connaissance
De deux faits que je crois d'une grande importance.
—Quels sont-ils, cher Armand? — *La pudeur, la beauté !*
Leur empire est fort grand dans la société.
La mère aussi serait imprudente et peu sage
De taire, selon moi, tous les droits du bel âge ;
Toutefois, je voudrais, avouant ses pouvoirs,
Qu'une mère à sa fille enseignât ses devoirs,
L'avertît qu'avec eux, jamais, on ne transige,
Et qu'elle sût aussi que le pouvoir oblige.
Ensuite, du moment qu'une force de plus
Se développe en elle, il n'est point superflu,

Il est même important que cette fille apprenne

Qu'un devoir se présente et qu'elle le comprenne,

Afin de le remplir et pour la préserver

Des différents dangers qui pourraient arriver.

Tu le sais, cher Edmond, la jeunesse est puissante,

Mais son empire, hélas! peut la rendre arrogante.;

Et comme ce pouvoir est par trop séduisant,

Elle doit éviter l'abus de ce présent

Que nous savons aussi ne manquer à personne ;

On le combattra donc, la sagesse l'ordonne.

    Mais, si la fille encor possède la beauté

Qui fait naître en son cœur toujours la vanité,

De la bien diriger il est fort difficile,

D'essayer, cependant, il n'est point inutile.

Je désire d'abord que tu sois averti

Qu'on peut de la beauté tirer un grand parti,

Même pour la morale. — Ami, comment s'y prendre?

— Je sais un entretien qui pourra te l'apprendre.

    « Une mère à sa fille, Edmond, disait un jour :

» Pour votre chère enfant j'approuve votre amour,

» Mais est-il éclairé, le pensez-vous, Élise,

» Quand avec elle, hélas! vous manquez de franchise?

» — J'avais cru, jusquici, pour la bien élever,

» Qu'une mère devait parfois dissimuler.

» Sa beauté, par exemple, il faut bien la lui taire,

» Pour la rendre modeste, et pourtant, j'en suis fière!

» — Vous ne pourrez jamais, ma fille, lui cacher

» Cette beauté qu'elle a ; car peut-on empêcher,

» Par les propos flatteurs, qu'elle en soit avertie?

» Qu'obtiendrez-vous, alors? la fausse modestie.

   » Toujours un beau visage attire les regards,

» Et ce serait, je crois, le plus grand des hasards

« Quelle ne le vît point ; et puis, l'obéissance

» Qu'obtiennent les attraits révèlent leur puissance.

» La beauté facilite, en ce cas, les succès

» Et doit conséquemment refroidir à l'excès

» L'imagination qui seule nous éclaire,

» Et dont l'empire, ainsi, n'est plus que secondaire ;

» Ce serait, on le voit, Élise, un grand malheur ;

» Ensuite, la beauté peut endurcir le cœur ;

» Disposer votre fille, hélas! à l'égoïsme,

» D'où naîtrait le penchant qui mène au despotisme.

   » Chacun de vos regards, en outre, l'avertit

« Qu'elle est belle, et par là, ce que chacun lui dit

» Se trouve confirmé. Sotte est donc cette ruse,

» Dès qu'elle laisse voir que la mère l'abuse.

» Ainsi, ma chère enfant, je crois qu'il serait bien

» De lui faire savoir, dans un tendre entretien,

» Ce qu'immanquablement elle saurait par d'autres.

» Or, les meilleurs avis, Élise, sont les nôtres ;

» Une mère sait mieux ceux dont elle a besoin,

» De l'instruire d'avance, alors, prenons donc soin.

   » Puis, les impressions qui naissent les premières,

   » On vous l'a toujours dit, sont les moins passagères.

» Ayant la faculté de les déterminer,

» Coupables nous serions d'aller les ajourner.

» Aussi, ma chère Élise, au début de la vie,

» Pour guider le penchant de la coquetterie,

» Tout simplement la mère avoûra sa beauté,

» Comme elle conviendrait de sa bonne santé.

   » —Ma fille à ce sujet quelquefois m'interroge,

» Et m'embarrasse fort. — Mêlez un autre éloge

» A l'aveu qu'elle prend pour un propos flatteur,

» Celui-ci paraîtra bien moins adulateur.

» Dites que la beauté, dont on la félicite,

» N'est que le résultat de sa bonne conduite.

» Vous devez donc souvent lui faire souvenir,

» Qu'en se conduisant mal, vous irez la punir ;

» Et la punition, Élise, lui rappelle

» Qu'il vaut mieux être alors *bien sage* que *bien belle*

» De vos soins éclairés recevant les bienfaits,

» Elle attachera moins de prix à ses attraits ;

» Et la frivolité, de son esprit bannie,

» Des charmes, des vertus sentira l'harmonie.

» Enfin, vous surmontez bien des difficultés,

» Faisant marcher de front les traits, les qualités.

» Mais du monde, il est vrai, souvent l'expérience

» Peut bien contrarier ce que je vous avance,

» Ainsi, vous le voyez, je vous parle sans fard ;

» Mais cette expérience, Élise, viendra tard,

» Et vous serez heureuse au déclin de la vie.

» On sait que la vertu rarement se renie.

  » Répétez-lui souvent, c'est le premier des soins,

» Si vous étiez moins belle, on exigerait moins.

» La beauté, dans le monde, expose davantage,

» Vous devez être, alors, infiniment plus sage.

» Cultivez la vertu, les qualités du cœur,

» C'est l'unique moyen de fixer le bonheur ;

» Tandis que la beauté, cette fleur passagère,

» N'a, ma fille, ici-bas, qu'un empire éphémère,

» Et puis, les qualités, les grâces de l'esprit

» Ne nous quittent jamais, tout le reste périt.

» Des vertus, des attraits faites l'heureux mélange,

» Vous serez plus que belle en devenant un ange,

» Et vous embellirez le déclin de vos jours ;

» Ma fille, à l'avenir on doit songer toujours. »

En ignorant le mal, la charmante Éolide
Ne pouvait, cher Edmond, avoir l'âme timide.
Tout à fait étrangère aux lois de la pudeur,
Sans crainte, elle a suivi les élans de son cœur.
Ces lois, on aurait dû les lui faire connaître,
Et l'on ne l'a point fait. — Qui te l'a dit? — Sa lettre.
Elle fait assez voir qu'on s'en est abstenu.
— Je conviens que son cœur semble fort ingénu.
— Elle a cru faire, Edmond, une chose ordinaire,
Ne se figurant point qu'elle allait te déplaire,
Mais si l'on avait su former son jugement,
Elle n'eut point souscrit à son enlèvement.
Ignorant les dangers de se laisser séduire,
Réponds-moi, cher ami, que pouvons-nous lui dire?
Il nous faut donc connaître et le bien et le mal,
Afin de discerner; c'est un point capital.

Les filles ne sauraient être trop averties,
Car il est important d'avoir des garanties,
Ce que nous obtiendrons en cultivant le cœur.
— A propos, le pouvoir, Armand, de la pudeur
Me semble être un effet bien plutôt qu'une cause.
— Mais une garantie, ami, sur lui repose,
Et saura d'une fille asssurer l'avenir.
— Je voudrais, dans ce cas, te la voir définir.

— Quand du bien et du mal la fille a connaissance,
Edmond, sois assuré qu'alors sa conscience
Etant plus éclairée, a la facilité
De lui faire savoir bien mieux la vérité;
Et dès que celle-ci peut lui servir de phare,
Tu le conçois, ami, son cœur bien moins s'égare,
Et du bien et du mal ayant le sentiment,
A coup sûr elle aura plus de discernement.
Et sur le mal, Edmond, dès l'instant qu'on l'éclaire,
Elle va ressentir la crainte de mal faire;
Et sais-tu bien comment on nomme cette peur?
« Honte honnête et louable, en un mot, la pudeur. »
Ce sentiment exquis des écarts la préserve,
Et la pudicité sans cesse la conserve.
Ce n'est point tout encor; la fille va rougir,
Par cette crainte, Edmond, qu'elle a de mal agir;
Ainsi donc, la pudeur la tient dans les alarmes,
Puis, de la jeune fille elle augmente les charmes,
Car en l'embellissant de ce ton purpurin,
Elle offre à nos regards la rose du matin.
Tous les faits dont je vais te donner connaissance
Pourront t'apprendre, Edmond, jusqu'où va sa puissance.

    Dans une île posée au sein de l'Archipel,
Se passa, dans le temps, un fait surnaturel;

De nous le rapporter, Plutarque aussi s'empresse.

On ne peut, nous dit-il, citer une faiblesse

Dans une jeune fille, eh! pendant sept cents ans!

— Je l'avoûrai, ce fait est des plus surprenants.

— Et chez la femme, Edmond, pas un seul adultère!

Ce qui te paraîtra plus extraordinaire,

En effet, comme elle a moins de timidité,

Chez elle on doit trouver plus de fragilité.

    Plutarque ajoute encor qu'aux rives ioniennes,

Vers cette époque, on vit les jeunes Milésiennes,

En foule s'empresser de se donner la mort,

A cet âge, sans doute, où de l'enfance on sort,

Où de vagues désirs s'emparent de notre âme,

Où la nature, Edmond, parle au cœur et l'enflamme;

Où l'on sent succéder au folâtre engoûment

Cet état langoureux d'un plus doux sentiment.

On avait beau paraître à leur égard rigides,

Hélas! rien n'arrêtait, ami, les suicides,

Pourtant, on y parvint par une simple loi.

— Ce qu'elle prescrivait, cher Armand, dis le moi,

— Cette loi, mon ami, qu'on sait être authentique,

Ordonnait d'exposer sur la place publique

Celles qui se tûraient. — Armand, en vérité?

— Et dans le plus complet état de nudité!

—Alors, qu'arriva-t-il ? — Plutarque nous raconte
Qu'elles n'osèrent point, Edmond, braver la honte.
Elles bravaient la mort, mais ne voulurent pas
Exposer leurs attraits, même après leur trépas.
Aussi, l'histoire dit que ces filles candides
Ne se livrèrent plus, depuis, aux suicides.

　　Dès qu'elle nous soustrait aux faiblesses du cœur,
A présent, conçois-tu, mon ami, la pudeur?
Et du bien et du mal, penses-tu qu'il soit sage
D'avoir la connaissance : est-ce un mince avantage,
Si l'on veut diriger sa sensibilité
Et faire apprécier, Edmond, la chasteté ?
— Oui, je sens aujourd'hui que ma fille Eolide,
Si son cœur eût connu ce sentiment timide,
Se serait peu prêtée à son enlèvement,
Car ce qui nous éclaire est le discernement,
La pudeur rendra même une femme fidèle.
— Elle est indispensable, Edmond, à la plus belle ;
Et c'est tellement vrai, qu'il faut tout son pouvoir
Pour qu'elle n'aille point enfreindre ce devoir ;
Pour que toujours son cœur demeure inaccessible
Aux propos qui tendraient à la rendre sensible,
Car plus l'homme aperçoit chez elle de beauté,
Plus le mot *je vous aime* est par lui répété.

Dans cette lutte, au reste, il est incontestable
Que l'homme, cher ami, sera plus respectable.
On le voit trop souvent, hélas ! avoir recours,
Pour atteindre ce but, à la ruse, aux détours.
Non content de corrompre, il a l'ignominie
Souvent de s'en vanter, après la calomnie.
Nous devons donc combattre, alors, le séducteur
Et flétrir à jamais l'infâme détracteur.
On sait que la nature, et c'est assez sensible,
Pour la femme a rendu le vice plus pénible ;
La pudeur aura donc plus de facilité
A conserver chez elle, ami, la chasteté.
Ensuite, plus que l'homme, Edmond, elle est fidèle,
Les désordres aussi ne viennent jamais d'elle.
— Je l'ai, mon cher Armand, bien des fois remarqué,
Quoique son sexe, hélas ! soit toujours attaqué,
L'époux cesse souvent le premier d'être sage.
— Il est la cause, alors, des troubles du ménage.
A ses écarts, encor, sonvent on applaudit,
Tandis que chez l'épouse, Edmond, on les flétrit.
L'homme est donc quelquefois inpunément coupable,
Au lieu qu'on est toujours pour la femme intraitable.
   Tu conçois, mon ami, que tous ces errements
Préservent sa vertu des attiédissements ;

Mais, sur celle de l'homme, il serait difficile
Que le monde pût être, alors, aussi tranquille,
Car sur la vérité tous ces faits sont assis.
— Oh ! j'approuve très-fort, cher Armand, tes avis.
Désirant le bonheur au sein de ma famille,
Je vais communiquer ces leçons à ma fille ;
Je suis presque certain, dès qu'elle les saura,
Qu'à les utiliser elle s'empressera.
— Il est même important d'en parler à ton gendre,
De le mettre à portée, Edmond, de les apprendre,
Car il faut qu'il soit sage. — Aussi, j'aurai ce soin.
Je sens, tout comme toi, qu'il en a grand besoin.
— Dis à ta fille, encor, qu'en lui restant fidèle,
Elle justifira le choix qu'il a fait d'elle ;
Que pour être honorée, elle doit désirer
Conserver sa vertu, qui le fait honorer :
Rappelle lui souvent, Edmond, que la vieillesse
Rapidement succède, hélas ! à la jeunesse ;
Puis, comme l'on ne peut empêcher ce malheur,
Qu'elle orne son esprit et cultive son cœur,
Lors, sa position sera bien moins cruelle,
Quand elle cessera, mon ami, d'être belle,
Car on ne dira pas, dans la société,
Son mérite a duré le temps de sa beauté.

Je connais Célina, jeune et charmante femme,
Elle ne peut suffire aux besoins de son âme
Qu'en s'attachant sans cesse à poursuivre le bien,
Et pour y parvenir ne voit que ce moyen.
Elle n'ignore point qu'une conduite sage
Rendra toujours son sexe indépendant de l'âge.
Dès sa jeunesse, ainsi, cher Edmond, on la vit
Prouver qu'elle savait que la beauté périt.
Au plus petit devoir nous la voyons s'astreindre,
A la perfection aussi veut-elle atteindre,
Et serait satisfaite encore de son sort,
Dût-elle n'en jouir que le jour de sa mort.

Et si dans son projet Célina persévère,
Cher Edmond, à tout âge elle saura nous plaire.
Que les femmes, alors, viennent à l'imiter,
Je serai le premier à les complimenter,
Car suivant les conseils que je viens de décrire,
Elle ne craindront plus de perdre leur empire.

XIV

SOCIÉTÉ

TEMPS DE TROUBLES, TEMPS DE PAIX

SOCIÉTÉ

TEMPS DE TROUBLES, TEMPS DE PAIX

On sent que le bonheur, dans la société,
Ne saurait exister sans la tranquillité.
Si cet état de paix à l'homme est salutaire,
A la femme il doit être encor plus nécessaire.
Dans les troubles civils qui vont tout soulever,
Des fureurs des partis comment se préserver?
Comment s'en garantir, quand on n'a que des armes
Telles que la douceur, la faiblesse, les larmes;
Telles que la pitié, que l'on ne connaît plus,
Quand de l'humanité les droits sont méconnus,
Et quand les sentiments de la galanterie
Dans les cœurs ont fait place aux haines en furie?

Ces époques, aussi, de passion, d'orgueil,
Pour elle sont un temps d'infortune et de deuil.
L'homme, par son audace et par son énergie,
Son esprit résolu, peut garantir sa vie ;
Par les événements de ce temps agité,
Son cœur ambitieux est en outre excité ;
Puis, ces troubles civils, dans lesquels il s'engage,
Peuvent de son repos être souvent le gage ;
Et par les cas fortuits qui font les dénoûments,
De sa fortune, encore, être les instruments.
Mais alors quel espoir reste-t-il à la femme,
La crainte et la douleur s'emparant de son âme ?
Et quand, dans ces conflits, son sexe ne voyant
Qu'un avenir douteux, qu'un spectacle effrayant,
Il doit tout redouter de cet ordre de choses,
Dès que dans ce chaos des effets et des causes,
On peut, à tout instant, menacer son honneur,
Lui ravir les objets les plus chers à son cœur ?
La modestie, hélas ! la pudeur, l'innocence,
Dans ces temps agités, ont bien peu de puissance.
Que feront ces vertus en face des forfaits,
Leur pouvoir n'existant qu'au milieu de la paix,
Époque où paraîtront les procédés aimables
Qui peuvent rendre, seuls, les rapports agréables ?

Ces fragiles vertus ressemblent à la fleur
Qui ne conservera son éclat, sa fraîcheur,
Que par un temps fort doux, qu'à l'abri d'un ombrage ;
Car on l'apercevrait, au milieu de l'orage,
Aussitôt se pencher, s'effeuiller, se flétrir,
Et se décolorant, n'aurait plus qu'à mourir.

Ainsi, d'après les faits que je viens de décrire,
Dans les troubles civils la femme a peu d'empire ;
Mais, aussi, dans les temps où la tranquillité,
Par degrés, s'établit dans la société,
Comme elle jouira de plus d'indépendance,
Sur celle-ci la femme aura plus de puissance.

Toutefois, au milieu des révolutions,
Elle a manifesté de nobles passions,
De sublimes vertus, un courage héroïque,
Une âme généreuse, élevée, énergique,
Car elle s'immolait à l'amour filial,
A la reconnaissance, à l'amour conjugal,
A la tendresse, enfin, qu'on nomme fraternelle,
De son sexe, en un mot, la gloire est immortelle.
Ah ! c'est dans ces moments que l'homme sentira
Le besoin qu'il a d'elle ; alors, il connaîtra
Tout le prix du présent, ce que, dans l'origine,
Le Tout-Puissant lui fit dans sa bonté divine.

Cet ascendant, si haut qu'il puisse être élevé,
N'est qu'un pouvoir, hélas ! domestique et privé :
Il ne peut comme tel, malgré ses avantages,
Des révolutions arrêter les ravages.
La femme peut prétendre à calmer le courroux,
D'un frère, d'un ami, d'un fils ou d'un époux ;
Mais sa pudeur, hélas ! son extrême tendresse,
Sa timide innocence, et de plus, sa faiblesse,
Auxquelles elle doit l'impérieux pouvoir
D'influencer les cœurs, lui laissent peu l'espoir
De les soumettre encor, d'avoir le même empire,
Quand la société se présente en délire ;
Et la cause en est simple, au milieu de ces maux,
Il lui faut désarmer des tyrans, des bourreaux.
    Mais dans les temps de paix, que d'importants services
La femme pourra rendre en attaquant les vices !
Sachant leur opposer l'exemple des vertus,
Les hommes cesseront d'être aussi corrompus.
Personne ne sait mieux combattre avec adresse,
Relever les écarts, adoucir la rudesse ;
Le ridicule, aussi, le faire ressortir,
Et pour le corriger, aller s'en divertir :
Toutefois, je conviens, dans les temps difficiles,
Qu'on ne peut commander à des hommes dociles ;

Mais on sait qu'au déclin des révolutions
S'éteignent par degrés les folles passions.
L'homme, moins occupé des affaires publiques,
Reporte ses pensers sur les soins domestiques,
Et de sa dignité reprend le sentiment,
Aussitôt qu'il revient vers le sexe charmant,
Poussé par le désir qu'il aura de lui plaire ;
Son âme s'adoucit et sa raison s'éclaire,
Enfin, il rougira d'avoir pu se salir
Aux dégoûtants instincts qui devaient l'avilir ;
Car le sexe, toujours, comme un miroir fidèle,
Au vice fera voir sa laideur criminelle.

Quoique pour obéir il semblé qu'il soit né,
Il rendra, tôt ou tard, l'homme subordonné.
Nous devons l'avouer, du sexe la présence,
Pour le bonheur de l'homme, est un bienfait immense ;
Elle le civilise en le rendant plus doux,
Et prévient les conflits en calmant les courroux :
L'homme, conséquemment, devient plus sociable,
Et de la vie, alors, rend le commerce aimable.

Si l'on dit que la femme aspire à dominer,
Au foyer domestique elle va se borner ;
Car devant le public elle se fait esclave
Et de sa modestie et de la moindre entrave ;

Et comme à s'observer elle apporte ses soins,
Tous les devoirs, aussi, lui pèsent beaucoup moins.
Cette sujétion, de sa part volontaire,
Pour mieux nous commander lui paraît nécessaire ;
Et l'on peut dire que, chez elle, la pudeur
Est un calcul autant qu'un instinct de son cœur.
Aussi la voyons-nous, en toute circonstance,
Nous prêcher les devoirs, prôner la bienséance ;
Et comme à leur maintien est attaché son sort,
Il nous est défendu de dire qu'elle a tort.

Cette conduite, en outre, est à notre avantage,
Nous serions donc ingrats de la trouver peu sage ;
Car les femmes toujours, le passé nous le dit,
Développent en nous les charmes de l'esprit.
On sait que Périclès allait chez Aspasie,
Apprendre des leçons de goût, de courtoisie ;
Le peintre et le poète y prenaient leur essor,
Et Socrate lui-même, on l'y voyait encor ;
Enfin, nous ne devons les œuvres immortelles
Des lettres et des arts, qu'aux rapports avec elles.

De plus, nous apprenons, dans leur société,
Les grâces et le ton de la civilité ;
Par elles, nous savons les élégants usages
Et l'art de déguiser nos propres avantages,

Pour ne point abaisser ceux qui ne les ont pas,
Et feindre, je le crois, est permis dans ce cas.
En signalant jamais les faiblesses des autres,
Si nous savons encor nous défaire des nôtres ;
Si d'autrui nous allons au-devant des désirs,
Des moindres volontés y voyant nos plaisirs ,
Et si nous acquérons des qualités aimables,
Nous en serons toujours aux femmes redevables.

　Avec elles, tout homme est d'autant plus poli
Qu'il s'appartient bien moins, qu'il est plus assoupli.
Comme la politesse annonce, ce me semble,
Le besoin, l'habitude aussi de vivre ensemble,
Elle nous apprendra l'art des ménagements,
Et des attentions et des égards charmants.
Donner ce qu'on reçoit, exiger ce qu'on donne,
Est un des procédés auxquels on s'abandonne ;
Et ces prêtés rendus, nés de l'aménité,
Se croisant, produiront, dans la société,
Tous les raffinements et la délicatesse
Des sens et de l'esprit, et du goût la finesse.

　La femme ayant bien moins de dureté de cœur,
L'homme, en la fréquentant, deviendra donc meilleur.
Elle ne peut encore être longtemps cruelle,
Tant la pitié, toujours, a d'empire sur elle ;

Car sur nous exerçant sa sensibilité,
Elle nous donnera des leçons de bonté,
De modération, de douceur, d'obligeance,
Enfin, d'honnêteté qui tient à la décence.

Et puis, quand le malheur vient à nous accabler,
Comme la femme sait encor nous consoler !
Que de soins prévenants, que de délicatesse
Dans les attentions ; quel tact, quelle finesse !
Connaissant le pouvoir des doux épanchements,
Son cœur sait s'y livrer pour calmer nos tourments,
Elle est pour nous, enfin, si pleine d'obligeance,
Qu'au sein du malheur même on tient à l'existence.

La femme peut encor concevoir le projet
De renvoyer toujours le monde satisfait,
Elle connaît si bien l'art enchanteur de plaire
Que ce projet n'est point, pour elle, une chimère ;
Tandis qu'on ne peut point de l'homme en dire autant :
Il est trop peu sensible ; hélas ! c'est attristant.

Loin de la repousser avec ingratitude,
Ah ! de l'aimer toujours contractons l'habitude !
Sans cesse elle est portée à plaindre nos malheurs,
Car sur nos moindres maux elle verse des pleurs ;
Et si, dans son dépit, l'homme s'éloigne d'elle,
Elle revient à lui quand sa voix la rappelle.

Alors, à son bonheur on la voit se livrer ;

L'homme, pour tant d'amour, devrait l'idolâtrer ;

Disons donc qu'ici-bas les femmes sont des anges

Dignes de mériter constamment nos louanges.

Femmes, au cœur si bon, ô doux présent du ciel !

On devrait vous porter un amour éternel.

Source de tout bonheur, célestes créatures,

Connaîtrait-on, sans vous, les jouissances pures,

Les soins si délicats, les nobles dévoûments

Et le délire heureux des doux épanchements ?

Ah ! votre âme, pour nous, est douce, bonne, aimante,

Elle élève nos cœurs à l'extase enivrante !

Vous vous désespérez en nous voyant souffrir,

Et nos larmes, toujours, vous savez les tarir.

Oui, c'est à vous qu'on doit le bonheur sur la terre,

Nous devons donc chercher constamment à vous plaire ;

Et si vous persistez dans le noble projet

D'assouplir notre cœur, de le rendre parfait,

Si vous utilisez votre douce influence,

Nous vous appartiendrons par la reconnaissance,

Et vous pourrez nous dire, en nous rendant meilleurs :

« Si l'homme fait les lois, les femmes font les mœurs. »

Aussi, les jeunes gens sont bien dignes de blâme,

En ne recherchant point l'entretien de la femme.

XV

PERSPICACITÉ, ESPRIT

PERSPICACITÈ, ESPRIT

Toute femme, on le sait, dans la société,
Exerce constamment sa perspicacité;
Mais, néanmoins, se tient toujours sur la réserve,
Pour ne point laisser voir au monde qu'elle observe.
Le plus grand intérêt qu'elle a d'examiner
Ne vient que du désir de pouvoir dominer;
Car son sexe, voulant des hommes être maître,
Se dit : le premier point est de bien les connaître.
Aussi, de son esprit toutes les facultés
Seront mises en jeu pour voir leurs qualités,
Leurs penchants, leurs défauts; et la persévérance
Ira développer, grandir sa clairvoyance.

Le monde étant toujours par elle étudié,
Elle doit acquérir un esprit délié.
Elle connaîtra donc le moyen le plus propre
A démêler en nous les plis de l'amour-propre,
La fausse modestie, et la fausse grandeur,
Et les faibles cachés, et les secrets du cœur.
Elle distinguera les divers caractères,
L'orgueil calme, emporté; les sentiments sincères,
Ceux qui feindront, surtout, ceux qui savent chérir :
Par son intelligence, elle ira découvrir
La sensibilité, vaine, tendre, brûlante,
Sous les dehors glacés d'une âme indifférente;
Et puis, l'entraînement de la légèreté,
S'il arrive de l'âme ou s'il est affecté;
La défiance, enfin, qui naît du caractère,
Humble, ou fier, ou frivole, ou timide, ou sévère,
Qui naît d'un cœur méchant, des chagrins de l'esprit,
Ou faux, ou véridique, ignorant, érudit.
La femme devra donc, d'après ces connaissances,
De tous les sentiments distinguer les nuances.

En affaire, elle sait aider les intérêts,
Et des petits penchants connaît les grands effets.
Elle en impose aux uns, paraissant les connaître;
Les autres, les éloigne, en nous faisant paraître

Que son esprit est loin de nous les soupçonner.

Et comme son désir est de nous dominer,

Fort souvent elle ira vanter notre mérite,

Et par des compliments elle nous félicite

Encore de celui qu'on ne possède pas,

Et nous faisant rougir, nous enchaîne en ce cas.

Ces moyens, employés avec intelligence,

Lui donneront toujours une grande influence.

Aussi, la voyons-nous, dans la société,

Étendre son empire avec facilité.

Et sur nous son pouvoir ne doit point nous surprendre,

Elle sait deviner avant de nous entendre,

Nous diriger encor par l'effet de son art,

De sa persévérance et de son fin regard.

Souvent, nous admirons son style épistolaire,

Et ces écrits charmants, où la grâce légère,

Les élans de l'amour, la douceur et le goût

Sont si bien imprimés, la finesse surtout.

Elle commande aussi, si grand est son empire,

A l'esprit de briller, à l'amour de séduire,

Au monde d'être aimable, et mettant en valeur

Ces pensers d'atticisme, elle attache le cœur.

Il est donc naturel que le jeune Voltaire

S'en allât chez Ninon apprendre l'art de plaire,

Et qu'elle eût un pouvoir si bien consolidé,
Que l'on voyait chez elle et Turenne et Condé.
Soupirant à ses pieds, le génie et la gloire
Aux grâces, à l'amour cédaient donc la victoire,
Mais si, par sa beauté, Ninon eut ce crédit,
Elle le dut bien plus encore à son esprit,
Au tact, à la finesse, aux entretiens aimables,
Au ton, au goût exquis, qualités adorables!
  Je pourrais vous citer, à côté de Ninon,
Thianges, Montespan, La Suze, Maintenon,
La Sablière encor; mais je place à leur tête,
Grâces à leurs écrits, Sévigné, Lafayette.
Celle-ci nous a fait d'ingénieux romans;
Et puis, elle joignait à tous les agréments
D'un caractère heureux, d'un esprit admirable,
La sensibilité, douce, tendre, ineffable.
Sans en être surpris, dans ses romans je vois
Les sentiments décrits pour la première fois;
Et des élans du cœur les touchantes peintures,
Remplacer les récits des folles aventures.
Quand l'homme aimable tient la place du héros,
Pour l'amitié, l'amour, le cœur est plus dispos.
Elle se le disait. Cette femme divine,
Dans son genre, a donc fait ce que faisait Racine,

Dès qu'elle avait jugé que, pour nous entraîner,
Il valait beaucoup mieux attendrir qu'étonner.
Substituant ainsi l'intérêt aux prodiges,
Elle sut découvrir le plus doux des prestiges.
  Des lettres, que l'on sait écrites au hasard,
Prouvent que Sévigné ne recherchait point l'art.
L'imagination sans cesse se révèle
Dans son style où l'on voit une langue nouvelle,
De ces expressions que l'esprit ne fait pas.
Et ces phrases encore, aux tours si délicats,
Aux mouvements heureux, respirant la tendresse,
L'adorable abandon, la grâce, la finesse
Fixent sous son pinceau les moments qu'elle peint;
Nous les voyons encore. Eh! comme elle se plaint!
Comme sa joie est douce! Ensuite, que de charmes,
Jusque dans sa tristesse, en provoquant nos larmes!
Ah! si l'on contestait la sensibilité,
Ses lettres feraient croire à sa réalité!
Car son âme s'y montre et si tendre et si belle,
Qu'elles seront toujours offertes pour modèle.
  La femme, assez souvent, brille par son esprit;
Le présent en fait foi, le passé nous le dit.
Il est léger, coquet, il effleure, il sautille;
Combien de mots lancés où l'on voit qu'il pétille!

Grâcieux, séduisant, au sein des entretiens
Il va vous amuser, vous charmer par des riens,
Il peut se comparer aux folles étincelles
Qui de l'or le plus pur réflètent les parcelles.
Ce ne sont point ces feux, éblouissants éclairs,
Qui déchirent la nue et traversent les airs ;
On sait que leur domaine est celui du génie.
Comme il est l'ennemi de la monotonie,
Son esprit va combattre et dissiper l'ennui ;
Plus d'une femme encor nous le prouve aujourd'hui.

    Par l'effet du caprice, il est vrai qu'il nous pique ;
Parfois, il est railleur, même épigrammatique ;
Mais la femme s'en sert avec tant d'agrément,
Tant de gaîté, qu'elle est pardonnée aisément.
Toutefois, écoutez l'épigramme suivante ;
On ne pardonna pas, elle était trop piquante ;
Mais elle montrera jusqu'où va son esprit.
A ce sujet, voici ce qu'un auteur nous dit :

    Madame du Deffant avait perdu la vue ;
Son esprit lui restait, et sa gaîté connue
Amenait auprès d'elle une société
De gens plus ou moins vains de leur capacité,
Et dont l'esprit était plus ou moins fait pour plaire.
L'un d'eux, un certain soir, plus qu'à son ordinaire,

S'entretint avec elle ; on ne dit point son nom ;

Mais il parla beaucoup, toujours du même ton.

Madame du Deffant, fort lasse de l'entendre,

A la fin s'écria, ce qui dut le surprendre :

« Ah! quel livre mauvais, Monsieur, vous lisez là ! »

Notre homme, fort piqué, de suite s'éloigna,

Et depuis ce moment ne revint plus chez elle.

Ainsi donc, cet esprit qu'à son aide elle appelle,

Fit fort adroitement, avec malignité,

Pour s'en débarrasser, servir sa cécité.

    La femme n'est donc point étrangère à la ruse.

Comme de son esprit, de son adresse elle use.

L'anecdote qui suit, faite pour amuser,

En même temps saura la caractériser.

Quant à moi, je l'avoue, elle n'est point commune.

Écoutez : Une mère ayant peu de fortune ;

Désirait marier sa fille richement,

Avec un beau jeune homme, à qui l'assentiment

Avait été donné. Que faire? sa famille

Ne lui permettait point d'épouser cette fille ;

Le parti n'était pas assez avantageux.

Son refus s'opposant au plus cher de ses vœux,

Celui de parvenir, cette mère imagine

D'aller chez Maintenon au moment qu'elle dîne ;

Près du petit salon elle sut se glisser.

Quelques instants après on la voit s'affaisser ;
Feindre d'être souffrante, afin d'aller se mettre,
Tenant un verre d'eau, tout près de la fenêtre,
En face du public, une serviette en main.
Celui-ci remarquant ses gestes, son maintien,
Les façons qu'elle fait, comme au sortir de table,
Se dit tout aussitôt : Il est irrécusable
Que cette dame était invitée à dîner.
Le bruit s'en répandit. Faite pour étonner,
Cette haute faveur décida la famille,
Et la mère parvint à marier sa fille.
Celle-ci n'apportant en dot qu'un verre d'eau,
Le tour est plus qu'adroit, je le trouve fort beau.

    Les femmes mieux que nous surmontent les entraves,
Et principalement quand elles sont esclaves.
Pour relâcher leurs fers, pour alléger leurs maux,
Que de subtilités sortent de leurs cerveaux !
Et pour favoriser, pour conduire une intrigue,
Que d'adresse dans l'art de conduire une brigue !
Chez les Turcs, ne pouvant écrire à leurs amants,
Elles y suppléront par des moyens charmants,
Les plus ingénieux, et par l'amour poussées,
Sauront leur dévoiler leurs secrètes pensées.

Par exemple, en Asie, une jatte de fruits
Et de petits bouquets forment leurs doux écrits ;
Car de certaines fleurs, combinant l'assemblage,
Elles font un *selam* qui devient leur langage.
Ainsi, de leurs amants si leur cœur est jaloux,
Elles savent donner, fixer des rendez-vous.
Pour tromper leurs tyrans, cette littérature
Pouvait, vous le voyez, remplacer l'écriture.

Elles laissent parfois le langage des fleurs,
Pour aller recourir à celui des couleurs
Qui sauront désigner le désir, l'espérance,
Le désespoir, les vœux, la moindre circonstance ;
Puis, revenant aux fleurs, par les combinaisons
Des lettres que l'on voit en tête de leurs noms,
Dressent un alphabet ; et ces fleurs dans des vases,
Par leur arrangement, forment des mots, des phrases.
Si sur ce dialecte on réfléchit un peu,
Je crois que la pensée exprime un tendre aveu,
Et je suppose fort que, dans ce doux langage,
La rose au doux éclat représente un hommage.

Conséquemment ces fleurs, aux mains de la beauté,
Par leur arrangement et leur diversité,
Par leur allusion, et grâce à son adresse,
Trompaient la tyrannie, exprimaient la tendresse,

En dévoilant l'amour; de sorte qu'une fleur
Servait donc à tracer les routes du bonheur.

    Chez la femme, l'esprit, sans doute, est désirable,
Et cela se conçoit; lui seul la rend aimable;
Mais souvent il déplaît par trop de vanité,
Et peut même enlaidir les traits de la beauté.
Si nous autorisons chez lui le sel attique,
Défendons bien qu'il soit trop épigrammatique.
Enfin, recommandons à la femme d'esprit
De se ressouvenir que souvent il nuit.

XVI

PARURE

PARURE

Par celles d'aujourd'hui, pourrons-nous jamais croire
A ces anciennes mœurs qu'a décrites l'histoire?
Le sexe, dans ces temps qu'on dirait fabuleux,
Chez les anciens Romains, était grave comme eux.
Au sein de leur maison les femmes enfermées,
Des plus mâles vertus se trouvaient animées;
Et ne sortant jamais de leur appartement,
Elles ne donnaient rien au moindre amusement,
Mais tout à la nature. Elles étaient austères, ·
Au point de ne savoir qu'être épouses et mères,
Car les autres plaisirs n'entraient point dans leur lot.
Sensibles, sans avoir jamais appris ce mot;

Chastes, sans se douter qu'on pouvait ne pas l'être,
Les rigides devoirs occupaient seuls leur être.
Pour les travaux des champs, ou pour ceux du soldat,
Elles dressaient leurs fils au profit de l'État.
Se servant, tour-à-tour, du fuseau, de l'aiguille,
Chaque homme était vêtu par sa femme ou sa fille ;
Auguste, qui plia sous son autorité
Le monde entier, garda cette simplicité.

Le passé nous apprend que les dames romaines,
Existant au milieu des mœurs républicaines,
Se faisaient respecter ; que c'était dans leurs bras
Que leurs époux vainqueurs, au retour des combats,
Venaient tous se jeter pour savourer l'ivresse,
Du bonheur domestique, épancher leur tendresse,
Enfin, que le butin soustrait aux ennemis,
Avec empressement à leurs pieds était mis ;
S'honorant, à leurs yeux, des blessures cruelles,
Et du sang répandu pour l'État et pour elles.
On voit que celles-ci soumettaient à leurs lois,
Ces hommes qui venaient de commander aux rois.

Mais les femmes, plus tard, parurent dans le monde,
Et cette époque fut en changements féconde ;
Puis, quelque temps après, la loi de Jésus-Christ
Vint des sociétés encor changer l'esprit,

Les usages, les mœurs ; sur les rives du Tibre,
Sitôt qu'elle apparut, la femme fut plus libre :
Oubliant les devoirs par cette liberté,
Elle renonça vite à sa simplicité.
Après, vinrent les temps de la chevalerie
Qui donnèrent le jour à la galanterie ;
Et les sexes, alors, se voyant fréquemment,
La femme dut connaître un autre sentiment.
Or, ce dernier n'était que le désir de plaire ;
Séduire, subjuguer, fut donc sa grande affaire ;
Quelques conseils, ici, ne sont point superflus.
Comme on sait que partout se glissent les abus,
Nous devons nous douter qu'en cette conjoncture,
Chez la femme grandit le goût de la parure,
Tout ce qui pouvait tendre à donner de l'attrait,
A produire à nos yeux un agréable effet ;
Par degrés, elle vint à demeurer en place
Toute une matinée, en face d'une glace,
Pour créer une mode. Encore de nos jours,
Les femmes, fort souvent, appellent les atours,
Sans savoir si ceux-ci gênent leur contenance,
S'ils ne nuisent point, en outre, à l'élégance.
Comme ce sentiment, ce goût de se parer
Égare, il faut, je crois, au moins le modérer,

Du moment que nos mœurs ne peuvent le défendre,
Par ce qui suit, je dois vous le faire comprendre.

    Une mère, à sa fille, un certain jour, disait :
La faculté d'apprendre est d'un grand intérêt ;
Or, comme tout le monde a besoin de s'instruire,
Chère Alize, écoutez ce que je vais vous dire :

    La parure, on le sait, tient à la vanité,
Au désir de paraître, à la frivolité ;
Et lorsque notre esprit manque de consistance,
On la pousse souvent jusqu'à l'extravagance.
Alors, qu'arrive-t-il ? L'on vous désigne au doigt,
L'on se moque de vous : toujours cela se voit.
— Mais, toute femme rit de la plus simple mise,
Lorsque la jalousie... — Écoutez, chère Alize :
Croyez que ce n'est point la femme seulement,
Car l'homme est animé du même sentiment ;
Et comme votre sort est, je crois, de lui plaire,
A ce sujet, ma fille, il faut qu'on vous éclaire.
Sachez qu'en s'occupant du soin de sa beauté,
Rarement on plaira, s'il paraît affecté.
Être trop recherchée est de l'afféterie,
Et n'est plus que l'excès de la coquetterie.
Or, celle-ci, de l'homme, excite les souris,
Et même, quelquefois, provoque le mépris :

A suivre ces conseils je vous vois engagée.

— Ma mère, il faudra donc paraître négligée ?

— Alize, vous passez de l'un à l'autre excès :

Sachez être parée, et cela sans apprêts ;

Car il faut éviter que le monde répète :

Elle écoule son temps à faire sa toilette.

Et même, dans ce cas, fort souvent chacun dit :

Cette femme paraît avoir bien peu d'esprit.

Songer à la parure, et toujours s'y complaire,

De ses moments, alors, elle ne sait que faire?

Et qui s'occupe trop à des futilités,

Alize, est mise au rang des inutilités.

— Ah ! ma mère, pour moi vous n'êtes guère aimable;

Ma conduite, je crois, n'offre rien de semblable :

Mon goût pour les atours n'est point exagéré,

Je ne m'attendais point qu'il serait censuré.

Et puis, vous attachez beaucoup trop d'importance

Au goût de la parure. — Est-ce une extravagance,

Ma fille, de vouloir modérer ce penchant ?

— Oh ! non, ma mère. — Alors, pourquoi ce ton tranchant?

Comme vous ignorez de ce goût la portée,

L'anecdote qui suit doit être méditée,

Et vous le jugerez sur cet antécédent.

Une fille souffrait, ces jours-ci, d'une dent,

Vous devez vous douter, le fait est ordinaire,

Qu'elle se refusait à se la faire extraire ;

Elle aurait fait cesser cependant sa douleur,

Mais pour y consentir, elle avait bien trop peur.

Cette souffrance, hélas ! étant vraiment extrême,

L'empêchait de dormir, mise hors d'elle-même.

N'ayant jamais recours qu'à des palliatifs,

Ses tourments devenaient de jour en jour plus vifs ;

Ils la firent souffrir tellement le martyre,

Qu'elle en perdait la tête, elle avait le délire.

Alors, se décidant à la faire arracher,

Elle veut le dentiste, et l'on va le chercher :

Celui-ci se présente, il s'avance et s'apprête

A dérouler sa trousse, et la douleur s'arrête ;

Et cette fille dit, en s'adressant à lui :

Je ne la ferai point arracher aujourd'hui.

Le dentiste s'en va. Comme il s'éloignait d'elle,

La souffrance renaît ; de suite on le rappelle :

Il rentre, et de nouveau, la douleur disparaît ;

On le renvoie encore, on en eut du regret,

Car sa douleur, hélas ! revint à l'instant même.

Son état malheureux cause une peine extrême,

Et les élancements étaient loin de cesser.

Comme le seul moyen de l'en débarrasser

Est d'extraire la dent, sans cesse on l'encourage,
On la prie, on la presse enfin d'en faire usage.
Hélas ! ce qu'on lui dit ne la décide pas,
Tous ceux qui l'entouraient restaient dans l'embarras,
Quand certaine raison, qu'on crut déterminante,
A l'esprit de quelqu'un, de suite se présente ;
On la mit en avant. Écoutez, la voici :

« Vous voulez donc rester chez vous tout aujourd'hui,
» Et même encor demain ? Un si beau jour de fête !
» Quand les dames vont faire une grande toilette ;
» Quand tout le monde, enfin, songe à se divertir,
» Seule, vous souffririez à ne pouvoir sortir ?...
» Cela ne se peut point ; la fête serait triste. »
— O mon Dieu, que je souffre ! appelez le dentiste,
Répond-elle de suite. Et l'instant qui suivit,
La dent part, et le mal avec elle s'enfuit.

    Ce goût fut donc plus fort que la souffrance même !
Le désir de briller peut, alors, être extrême.
— Je le crois ; mais le mien est-il si prononcé
Qu'il prouve cet excès par ma mère avancé ?
A-t-il jamais été jusqu'à l'extravagance ?
Sans crime je peux donc rechercher l'élégance.
— Mais, s'il est modéré, vous le devez, je crois,
Ma fille, à mes conseils, à mes soins d'autrefois.

— Pourquoi m'avoir, alors, raconté cette histoire?

— C'est que vous n'avez point mis dans votre mémoire,

Que mes instructions, mes plus petits avis,

Devaient à votre enfant, Alize, être transmis.

Oh! ceci m'a paru fort extraordinaire.

— Je n'ai donc point, pour lui, tous les soins d'une mère?

— Ma fille, écoutez-moi. Je vois, en général,

Que les petits enfants sont habillés fort mal.

— N'ont-ils point, aujourd'hui, des habits plus commodes?

— Sans doute; cependant, je condamne ces modes,

Et qui, bien malgré moi, vous maîtrisent, hélas!

— Où trouvez-vous le mal? je ne l'aperçois pas.

J'habille Athénaïs comme toutes les filles;

Remarquez les enfants dans les autres familles.

— Et c'est précisément, pour cette raison-là,

Que je blâme très-fort les dentelles qu'elle a,

Ce faste d'ornements, mêlés de broderies,

Sur lesquels, trop souvent, roulent vos causeries.

Ce qu'on doit désirer, c'est que les vêtements

Ne puissent, en nul cas, gêner les mouvements.

Il faut s'en tenir là; c'est de telle importance,

Que l'on ne peut avoir de grâce sans aisance;

Rappelez-vous, surtout, que c'est la propreté

Qui peut seule être utile, Alize, à la santé.

Enfin, n'imitons point ces mères occupées
A métamorphoser leurs filles en poupées.
— Mais, je n'aperçois point que tous ces agréments
Mettent le moindre obstacle à vos enseignements ;
Même, je l'avoûrai, je parle avec franchise,
Il n'en existe aucun. — Vous le croyez, Alize ?
— Oui, ma mère. — Écoutez : de même, sans détour,
Je vais vous raconter ce que je vis un jour.
Une charmante enfant, dans sa huitième année,
Voyant que j'admirais sa robe festonnée,
Ses petits brodequins, son pantalon broché,
Ses jolis falbalas, d'un goût fort recherché,
De cet air demi vrai qui ne doit point surprendre,
Car à sa mère, Alize, elle l'avait vu prendre,
De suite répondit : « c'est fort simple pourtant. »
Se donnait-elle un air ? je ne sais ; l'important,
C'est, si nous supposons sa réponse sincère,
De montrer à nos yeux qu'une mise ordinaire
Est toute autre, et qu'alors, fort maladroitement,
On dépense beaucoup pour être simplement.
Son dire était-il faux ? condamnons son mensonge ;
Une mère éclairée à cela toujours songe.
Puis, la petite fille avait à son côté
Une autre jeune enfant, dont la simplicité

Du costume éveillait, Alize, dans son âme,
Une sorte d'orgueil, toujours digne de blâme.
Elle la regardait d'un air plein de hauteur,
Et lui parlait encor de ce ton protecteur
Qui nous fait toujours mal. Jugez, ma chère Alize,
Combien cet amour-propre excita ma surprise,
Quand, par degrés, je vis naître l'inimitié
Entre ces deux enfants : j'en eus vraiment pitié!
A présent, sentez-vous ce désir de paraître?
Doit-il être blâmé du moment qu'il fait naître
Entre deux jeunes cœurs cette rivalité,
Ce sentiment haineux, fruit de la vanité?
Bref, cette passion, étant peu charitable,
Ma fille, croyez-vous qu'elle soit condamnable?
— Ma mère, je me rends, et je vois comme vous
Le danger d'éveiller le sentiment jaloux.
Aussi, dès aujourd'hui, me trouvant avertie,
Athénaïs aura bien plus de modestie :
Je sens, plus que jamais, que ce serait affreux
D'aller développer ce penchant dangereux.
Ah! vous aviez raison, j'ignorais sa portée,
Et du mal que j'ai fait je suis épouvantée.
Dans quelle erreur étais-je ! — Alize, écoutez-moi :
Je puis vous engager à câlmer votre effroi,

Car il est temps encor de lui faire connaître
Qu'il nous faut modérer le penchant de paraître.
Elle n'a que sept ans, n'allez point supposer
Que de faire toilette on doive se passer.
Ma fille, à ce sujet, je suis si peu sévère
Que je ne défends point à la femme de plaire :
Quand on sait le guider et le rendre décent,
Ce désir peut fort bien, ma fille, être innocent ;
Aux femmes qui le plus méritent notre estime,
Pensez que je suis loin de vouloir faire un crime
Du penchant qu'elles ont de faire ressortir
Les dons que la nature a su leur répartir,
Leur faisant un devoir, conséquemment, de plaire.
Dans ce but, la parure est, je crois, nécessaire,
Car pour l'homme, souvent, elle est une beauté ;
Aussi, nous admettons son efficacité.
Un petit air coquet sied bien à l'innocence :
Cette beauté d'emprunt est donc une puissance ;
Alors, à la vertu si l'on va la ravir,
Vous direz, comme moi, que c'est mal la servir.
Mais, rappelons-nous bien que le désir de plaire
N'atteint jamais son but sitôt qu'on l'exagère ;
Aussi, dans la parure attachons-nous, surtout,
A ne point écouter constamment notre goût.

Si le choix des atours est au gré du caprice,
De plaire celui-ci n'est point un sûr indice ;
Car il ne suffit point d'être belle à nos yeux,
Ceux de l'homme, souvent, ne jugent point comme eux.
Des atours, du visage établir l'harmonie,
De la parure, Alize, est là tout le génie ;
Il faut bien se garder d'avoir l'ambition
D'être mise au-dessus de sa condition.
Enfin, j'ajouterai qu'il est prudent et sage
De se parer, ma fille, en consultant son âge ;
Car de moi l'on saurait fort bien se divertir,
Si j'allais, comme Estelle, aujourd'hui, me vêtir.
Vous souvenez-vous bien de ces deux sœurs jumelles,
Cécile et Floresta, que l'on trouvait si belles ?
— Oui, ma mère, et, de plus, je sais que leurs parents
Pour la pauvre Cécile étaient indifférents ;
Et comme Floresta se trouvait préférée,
Je me rappelle encor qu'elle était mieux parée.
— C'est cela même, Alize. Eh bien ! ce fut un tort,
Car cette préférence influa sur son sort.
— Dites-moi, savez-vous ce qu'elle est devenue ?
— Sa destinée, ma fille, est de moi fort connue.
Sa mère, qui voulait son établissement,
Avait jeté les yeux sur un homme charmant,

Rempli de qualités, d'une illustre naissance,
Or, comme il était riche, il eut la préférence.
Pour le mieux enlacer, les plus brillants atours
Donnés à Floresta furent mis tous les jours.
Cette mère croyait qu'une grande toilette,
Une recherche extrême allaient tourner sa tête ;
Mais elle se trompa, car le jeune homme vit
Que ce faste annonçait un fort mauvais esprit.
Alors, vous devinez, ce n'est point difficile,
Qu'il n'y prétendit plus. — Pensa-t-il à Cécile ?
— Apprenez, mon enfant, que sa simplicité,
Sans qu'elle s'en doutât, rehaussa sa beauté.
A cette mise simple étant accoutumée,
Du désir de paraître étant moins enflammée ;
Plus tenue à l'écart, cette charmante fleur,
Chère Alize, ignorait les orages du cœur :
L'isolement pour elle avait même des charmes ;
Mais toujours s'éloignait, les yeux mouillés de larmes.
La froideur de sa mère, hélas ! la tourmentait,
Ignorant le motif, c'est ce qui l'attristait ;
Elle seule faisait le malheur de sa vie.
Il s'y mêlait, je crois, un peu de jalousie,
Mais de la lui cacher se faisant un devoir,
Sa mère n'avait su jamais l'apercevoir.

Alize, ce n'est point fort extraordinaire,
Cécile possédait le meilleur caractère :
Humble, soumis et doux, son cœur était parfait,
N'ayant jamais commis le plus petit méfait.
— Et sa sœur Floresta ? — Par sa mère gâtée,
Bien différente, Alize, elle était emportée;
Mais, aux yeux du jeune homme elle avait su cacher
Ses faibles, ses défauts, pour mieux se l'attacher.
Il n'avait aperçu que l'excès de parure,
Mais c'était déjà trop ! il donnait la mesure
De sa coquetterie; et le genre affecté,
Ma fille, a toujours fait du tort à la beauté.
Aussi, qu'arriva-t-il? il préféra Cécile,
Et demanda sa main. Il est assez facile
De prévoir le dépit qu'éprouva Floresta.
— Le fit-elle paraître? — Alize, il éclata.
L'amour-propre blessé, son fougueux caractère
Ne lui permettaient point d'arrêter sa colère ;
Et voulant, à tout prix, empêcher cet hymen,
Elle eut avec sa mère un terrible entretien.
Mais le père arriva. Comme il était avare,
Ambitieux surtout, il trouva fort bizarre
Que la sœur s'opposât à l'hymen de sa sœur.
« Je ne vous croyais pas, dit-il, un mauvais cœur.

» Auriez-vous oublié qu'elle est aussi ma fille?...

» Je veux que ce jeune homme entre dans ma famille.

» Il est riche et puissant ; alors, résignez-vous,

» Et cessez de montrer un cœur aussi jaloux ;

» On pensera, plus tard, à votre mariage :

» D'ici-là, songez-y, paraissez moins volage. »

— Et se maria-t-elle ? — Elle se corrigea.

Il est vrai que, toujours, sa mère l'engagea

A suivre exactement les conseils de son père.

— Floresta devint donc modeste et moins légère?

— Oui, ma fille ; et, depuis, mise sans trop d'apprêts,

Aux yeux de tout le monde elle eut bien plus d'attraits,

Plus tard, elle comprit que, dans le mariage,

Le luxe est inutile au bonheur du ménage;

Ce qui m'engage à dire ici, comme toujours,

Qu'il faut, modérément, recourir aux atours.

XVII

ÉPILOGUE

Rendons la femme au bonheur.

ÉPILOGUE

Rendons la femme au bonheur.

Si nous interrogeons les siècles, les contrées,
On voit presque partout les femmes adorées ;
Mais si l'on aperçoit que leur sexe est aimé,
Par l'homme, en même temps, il se trouve opprimé.
Et bien que leur beauté le jetât dans l'ivresse,
L'homme s'est prévalu toujours de leur faiblesse.
Oui, depuis le Cap nord au pas de Magellan,
Il fut tout à la fois esclave et leur tyran.
    La nature a formé les femmes si sensibles
Qu'elle fait naître en moi des sentiments pénibles,
Semblant s'être attachée, hélas ! à leur beauté,
A leurs charmes plutôt qu'à leur félicité.

Sans cesse environné de douleurs et de craintes,
Des maux cruels leur sexe éprouve les atteintes.
Fort difficilement, il les voit soulagés,
Et les nôtres encor sont par lui partagés.
Le destin de la femme est peu digne d'envie ;
Elle nous met au monde au péril de sa vie,
Ou bien, si ses attraits aux douleurs qu'elle aura
Résistent, l'âge arrive et les lui ravira.
L'infortunée alors n'a plus d'autre espérance
Que la trop faible voix de la reconnaissance.
De la pitié les droits souvent humiliants
Pourront peut-être encor protéger ses vieux ans.
Quel refuge incertain ! ô triste destinée !
A quel malheureux sort la femme est condamnée !
Et comme ses tourments me déchirent le cœur.
Mes vers ont dû songer à la rendre au bonheur.
Ah ! si l'homme, par eux, devient plus sociable,
Que n'aurai-je pas fait pour le sexe adorable !

Monsieur Dorval venait de marier son fils
A la jeune Idamé ; charmante, au teint de lys,
A la taille divine, au regard doux, limpide,
Au caractère heureux joignant un air candide,
Elle réunissait à sa grande beauté,
Le charme ravissant de la timidité.

Mais l'époux était fier, il sentait sa puissance ;
Et bientôt il se dit : Vive l'indépendance !
Ma femme, je le sais, est pleine d'agréments,
Je ne puis, toutefois, passer tous mes moments
Comme elle le voudrait, toujours à côté d'elle ;
La flamme de l'amour peut-elle être éternelle ?
Je le répète encor, ma femme a des appas,
Elle m'aime, et pourtant, ça ne me suffit pas.
Selon moi, n'ayant point un cœur fort expansible,
L'époux, près de sa femme, offre un tableau risible ;
Alors, si je montrais trop d'assiduité,
J'exposerais, je crois, ma propre dignité.
Un tel raisonnement ne me paraît point sage ;
Il est l'avant-coureur d'un fort mauvais ménage ;
Aussi, les deux époux ne tardèrent-ils pas
A voir régner entre eux un certain embarras.
Idamé, fort souvent, remarquait son absence ;
Mais ne crut point d'abord à son indifférence;
L'espoir la soutenant, elle patienta,
Et contre les soupçons, longtemps, elle lutta.
Or, comme, en pareil cas, le silence encourage,
L'époux, de jour en jour, hélas ! devint moins sage,
Beaucoup moins complaisant, Idamé s'en plaignit.
Aussitôt, le mari la regarde et lui dit :

Vous étendez trop loin, Madame, votre empire ;

Que je n'entende plus ce qu'on vient de me dire ;

J'achèterais trop cher le bonheur d'être aimé.

Je vous trouve bien sec, lui répond Idamé :

Je n'ai donc plus d'époux !... ses larmes la suffoquent.

Et le mari lui dit : Tous ces propos me choquent.

Puis, il se retira dans son appartement ;

Et madame de Ville arrive en ce moment.

   Je désire savoir la cause de vos larmes,

Lui dit-elle aussitôt ; je suis dans les alarmes ;

Votre état me surprend ; ma fille, qu'avez-vous ?

— Mon cœur n'est point, hélas ! content de mon époux.

Il m'a fait une scène, il s'est mis en colère...

— A quel propos, ma fille ? — Écoutez-moi, ma mère :

Vous savez que Léon s'absente fréquemment,

Et cette absence, hélas ! me causait du tourment ;

N'y pouvant plus tenir, j'ai voulu le lui dire.

— Eh ! qu'a-t-il répondu ?—« Madame, votre empire

» S'étend beaucoup trop loin ; je ne puis supporter

» Que votre cœur jaloux me vienne tourmenter.

» Vous ne me ferez point vivre dans l'esclavage ;

» Soyez donc désormais circonspecte et plus sage. »

A peine il achevait de prononcer ces mots,

Que vous avez, ma mère, entendu mes sanglots.

Et c'est dans cet état que Léon m'a quittée ;
Aussi, me voyez-vous, hélas ! fort agitée.
— C'est de la tyrannie, et pourtant, Idamé,
Léon est encor fait, je crois, pour être aimé.
Si par l'emportement il s'est rendu coupable,
Par la réflexion il sera plus affable.
— Vous l'espérez, ma mère, ô mon Dieu, quel bonheur !
Quant à moi, j'ai pour lui toujours le même cœur.
— Ma fille, vous savez combien vous m'êtes chère,
Or, s'il ne change point, j'en préviendrai son père.
    Mais la tendre Idamé, pendant longtemps, hélas !
S'aperçut que Léon ne se réformait pas ;
Sa mère remarquant son étrange conduite,
A son premier projet, aussitôt, donna suite.
Elle s'en alla donc trouver monsieur Dorval,
Et lui dit : votre fils se conduit assez mal.
Il rend déjà, Monsieur, ma fille malheureuse ;
Il est fort inconstant, il a l'humeur grondeuse.
Depuis trois mois, il est presque toujours dehors ;
Et ma fille avec lui cesserait ses rapports
S'il ne recevait pas des conseils de son père ;
Il en a grand besoin.—Votre fille m'est chère,
Vous le savez, Madame, envoyez-moi mon fils,
J'espère l'obliger à suivre mes avis.

Mais de votre côté, dites à votre fille,
Que toujours la douceur sied bien dans la famille ;
Que les soins prévenants nous donnent le pouvoir,
Qu'il faut bien se garder de les faire valoir.
Si votre fille y met de la persévérance,
Léon lui reviendra, j'en donne l'assurance.

　La mère se retire, et dès le lendemain,
Léon vint la trouver. Voici leur entretien :

　Eh quoi ! mon fils, j'ai su que vous étiez peu sage ;
Que l'hymen, à vos yeux, était un esclavage ;
Que bien que vous fussiez assuré d'être aimé,
Vous vous teniez souvent éloigné d'Idamé.
Ce rapport, je voudrais le révoquer en doute ;
Répondez-moi, Léon ; parlez, je vous écoute ;
Ouvrez-moi votre cœur ; racontez-moi les faits.

　— Ceux dont on a parlé, mon père, sont tous vrais.
Mais, Idamé poussant par trop loin l'exigence,
J'ai dû lui résister, par ma fréquente absence,
Par elle, j'évitais les entretiens fâcheux ;
Toujours, l'homme prudent doit se défier d'eux.
C'est si vrai, qu'entre époux, s'il naît une querelle,
Elle peut mener loin devenant éternelle.

　— Quoi ! mon fils, Idamé, d'un caractère doux,
Dans vos discussions, tient tête à son époux !

Et lui résisterait, elle au cœur si sensible ?..

— Oui, mon père, souvent.—Cela n'est pas possible.

— Je puis vous l'assurer, son cœur est exigeant ;

Et pour ma dignité n'est-ce pas outrageant ?

S'il fallait lui céder, mon père, à chaque brouille,

Le pouvoir de l'époux tomberait en quenouille ;

Et selon moi, plutôt que de le voir périr,

S'échapper de mes mains, j'aimerais mieux mourir.

—Vous ne l'aimez donc plus ?—Pardonnez-moi, mon père.

—Eh bien ! donc, dès l'instant qu'Idamé vous est chère,

Vous devriez, ami, rendre son sort heureux.

— Comment y parvenir, quand nous nous voyons deux ?

N'est-ce pas un bonheur au détriment d'un autre,

Pourquoi celui d'autrui, de préférence au nôtre ?

— Vous ne parviendrez pas, je crois, à démontrer

Que le bonheur commun ne peut se rencontrer.

Les gens bien élevés sont pleins de prévenances,

Et rarement, mon fils, manquent aux convenances.

— Mon père, ce serait perdre sa dignité

Que de leur obéir avec servilité.

Je ne puis supporter que l'épouse résiste ;

Dans ma conduite, donc, souffrez que je persiste ;

Ma femme à tous mes goûts devra s'accommoder,

Et puis, vous le savez, l'homme doit commander.

— Vous considérez donc l'épouse en esclavage ;
Mais cette opinion est celle du sauvage !
Et vous rétrogradez bien loin dans le passé,
Je m'attendais à voir Léon plus avancé.
Pour la loi du progrès je vous croyais de flamme ;
Ces sentiments, mon fils, ne partent pas de l'âme.
— Mon père, Dieu prévit cette façon d'agir,
Car la Genése apprend qu'il nous faut obéir ;
Aux caprices de l'homme elle doit être en butte.
— Léon, Dieu la punit à cause de la chute.
Mais Jésus-Christ, mon fils, plus tard vint racheter
Tous nos péchés ; alors, vous, devez méditer
Ce grand événement, ce jour de délivrance
Lequel sut, entre nous, rétablir la balance.
Les deux sexes, depuis, étant égaux entre eux,
Chacun doit s'empresser de rendre l'autre heureux.
Jésus-Christ commanda l'amitié fraternelle,
Cette douce lueur de la flamme éternelle,
Afin de rencontrer le bonheur ici-bas ;
Qui n'aime point, mon fils, ne l'apercevra pas.
— J'aime Idamé, mon père ; il est vrai que mon âme
Est fière, j'en conviens ; suis-je digne de blâme ?
— Mais ce n'est point aimer de cet amour divin,
Quand à celle qu'on aime on cause du chagrin.

— Il faudrait qu'Idamé devînt plus raisonnable.

— Un cœur qui nous chérit est toujours pardonnable.

Nous devons ménager sa sensibilité,

Usez donc rarement de votre autorité.

Dites-moi, pouvez-vous affliger qui vous aime ?

Comme vous êtes bon, soyez toujours vous-même.

— Mon père, si la femme aime tant son époux

Qu'elle veuille le voir toujours à ses genoux,

La situation me semble fatigante,

Et l'épouse, en ce cas, est je crois exigeante.

— Pouvez-vous mettre ainsi les choses à l'excès !

Qui s'exagère tout, éloigne le succès.

Le bonheur, mon cher fils, si nous voulons l'atteindre :

Il est des sentiments qu'on ne doit point éteindre.

Au premier rang je mets cette douce pitié

Qui nous rapproche tous, et d'où naît l'amitié.

Ses doux épanchements, renouvelés sans cesse,

Du bonheur, mon cher fils, nous font goûter l'ivresse.

Ensuite, leur vertu, vous le verrez un jour,

Prolonge quelquefois le règne de l'amour.

Mais pour rendre, mon fils, votre âme plus aimante,

Je vais vous raconter l'histoire révoltante

Des malheurs de son sexe, ensuite, vous verrez

Si dans vos sentiments vous persévérerez.

En connaissant les maux qu'a supportés la femme,
Ces maux, ah ! j'en suis sûr, affligeront votre âme ;
Et le cœur attendri, vous serez courroucé
Que son sexe, mon fils, soit ainsi rabaissé.
Je vais donc consulter, en traversant les âges,
Les peuples policés et les peuples sauvages ;
Mais je passe les faits, depuis la mort d'Adam,
N'étant guère précis jusqu'au temps d'Abraham.
    De Ruth et de Booz rappelant l'hyménée,
De la femme l'on voit déjà la destinée.
Dès qu'il aperçut Ruth pour la première fois,
Celui-ci, d'un coup-d'œil, d'un signe peu courtois,
Lui permet d'approcher. L'épouse se prosterne,
Se relève humblement, et puis, à la citerne,
Il lui dit aussitôt d'aller puiser de l'eau.
Son sort, vous le voyez, n'avait rien de bien beau.
Ce travail là, mon fils, était le plus pénible,
Même pour un esclave ; et c'est compréhensible,
Les citernes avaient un bassin si profond,
Qu'après avoir puisé, l'on était moribond ;
De sa cruche ayant donc passé le bras dans l'anse,
Vers la citerne, enfin, la pauvre Ruth s'avance ;
Mais déjà, mon cher fils, un esclave y puisait
Par ordre de Booz. Comme il se disposait

A poursuivre son œuvre, il la suspend de suite,
En voyant venir Ruth ; et telle est sa conduite,
Les gens alors étaient si peu civilisés,
Qu'il quitte son travail, s'assied, les bras croisés.
Conséquemment à Ruth, sa nouvelle maîtresse,
La peine d'avoir l'eau, mon fils, il la lui laisse.
Et Ruth puisant pour lui, l'esclave dominait ;
Mais son état de femme, hélas ; l'y condamnait.
Les femmes, on le voit, étaient bien misérables,
De par la loi, mon fils ; — quelles mœurs détestables !
Comme on serait injuste en critiquant les leurs,
Il nous faut d'autant plus déplorer leurs malheurs.
Si l'homme de ces temps n'eut point l'humeur jalouse,
Il s'embarrassait peu de plaire à son épouse.
Il n'avait nul souci d'éveiller les désirs,
Et s'occupait encor bien moins de ses plaisirs.
Enfin, pour vous montrer le cas qu'il faisait d'elle,
Il possédait le droit sans la moindre querelle,
Sans aucune raison, de la répudier.
— Mon père, quel abus ! quoi ! la congédier,
Par humeur, par caprice ! ah ! c'est épouvantable !
— Vous le voyez, son sort était bien déplorable.
Ensuite, vous saurez que, lorsqu'elle accouchait
D'un enfant féminin, l'époux s'en détachait,

Pendant deux mois, six jours; on la disait impure;
Mais accouchant d'un mâle, en cette conjoncture,
La moitié de ce temps durait l'impureté.
— Mon père, quelles mœurs! ah! quelle absurdité!
— Celles-ci rendaient donc les femmes malheureuses,
Ainsi, leur existence était des plus affreuses.
  Et puis, la jalousie, en outre, se fit jour
Chez les Égyptiens, soupçonneux, sans amour.
Ils la poussaient si loin, l'histoire le rapporte,
Qu'aux femmes l'on ôtait, mon fils, en quelque sorte,
Par une pression l'usage de leurs pieds,
A tel point qu'on pouvait les croire estropiés,
La décence obligeant d'avoir une chaussure,
L'impossibilité qu'offrait cette mesure
Présentait un garant de leur fidélité.
En Égypte, le sexe était donc tourmenté,
Non qu'il se vît forcé de demeurer fidèle,
Mais les soupçons rendaient la mesure cruelle.
  Ce même usage existe encor chez les Chinois,
Longtemps l'esprit jaloux l'y maintiendra, je crois,
Bien qu'il soit constamment aux pieds de son amante,
Ombrageux à l'excès, le Chinois la tourmente;
Son sexe, au reste, avait partout le même sort,
Malgré qu'il fût aimé souvent avec transport.

En Égypte, pourtant, l'état de servitude
S'adoucit à la fin ; ce fut par l'habitude
De vivre réunis. A ce sujet, l'on dit :
Comme le Nil sortait tous les ans de son lit,
A ses flots élevés il fallait se soustraire,
L'existence devint beaucoup plus sédentaire,
Car on vint habiter sur les petits plateaux,
Pour se mettre à l'abri de la hauteur des eaux.
Quand on est enfermé, mon fils, longtemps ensemble,
On cherche plus à plaire aux autres, ce me semble ;
Or, s'il en est ainsi, l'homme, insensiblement,
Dans ces réunions a plus d'attachement.
Son humeur s'adoucit, il est plus sociable ;
L'ascendant de la femme est trouvé supportable ;
Il grandit chaque jour, devient dominateur,
Et c'est heureux, le sexe est civilisateur.
Aussi, vit-on plutôt, que dans tout autre empire,
Les hommes policés dans les états d'Osire ;
Puis, on a remarqué, mon fils, dans tous les temps,
Que les moins avancés sont les peuples errants.
Passons-nous dans la Grèce, au sein de leurs familles,
Les époux renfermaient leurs femmes et leurs filles,
Leur défendant encor tous les arts d'agrément :
Elles n'avaient ainsi pour tout amusement,

Que celui que l'on trouve aux détails du ménage;
Elles subissaient donc un genre d'esclavage.

De même, Romulus, prononçant sur leur sort,
Donne aux maris le droit et de vie et de mort.

Que si nous consultons les mœurs asiatiques,
Pour les femmes les lois sont encor tyranniques.
Les hommes, fort souvent, passent hélas! mon fils,
De l'adoration tout à coup au mépris.
Dans le fond des harems se trouvant renfermées,
Par ce triste esclavage elles sont opprimées.
Enfin, des bords du Nil, aux champs de Visapour,
L'excès d'oppression naît de l'excès d'amour.
Vous remarquerez donc que, c'est la jalousie
Qui fait qu'en Orient, misérable est leur vie,
Et que l'homme, parfois, tout en les adorant,
Par cet esprit maudit est plus qu'intolérant.
Contre sa tyrannie on la voit se défendre
Par les dehors trompeurs de l'amour le plus tendre;
Et pour lui plaire alors, rehaussant leurs appas,
Lui montrent cet amour, mon fils, qu'elles n'ont pas.
Leurs divertissements, hélas! sont éphémères,
Et ces tristes plaisirs sont même involontaires.
Si l'une d'elles voit à ses pieds son amant,
Ce succès qu'elle obtient ne dure qu'un moment.

Et comme, cher Léon, leurs vertus sont forcées,
Leur ôtant tout mérite, elles sont abaissées.
Cet état de la femme est loin de l'ennoblir;
Puis, l'éducation ne tend qu'à l'avilir.
Car lorsqu'elle a, mon fils, traversé sa jeunesse,
Il lui reste à traîner une affreuse vieillesse.
— Les hommes ont rendu son sort bien malheureux !
— Voulez-vous, maintenant, vous conduire comme eux?
— Mon père, tous ces faits révoltent trop mon âme:
Je connais les égards qui sont dus à la femme ;
Je n'ai point oublié que l'homme doit songer
Que son premier devoir est de la protéger.
Mon père, toutefois, pardonnez ma franchise,
Elle doit commencer par nous être soumise.
— Sans doute ; mais, certain de sa fidélité,
Accordez-lui, mon fils, toute sa liberté.
N'allez pas la tenir en un doux esclavage,
Car vous remonteriez jusqu'à l'état sauvage,
Vous ne le voulez point. Écoutez le récit
Des malheurs qu'elle éprouve en cet état maudit.

L'homme, tout à la fois, est sauvage et féroce,
Et l'on trouve souvent que son âme est atroce.
Car sur les Hottentots ce trait est raconté :
Quand un enfant atteint l'âge de puberté,

La mère est sans pouvoir; il sort de sa tutelle,
Et, dès ce moment là, ne vit plus avec elle.
Dans la société des hommes, mon cher fils,
Le nubile garçon aussitôt est admis
Avec tout l'apparat d'une cérémonie ;
Alors, pour lui commence une nouvelle vie,
Puis, quand tout est fini, le jeune hottentot
Ne songe, cher Léon, qu'à se rendre, au plutôt,
Hélas! près de sa mère. En entrant dans sa hutte,
Aux mauvais traitements, de suite, elle est en butte ;
Et les barbares coups dont il va la frapper,
Prouvent que sa tribu vient de l'émanciper.
Comme à les recevoir cette mère est contrainte,
Elle se garde bien de lui porter sa plainte ;
Aussi, le Hottentot, d'un pareil traitement,
Partout, avec orgueil, se vante impunément.
Sachez bien que, s'il tient cette conduite infâme,
C'est pour mieux constater son mépris pour la femme;
A cette preuve, hélas! en outre, on applaudit,
Ainsi le Hottentot a le cœur de granit.

Encore un fait cité, par un missionnaire,
Qu'il faut bien se garder de croire imaginaire.
Du sauvage il fait voir l'insensibilité,
En caractérisant son inhumanité.

Des bords de l'Orénoque une jeune sauvage,
De laquelle il pouvait comprendre le langage,
Voyant qu'il blâmait fort sa dureté de cœur,
Lui répondit un jour : « Mon père, la douleur
» Ne fait plus rien sur moi ; je suis tout abrutie,
» Car je traîne ici-bas la plus affreuse vie.
» Je veux de nos tourments vous faire le récit. »
Le prêtre l'écouta ; voici ce qu'elle dit :
    « Le matin, nos maris, en partant pour la chasse,
» Emportent leur carquois, leur arc, leur calebasse ;
» Nous les suivons, ayant, jugez notre embarras !
» Un enfant sous le sein, un autre sur les bras.
» Puis, au retour, le soir, nous suivant par derrière,
» Ils nous font tout porter : ce n'est pas tout, mon père,
» Dès qu'on est arrivé, nos corps seraient dispos
» Comme vous le pensez, à prendre du repos.
» Mais nos maris, hélas ! aussitôt nous obligent
» A moudre du maïs ; ensuite ils nous fustigent,
» Après leur avoir fait de la pâte d'Oca,
» Après s'être enivrés des vapeurs du Chica.
» Dès qu'ils sont satisfaits, sur le sol ils s'étalent ;
» Un certain temps, ils sont comme des gens qui râlent,
» Et puis se relevant, nous prennent aux cheveux,
» Ne nous lâchant qu'après s'être affaissés sous eux.

» Nous sommes donc toujours, mon père, dans les transes,

» Voici notre avenir, après tant de souffrances :

» Notre sort est affreux quand arrivent les ans ;

» Et bien plus lourd sera le joug de nos tyrans,

» Car ils prennent alors une plus-jeune femme

» Qui met tout son plaisir à torturer notre âme.

» S'y voyant excitée encor par nos bourreaux,

» Nos malheureux enfants supportent mille maux.

» Me trouvant exposée à tant de tyrannie,

» N'est-ce pas un malheur d'avoir reçu la vie ?

» Et quand nous étouffons nos filles en naissant,

» Ne faisons-nous pas voir un cœur compâtissant ;

» N'est-ce point leur donner des marques de tendresse,

» Du moment qu'ici-bas, elles souffrent sans cesse. »

Ah ! si ces faits, mon fils, ont su vous attendrir,

Aimez votre Idamé, sans la faire souffrir.

— Mais mon père ne veut que ce que je désire ;

Qu'elle y mette du sien, je n'ai plus rien à dire.

Je sais que mon devoir est d'être bon époux.

— C'est bien, Léon, c'est bien ; je suis content de vous.

Nous en reparlerons s'il devient nécessaire.

Le fils sort. Maintenant, voyons ce que la mère,

De son côté, disait à la jeune Idamé :

Ma fille, votre époux est digne d'être aimé ;

Mais il faut, mon enfant, montrer moins d'exigence.

N'allez pas, sans motif, douter de sa constance,

Ce serait le moyen de le rendre inconstant.

Idamé, le soupçon est toujours insultant,

S'il vient à s'éloigner, il faut qu'on se maîtrise ;

Ne le retenez pas, et je vous prophétise

Que si vous lui laissez toute sa liberté,

De sortir il sera bien moins souvent tenté.

— Pour mon cœur tout cela me semble si pénible,

Que, vous me demandez, ma mère, l'impossible.

Puis, en dissimulant, comme c'est mal agir,

Je ne pourrai jamais le faire sans rougir.

— Ma fille, pour le bien, le sage dissimule ;

On ne doit point avoir alors tant de scrupule.

Si vous désirez donc ramener votre époux,

Qu'il n'aperçoive plus votre cœur si jaloux.

Au lieu de critiquer, Idamé, son absence,

Soyez, à son retour, pleine de déférence,

Sans affectation, et pour tout dire, enfin,

Faites que votre époux ne se doute de rien.

Malgré que, bien souvent, il soit déraisonnable,

Ignorez son humeur; vous le rendrez aimable ;

Si bien qu'il finira par se la reprocher.

Bientôt, vous le verrez de vous se rapprocher.

Bref, s'il vous demandait qu'elle fût pardonnée,
Regardez-le, ma fille, en faisant l'étonnée.
Ajoutez en riant : de l'humeur, dites-vous ?
Je n'en ai jamais vu, Léon, chez mon époux.
—Il ne me croirait pas... écoutez-moi, ma mère :
Jusqu'ici vous saurez que j'ai fait le contraire ;
Or, si j'allais tout net pratiquer vos avis,
A coup sûr, mon époux serait des plus surpris.
Et voyant que je joue alors la comédie,
Il me reprocherait ce trait de perfidie.
Je me verrais ainsi dans un grand embarras ;
Ma mère, votre cœur ne le désire pas.
— Dès que vous connaissez, Idamé, ma tendresse,
Écoutez mes conseils : il nous faut de l'adresse,
Un certain naturel pour cacher la douleur,
Pour empêcher de voir au fond de notre cœur;
Ma fille, en s'observant, cela sera facile.
D'ailleurs, pour le bonheur, songez que c'est utile.
Comme votre conduite exige un changement,
Il faudra l'opérer, Idamé, lentement.
Dès qu'il s'apercevra qu'on fait tout pour lui plaire,
Vous le verrez bientôt changer de caractère.
Au reste, votre époux ne saurait vous blâmer,
Une fois convaincu qu'on ne veut que l'aimer;

Et s'il voit que jamais on ne le contrarie,

Et que pour son bonheur, on donnerait sa vie.

Je dois vous l'avouer : jusqu'ici, votre époux

Pense que vous l'aimez uniquement pour vous ;

Aussi, se permet-il de fréquentes absences.

Voulez-vous le ravoir ? cessez vos remontrances ;

Les reproches, hélas ! ne font que l'irriter ;

Ce qui fait que Léon cherche à vous éviter.

Avez-vous le désir d'obtenir quelque empire

Sur votre époux ? ma fille, essayez du sourire ;

A votre aide, surtout, appelez la douceur,

Et vous retrouverez le chemin de son cœur.

Tous ces soins assidus rendront Léon sensible ;

Il sera, chaque jour, pour vous, plus accessible,

Vous aurez ménagé sa propre dignité :

Vous ne l'aurez soumis que par la liberté

Dont vous l'aurez laissé jouir, sans prendre garde ;

Maintenant, Idamé, le reste vous regarde.

— Ma mère, je suivrai strictement vos avis.

— Cela sera facile ; ils sont clairs et précis.

Oui, vous réussirez par la persévérance,

Si vous gardez, ma fille, à propos le silence.

Léon s'était promis de ne jamais fléchir ;

Mais les soins d'Idamé le firent réfléchir.

De jour en jour, il vit qu'elle était plus aimable ;
Aussi, de son côté, devint-il plus affable.
Il sentit dans son cœur naître, insensiblement,
Une secrète joie, un tendre sentiment.
De la voir il se fit une douce habitude,
Bientôt se reprocha sa noire ingratitude.
Il blâma sa conduite, il maudit son passé,
Et le cœur qui l'aimait, il l'avait délaissé !...
Rongé par les remords, avec âme, il s'écrie :
Je veux, dorénavant, lui consacrer ma vie.
Ne dois-je point répondre aux élans de son cœur,
Elle, qui ne cherchait qu'à faire mon bonheur ?..
Oui, je serais un monstre, un être méprisable,
Si je n'adorais pas cette femme adorable.
Chez son père, aussitôt, celui-ci se rendit ;
Et sur ses sentiments voici ce qu'il lui dit :

    J'arrive près de vous afin de vous apprendre
Que je trouve Idamé, de jour en jour, plus tendre.
D'aujourd'hui seulement je reconnais mes torts,
A faire mon bonheur je sais tous ses efforts.
Sa résignation, mon père, je l'admire ;
Elle exerce sur moi le plus aimable empire.
D'un amour exalté ce ne sont point les feux,
Un autre sentiment m'enlace de ses nœuds.

Enfin, si je connais cette divine flamme,
L'ivresse du bonheur! je le dois à ma femme.
— Ah! Léon, c'est souvent la faute des époux,
S'ils ignorent, hélas! ce sentiment si doux;
Et d'autant plus divin qu'il a plus de constance,
Ne s'éteignant jamais qu'avec notre existence.
Mais, par votre récit, vous m'avez enchanté,
Idamé, recourant à la docilité,
A ramené la paix dans le sein du ménage.
— Elle a fait plus, mon père, elle m'a rendu sage.
Son extrême douceur me promet d'heureux jours;
Tout en lui commandant, j'obéirai toujours;
Faisant ma volonté, sans qu'elle se soumette,
Entre nous régnera l'égalité parfaite.
— Léon, vous pouvez être un excellent époux.
Votre femme au bonheur a des droits comme vous;
Vous ne l'ignorez pas; embellissez sa vie,
Une épouse qu'on aime est la plus sûre amie.
Les deux sexes, mon fils, ont chacun ses défauts,
Et ce sont ces derniers qui causent tous nos maux.
A nous rendre meilleurs attachons-nous sans cesse,
Écoutons constamment la voix de la sagesse.
Ensuite, mon ami, quel est le plus parfait?
C'est fort embarrassant; personne ne le sait.

Chacun a ses vertus, ses qualités diverses ;

Pour les apprécier, au sein des controverses

Qui naissent de l'orgueil n'allons pas nous jeter,

Le parti le plus sage est de les éviter.

La force, dira-t-on, nous a donné l'empire ;

Mais, ne sommes-nous pas esclaves du sourire,

Des grâces de la femme ? et leur pouvoir si doux,

Ne la place-t-il pas presque au-dessus de nous ?

Car si dans les combats nous avons du courage,

Au sein de la douleur, elle en a davantage.

Si notre cœur, mon fils, est fait pour l'amitié,

Le sien est beaucoup plus sensible à la pitié.

On prétend que la femme ignore la prudence,

Mais tout ce qu'elle fait montre plus d'insistance.

Avons-nous du génie, eh bien ! par son esprit,

Son amabilité, toujours elle séduit ;

Le nôtre rarement a sa délicatesse,

Sa perspicacité, son tact et sa finesse.

Recherchons-nous la gloire au milieu des hasards,

Qui nous guide parfois ? ce sont ses étendards.

Car c'est à ses rubans, à la galanterie

Que sont dus les hauts faits de la chevalerie.

Ensuite, cher Léon, sa douceur, sans efforts,

De la société rend souples les ressorts.

OEUVRES COMPLÈTES

DE

CHATEAUBRIAND

Magnifique édition sur grand papier vélin

ENRICHIE DE **90** MAGNIFIQUES GRAVURES

D'APRÈS LES DESSINS DE

TONY JOHANNOT, JULES DAVID, MARCK ET RAFFET

GRAVÉES SUR ACIER PAR

FINDINS, HOPWOOD, ÉTHIOU, ETC.

36 vol. grand in-8°. — Prix : 5 fr. le volume.

Cette édition, dont il ne reste plus que quelques exemplaires, est la seule qui contienne tous les ouvrages de Chateaubriand.

Tous nos exemplaires sont les seuls dont les gravures soient tirées sur papier de Chine.

PARIS.—TYPOGRAPHIE BEAULE ET MAIGNAND, RUE JACQUES DE BROSSE, 8.

www.ingramcontent.com/pod-product-compliance
Lightning Source LLC
Chambersburg PA
CBHW050316030726
47505CB00003B/732